U0432624

# 乌云的银边

*Shining Edges of the Clouds*

品味人事
感知温馨

柏代华 著

復旦大學出版社

# 絮言

Preface

开篇首页便拉拉杂杂絮叨一番，较之序言，“絮言”二字似更贴切些。

2007年是我的天命之年。到那时，在英国公司担任高管已有二十几个春秋。岁不我与，当断须断。于是去意渐决。至亲好友无人赞同，“金领宝座啊，放弃太可惜。”我说：“一只蚂蚁没日没夜地往蚁穴里搬食物，够它吃一辈子了，还是永不停息。人总应该比蚂蚁更聪明一点吧？”

一项重大决定常含多重考量，其中之一便是心生厌倦，想换一种活法。人在职场，都要扮演一个角色，说话行事大致要按剧本来。一见就烦的人，你不但要见，还得推杯换盏。退出这个角色，便得以挣脱羁绊，无趣的人不见，有趣的事才做。

伦敦总部见挽留无望，退而求其次，要我在伦敦控股公司担任非执行董事。那是一份闲差，既不上班，也不管事，有面子，没担子。董事会一年四五次，翻翻季报年报，听听述职报告，聊聊行业近况。六位英国董事都住在伦敦，开会如同聚餐，饮茶品酒，高谈阔论，顺便撮一顿外聘厨师掌勺的美味午餐。唯我是个例外，每次要飞十几个小时才能凑上这份热闹。待一天，开个会即回上海过于匆忙，有悖悠闲度日的初衷。于是，既来之则安之，每次会后便多待几天，四处走走看看。借机跑遍了所有欧洲国家，包括游客罕至的科索沃。

独自游荡，有耳根清净之益，少了旅伴，却多了些寂寞和无聊。于是旅途中便胡乱写些文字，既是消遣，也算排遣。这些随笔习作大多在《环球博览》《新民周刊》等刊物上刊登过。偶尔有朋友来电问，是你写的吧？一看就是你平时说话的腔调。也有人鼓动我多写写，凑本书。先是不屑，现在都在看手机，哪有人读书？后来渐渐动心，书店里网站上，林林总总的各色书籍能堆成几座山，多一本又何妨？

于是书稿羞羞答答地爬上了资深编辑谷雨小姐的案头。初次相会，便围绕书稿有了如下对话：

**谷：文字简洁，趣事连连，小幽默还不时探头，适合轻松阅读。闲暇时，泡一杯清茶，随手翻开，便可随着你驰骋世界。但是，感觉还是有点淡淡的“凡尔赛”的味道啊！**

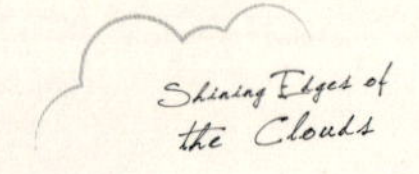

我：“凡尔赛”？也就是炫耀高雅，却伪装平淡吧。有点冤啊！我独自旅游时，经常坐破旧的大巴，住 20 欧元一晚的民宿，这哪儿是“凡尔赛”，是“布鲁克林”嘛！

谷：令人向往的风景名胜你只字不提，巴尔干半岛的 10 个穷困国家，你却几乎一个不漏，为什么？

我：12 年间跑了差不多 100 个国家，不少气势磅礴的自然风光也都看过，但完全没有动笔的念头。读者在手机上点一下视频，画面远胜万言。我还是更喜欢异国百姓的真实生活，感受浓浓的人间烟火，那里的人与事一旦触动心弦，就忍不住要写。

谷：你当年也是从棚户区里走出来的，没有任何靠山和资源，最终进入一家拥有百年历史的英国公司的董事会。年轻的读者可能更喜欢读到你成功的经历。

我：现今的年轻一代的成长环境和获得的资源，都远胜我们那一代人。但我们这一代其实更为幸运。

“文革”结束时，国家已在崩溃的边缘，邓小平挽狂澜于既倒，扶大厦之将倾，率领大家走上了一条改革开放的强国之路。20 世纪 80 年代时，我们这一代人刚刚步入社会。国门初启，时代如同一列停开多年的列车，车厢门打开，车内空无一人，大家蜂拥而上，脑子灵、腿脚快的都抢到了座位，成了社会精英一族。没抢到座位的，也赶上了飞驰前行的时代列车。现如今，列车还是每天到站，但车厢里已经是人满为患，一座难求。这才有了当下的流行词“内卷”。

当今的成功者大可津津乐道自己的才气、胆略、远见，其实有什么可嘚瑟的？只是在那个时点上，恰好赶上了千年难遇的时运罢了。

成功的定义，见仁见智。其实，只要努力了，也奋斗过，不管到达哪里，都能算成功。倘若能站上峰顶，可以“一览众山小”；但若止步山腰间，也可有“柳暗花明村”。人生无须辉煌，但求无悔。

这本集子里收录的短文，不宣扬主义，不鼓吹观点，既没有奇人异事，也缺乏卓识明见，只是些个人的所见所思，所闻所感。断断续续留下的文字，有些还算机趣，不少难掩粗鄙，个别还夹杂了一时的怨愤。

以往12年间，游走了百余国家，书中的前三个篇章多为游记，最后一部分则记述了偶遇的人与事。这些人和事并无奇特之处，但当时却为之心弦颤动，至今仍难以忘怀。这些经历，凝聚成本书，呈现给读者，不敢自诩“与读者分享”（什么货色！也拿来分享？），权且充作light reading（轻阅读）的俗物，自忖尚能供人空闲时消遣。当然，借用一句上海俗语：“瘌痢头儿子自家好。”众人看了未必认同，但愿文中不时探头的插科打诨，兴许能给读者带来片刻的愉悦。

有些游记其实也可供出游者参考，聊补网上信息之遗缺。只是有些涂写于多年前，时过境迁，物是人非，阅读时当参照成文年月，才不致有误。

翻阅这些旧文新作，无意间却发现，近些年的记述，尤其归入“品味人与事”的那些随笔，居然多为幸逢巧遇

的好人好事，偶有不快，也大多淡然处之。随着年长，人的性情也会日渐宽容，不像年少气盛时，常怀怨愤，还自以为是一腔正义，仿佛一抬头便是满眼的乌云。

感慨之余，想起一句英文谚语：“每一片乌云都有银色的里衬。”(Every cloud has a silver lining) 抬头仰望雨后初霁的天空，仍是一片片乌云，不见云后的太阳，也不见云背面耀眼的银衬，只看到那一片片乌云都镶着深浅不一的银边。

那一道道银边熠熠生辉，既悦目，也暖心，不仅吸引人的目光，也让人感悟到，乌云后面便是灿烂的太阳，乌云散去，阳光依旧暖人。这些好人好事，其实就像“乌云的银边”。于是索性拿来做了书名，给寒碜的习作添上一丝暖意。

2021 年 12 月于上海

# 目录

Contents

## 探访巴尔干

## 游历亚非拉

## 品味人与事

# 漫步欧罗巴

北欧宁静，西欧繁华，南欧悠闲，东欧却颇为诡异，体制早就做完了变性手术，结果却有点不男不女。漫步其间，边走边看，见景生情，触目兴叹……

旧城窄巷，恍然步入百年前。(参阅21页)

查理桥上有乐队，自娱赚钱两不误。(参阅7页)

佯装小憩，半日窥遍长安花。(参阅12页)

米其林三星老板，傲居全球女性大厨榜首。(参阅87页)

战火又起，
一家人还能有温煦的笑容吗？
(参阅105页)

# 布拉格刀客

拉一张值得一游的欧洲城市排行榜，捷克的布拉格应位列前五。小时候学地理常默诵国名，将捷克斯洛伐克读成了“捷克斯、洛伐克”。后来两国协议离婚，一拍两散，成了“捷克”“斯洛伐克”。这才明白，儿时糊涂，囫囵吞枣，枣肉枣核分不清。

其实，捷克大得多，工业发达，艺术昌盛，是枣肉；斯洛伐克较小，农耕为主，别无长物，属枣核。

游布拉格不妨借用文学的“倒叙”方式，从国立博物馆起步，先逛现代风云际会的 VACLAVSKE 大街（瓦茨拉夫大街），再看景点密布的旧城广场，最后游览始建于 9 世纪的城堡。

站在博物馆前的波希米亚国王青铜塑像前，眺望布拉格最为繁华的 VACLAVSKE 大街，只见参差百座楼宇，相映成趣，争奇斗异。像似冥冥之中一只巨手信手拈来随心堆砌，将700米长的大街垒成一条建筑博览景廊。新文艺复兴风格的国立博物馆，巍峨庄严，被按在街首；20世纪50年代建成的苏式建筑JALTA宾馆，方正刻板，被塞在45号；新艺术运动流派的AMBASSADOR宾馆嵌在街尾的5号；对面4号和6号是两栋相连的功能主义现代建筑，简洁实用。街中的25号EVROPA宾馆则是风靡一时的新艺术运动的杰作。

波希米亚君王的青铜塑像屹立在大街广场的中心，冷眼闲看百年风云。1918年，捷克和斯洛伐克两国挂牌合伙，并为一体；1939年德国的坦克部队长驱直入，鲸吞捷克；二战后期美苏大军又相继闯入，各霸一方；此后便在苏联的铁腕控制下苟延残喘四十余年。

1968年杜布切克上台，推行渐进式改革，鼓吹“带有人性面孔的社会主义”。可苏联大哥一点脸面也不给，一声令下，华沙条约组织的几十万大军浩荡入境，VACLAVSKE大街上坦克轰鸣。不由分说，一根铁链将杜布切克等人拴成一串，塞进运输机去了莫斯科。威逼恫吓之下，杜公被迫签字画押，赌咒发誓不再改革。“布拉格之春”一夜入冬。

1989年“天鹅绒革命”风起云涌，50万市民上街示威。苏联的铁幕终究化为灰烬，捷克迎来新生。所谓“天鹅绒革命”据说是因为组织者常在布拉格剧院秘密聚会，剧院门口的栏绳是由天鹅绒编织而成，故得此名。天鹅绒之柔软，恰好蕴含了这场革命自始至终的非暴力性质。

以柔克刚似乎是捷克人的生存之道。“布拉格之春”运动勃然而起后，几十万敌军浩荡入境，捷克的国防部队规模相等，却都窝在军营里躲避风头！杜布切克戴上镣铐时，顾不上充当英雄，高歌一曲“锁不住我雄心壮志冲云天”，而是忙不迭地告诫国人：切勿抵抗！以卵击石，愚也。

二战炮火中多少欧洲城市落了个白茫茫大地真干净，可布拉格毫发无损。可谓：国破山河在，城沦草木春。“天鹅绒革命”胜利之日，当年不忍玉碎但求瓦全的杜布切克站在大街 36 号的阳台上，同踌躇满志的哈韦尔总统并排傲立，向挤满大街欢庆胜利的群众挥手致意，其心潮之澎湃如同人潮之汹涌。

杜公和哈氏两人是捷克 20 世纪的伟人，但命运迥异。哈氏原是剧院的一个杂役，劳作之余写写剧本，后投身政治，“天鹅绒革命”胜利之后当选为总统。1993 年捷克同斯洛伐克散伙分家后，继续担任捷克总统至 2002 年，至今仍活跃于国际事务。“布拉格之春”失败后，杜公被贬为驻土耳其大使；之后又被开除出党，发配原籍斯洛伐克，在林业部坐冷板凳。1989 年后重返政坛，担任议会议长。1992 年，在准备出庭揭发克格勃官员罪行前一周，突遭离奇车祸，未得善终。

逛完 VACLAVSKE 大街，抵达街尾便可右拐，百步之外就是游人如织的旧城景区：市政厅、天文钟、火药塔、胡斯像等。看完旧城景区，如果钱包没被吉卜赛神偷叼走，便可神定气闲地踱过查理大桥，游览城堡景区：黄金道、旧皇宫、布拉格城堡……

所有这些耳熟能详的景点早被各类旅游书刊嚼得稀烂喂饱读者，无须在此唠叨。值得一提的是建于14世纪的St.Vitus大教堂。气冲云霄的尖顶条窗，尖塔林立的飞扶壁，玫瑰瓣状的花饰窗格，堪称哥特式建筑的经典巨作。教堂藏有波希米亚历代君王的稀世珍宝，波希米亚宝石皇冠也不时显露尊容，观赏价值应在名牌商店里的衣帽鞋袜之上（当然女士未必认同）。

缓缓走下城堡，见雨意渐浓，便闪身钻进路边候客的出租车。司机是个中年胖汉，神情阴郁。我一字一顿地告知宾馆名称和地址，问道：远吗？答：嗯。再问：打表计价吗？又答：嗯。环视一圈，未见计价表，心存疑惑，可见他惜言如金，便不再细究。事后方悟，此兄这般沉默，原来心怀鬼胎。

车如风驰，10分钟到达宾馆门口。路程大约5公里，参照捷克的消费水准车费约为150捷克克朗。问："多少钱？"胖汉闷声回答："400。"他弯腰不知从哪个角落变戏法似的亮出一个计价器，赫然显示：400。"这么近的路，要400？"我狠声追问。他低头阴脸不吭声，举着计价器，像似出示判令，一脸的不饶不让。我这才恍然大悟：撞上了宰人的刀客。他车停在路边，哪里是候客，分明是狩猎嘛！我引颈向前，他顺手一刀。

僵持片刻，我只得掏钱。争执又顶何用？只会把一天的好心情败坏殆尽。想当年德国人来时，捷克把整个国家都乖乖地交了出去，这点小钱我好意思计较吗？入乡随俗吧。

回到房间捡起一本朋友扔进我行李箱的“布拉格旅游指南”，想借此驱散挨了一刀后窝在胸口的郁闷。翻至躲在书末的“游客须知”，这才亡羊补牢地明白：布拉格的士司机惯于宰客，臭名昭著，游客须小心挨刀。并献上对策三条：首先，上车前须议定价格；其次，申明需要正规收据，可大幅降低被宰幅度；第三，电话叫车，或拦招行驶中的车，路边等客的车都是埋伏的刀客，千万别去招惹！

如此重要的信息居然羞答答地躲在书的最后一页！我来编写的话，一定放在首页，粗体黑字断喝一声：路边的野车你不要睬！

挨宰不免郁闷，转念一想，权当花钱买个教训吧。多付的钱只有 80 元人民币，酒后茶余还多了一份谈资。贵乎哉？不贵也！于是，释然入梦。

2008 年 10 月

# 斯洛伐克遗风

布拉迪斯拉发，还是布拉斯迪拉发？斯洛伐克的首都，颠来倒去念了几遍，离口即忘。无奈之下忽想起英国曼联的著名边锋，便用沪语咒问：布拉迪死了伐（吗）？这才牢记。这固然有损口德，但布拉迪体壮如牛，刀枪不入，咒几声，又何妨？

布市的所谓国际火车站貌似中国的县级车站，狭小幽暗，熙熙攘攘。我拐了两个弯，摸到问讯处，举着订房单问路。一位金发半老洋婆麻利地抽出一张城区游览图，飞快写下一串数字，用标准的英语指点道：坐 13 路有轨电车，6 站，买 30 分钟效期的票，18 克朗。词简意赅，其敏捷可与布拉迪一决雌雄。当然，不用决斗便雌雄分明。

不愧是民主国家，什么事都有不同观点。13 路电车的胖汉司机直摇手：No No。意即：这车不去那旮旯。我不

依不饶：怎么会不去？司机双眼上翻做苦思状，忽然灵光一闪，大悟：啊，Tesco！挥手让我上车。我明白：英国人开的Tesco超市有站，宾馆就在附近。电车蜿蜒蛇行，两边多为低层楼房，古朴典雅中散发着些许寒酸。物价倒也低得恰当，不及西欧一半。司机貌粗心细，特意敲击车窗，指着路边的Tesco，提醒我下车。

出宾馆往西南不远便是罗兰喷泉居中的旧城广场，广场一端的尖顶塔楼酷似教堂，却是建于1421年的古市政厅，而旁边貌似市政厅的红顶矮楼倒是福音袅袅的教堂，颠倒误认者甚众。广场一侧是日本和希腊使馆，法国使馆在另一侧，与其貌不扬的国宾馆为邻。除了高踞山顶的杰云城堡稍远，主要景点均近在咫尺。走马看花，半日足矣。

自16世纪起，布拉迪斯拉发历史上曾为匈牙利王国首都近300年之久，虽说缺乏先声夺人的标志景点，但古迹斑斑，自有一份天然去雕饰的质朴美感。漫步古巷石径，联想史上曾有11位匈牙利国王和8位王后先后在此加冕（斩首几颗不得而知），心头矫情地泛起一丝“六朝如梦鸟空啼”的沧桑感。街头那些雕塑小品，谐趣幽默，值得一看。

旧城广场中心一尊真人大小的青铜士兵像，双足赤裸，弯腰弓背，两臂平伏椅背。据称此公原属拿破仑远征军，大军拂晓开拔，他刚怀抱裸女梦醒春宵。赤足狂追未及，回身娶女为妻，落脚安居。头盔低垂遮羞，脸露微笑窃喜。可谓“苦海茫无边，回头便是家”。游人合影留念者不少。

不远处街角地面的窨井盖大开，一位头戴安全帽的检修工探出脑袋，双臂伏地做休息状，也是青铜雕塑作品，戏称为“偷窥者”：帽檐儿低垂遮住贼眼，佯装打盹，却在偷窥来往女子的裙内春光。半步未挪，俯仰之间，一日看遍长安花。

通往城堡的小巷墙上两米高处的壁缝里嵌着一颗石雕脑袋，探头左望，神态滑稽。稍做盘桓，听到两个导游不同版本的解释：一说是期盼经常途经此巷的国王马队；另一说是远眺红极一时的花街柳巷。多半还有五个不同的版本。可见导游的故事多半哄人一笑，不必当真。旅游就是寻乐，导游自然深谙此道，投怀送抱。

广场边上的小巷墙上，剥露出一幅灰土色的壁画，据考源于16世纪。画面里四个农夫手持铁镐在混工分，一个干，三个看，活脱脱是中国人民公社后期的田头景象。可见斯洛伐克虽以农夫为主体，500年前已具备社会主义初级阶段的社会特征，比马克思的预言还早了300年。

天鹅绒革命后，斯洛伐克便义无反顾地全盘西化，实施市场经济至今已逾20余年。可大锅饭遗风依旧炽盛，叹为奇观。我寄居的宾馆，巍然高楼，标榜三星。空旷昏暗的大堂里，弥漫着阴森冷漠。一进客房，如同回到国内30年前的县城招待所，设施简陋，疏于管理。

脱光衣服跨进浴缸，拨弄了半天，淋浴龙头仍是滴水不出；放水盆浴吧，浴缸的止水塞不见踪影，淋浴泡澡皆无可能。就像太监的裤裆，配置都有，功能全无！

想起20年前的类似奇遇。驱车前往拉萨途中路过青海名城格尔木，入住当地排名第一的所谓“豪华宾馆”，前台声称地毯浴缸一应俱全。付了钱进了房才发现，地毯捆


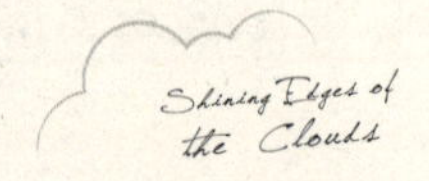

成一卷，直挺挺地躺在浴缸里。不用担心受潮，浴缸连上下水都没有，纯粹就是个摆设。洗澡近乎意淫，任凭想象，不能真做！

中国30年巨变，可谓沧海桑田。这类酒店早已绝迹，未料到万里之外的东欧却还枝茂叶盛。

我下楼诘问总台小姐："这般鸟样，国营的吗？"答曰："不是，私人老板哦。""浴缸无塞，岂不糟蹋水资源？配几个塞子费不了多少钱，为何不办？"笑答："本人人微言轻，说也白说，随它去了！"

不随它去，还能奈何？此地宾馆房价奇高，质量低劣，早已臭名远扬。外国游客宁可住在一小时车程外的维也纳，当天往返来此一日游。因此午间各家餐厅人头攒动，入夜后宾馆客少人稀。可见制度可改，习性难移。

总台小姐的神情恬淡松弛，堪称斯洛伐克民风的经典缩影。当地居民不温不火，生活悠然自在，宛如穿城而过的多瑙河，平缓宁静，波澜不兴。

当地做官的简直是仆人的命，动辄遭斥。不久前，联合执政党的一位党魁出门公干，搭乘一家私营企业的直升机赶赴开工典礼，落地后又动用警车开道，被几家民间监督机构揪住不放口诛笔伐。这在有些地方还算件事吗？又不是公款消费，别人的飞机，又没搬回家，坐坐都不行吗？受这般鸟气！

躺在狭窄坚硬的床上，翻开本地报纸方知，英国伊丽莎白女王携夫君菲利普亲王首度驾临斯洛伐克，今日抵达本市。不知万乘之尊，今宵梦醒何处？旧城广场边那座与法国使馆相邻的所谓国宾馆？三层旧楼，灰头土脸，同金碧辉煌的白汉金宫相比，形同马厩。可洞悉世事的女王固然明白：出门在外，随遇而安，岂能苛求。

世间诸事，宽忍为上。王可忍，吾何不可忍？

2008 年 10 月

# 巴塞罗那的摇钱树

到了巴塞罗那，自然认为到了西班牙。可当地人闻之多半不爽：西班牙为何物？此乃加泰罗尼亚首府也。洋溢着加泰罗尼亚风情的巴市是环地中海人气日炽的旅游名城，风头远超雅典，直逼罗马。

盛名之下的毕加索艺术馆，风情万种的步行大街，固然都要点个卯的。但腰包鼓胀的游客多半是冲着建筑大师高迪而来的，他身后留下的 17 件传世杰作，有 8 项入选世界文化遗产，堪称“风情十斗，高迪独占八斗”。巴塞罗那居民仅 150 万，每年却有 700 多万游客蜂拥而来，争相解囊。这不是棵千年摇钱树吗？说是摇钱树，其实也不用费劲摇，那白花花的银子便雪崩海啸般汹涌而来。

笔者随俗，先去瞻仰高迪的未竟之作圣像教堂。教堂由一簇圆锥体的塔楼组成，按高迪的设计，教堂由 18 座尖塔组成，代表 12 个基督门徒，4 位福音传教士，以簇拥着圣母和耶稣。

悚然矗立的塔群造型狰狞，外表石墙疙疙瘩瘩，像一群巨型的鳄鱼在拿大顶，丑陋的尾巴直刺云霄。英国著名作家奥威尔毒言直喷，称其为有生以来所见的最为丑陋的建筑，并咬牙切齿地说，西班牙内战时，那些无政府主义极端分子为何不点上一把火，烧它个寸瓦不存！

说实话，仰头望去，真是触目惊心地丑陋。眩晕片刻之后，又惊叹其魔幻般的超常视觉效果，恍惚间疑为天外之物。

这座建筑史上罕见的奇作于 1882 年动工建造。1926 年高迪车祸猝亡后，工程时断时续，成了“烂尾楼”。不烂则罢，一烂便是两个世纪。据称续建工程将在 2026 年完工，以纪念高迪百年诞辰。究竟是狗尾续貂，还是貂尾续狗，到时西班牙定有锣鼓喧天的论战，继续抢夺眼球，牟取钱财。

高迪的另一齐名杰作米拉公寓，相比之下却十分悦目。从加泰罗尼亚广场出发，沿 GRACIA 大街向北，一路闲看市列珠玑的繁华街景，观赏千姿百态的街客众生。巴市女性嗜烟者甚众，不输须眉；玉体娉娉，青烟袅袅，自成当地一景。

不少十字路口的四个街角，不同于常见的直角，而是将直角斜切一刀，两面临街的楼房变成三面临街，中间一面便是正门，直对街心。这可谓神来之刀：不仅街口的空间增大，还多出一个商业门面，抢夺四方眼球。

较大的十字街心设个花坛，栽几棵树木，便当仁不让

地称作“广场”；四周的旅馆酒吧跟着鸡犬升天，自封为某某广场酒店，某某广场酒吧。这恐怕蒙人不浅，你在网上预订了什么广场宾馆，以为下榻在天安门，不料却落脚在四环外了，市中心既不可望，更不易即！

漫步片刻，那栋外形怪异的米拉公寓便映入眼帘。整座建筑貌似海水多年侵蚀而布满空洞的巨大岩礁，窗户宛如岩壁上凹陷的洞穴，大楼的外墙也像波涛翻滚的海面，坚硬方直的石头处理成水长波圆的柔和曲线，极富动感。高迪坚信：直线人为而成，属于人类；曲线天然形成，属于上帝。米拉公寓以流动的曲线环绕四壁，贯穿内外，造型奇特怪异而又匀称协调。沉吟半晌，不得不承认：同圣像教堂相比，这显然像座房子了。

米拉公寓 1984 年入选联合国教科文组织世界文化遗产名录。盛名之下，观者如潮。随人群涌入公寓门厅，如身临大自然：天棚是彩绘的各种植物，窗户栅栏如扭曲的海草，楼梯栏杆像错综的叶脉。

拾级而上便是一套原汁原味的典型公寓，按 30 年代的风格配置，仿佛步入当年富庶的中产家居。类似当今的三室两厅的设计，约 200 平方米，餐室和客厅合二为一，互借空间，两间卧室，另有书房，储藏室等。

楼宇正中是圆锥体露天庭院，充沛的自然光穿过内廊进入朝里的房间，因此每套公寓无一暗室，通风透亮。这百年前的老房子，房型合理，功能齐全，精致典雅，几臻至善。国内那些房产大腕们，惯于把水泥砖石胡乱堆成一坨，并美其名之“豪宅”，见了米拉公寓当会脸红（如果尚能脸红的话)。

当然也有见了脸色发青的。有个贵族公子慕名赶来，上下左右细细看后，拽住高迪诘问：这巴掌大的屋子，要真的搬来住，我那台三角大钢琴该搁哪儿？高迪冷笑一声，嗤！弄把小提琴不就齐了。

高迪一生蹭蹬，幸逢富豪实业家奎尔先生鼎力资助，才得以施展才华。奎尔公园便是当年的一个花园住宅项目，恩主掏钱，高迪出力。今日游客如云的景区，当年一阵热闹之后便寂若墓地。项目原来计划建造60座“美景豪宅”，结果吃了白板，一套都卖不掉。最终完工的只有两座，一座奎尔先生拿下，另一座高迪自己掏钱买下，也算责任分担，物尽其用。

如今大红大紫的超现实主义大师达利，也是巴塞罗那人，原是高迪的后辈，其人其作同样匪夷所思，却也相煎甚急，观后竟然大呼，痛苦至极，难以忘却！

高迪曾对奎尔先生哀叹道，普天下赞我建筑者，唯有阁下和我本人了。不料奎尔一点不给面子，坦然正告：我并不喜欢您的建筑，只是尊重而已。奎尔先生并不认同高迪的怪异艺术，却惜之助之，这等气度，怕不多见。这世间常见的倒是：观点不同，趣味相异，便杀气腾腾，鸣鼓而攻之。还暗暗自得，与人斗，其乐无穷。

奎尔大把撒银子的豪气，我辈自然仿效不起；可他那雅量气度，世人可否效颦？嘿，谈何容易！

2008年12月

# 里斯本游侠

葡萄牙和西班牙的国名曾让清朝大臣满腹狐疑，葡萄长牙（芽）倒也罢了，“西班”是个什么玩意儿，居然也长“牙”？百思不得其解。到了欧洲，不妨借机去看“牙”。

葡萄牙首都里斯本地处天涯海角，位于欧洲大陆的边缘，再往西走就栽进大西洋了。欧洲各国眼下虽谈不上盛世，大多还太平。但跨过比利牛斯山脉到了西班牙、葡萄牙，就得十二万分小心了，一不留神就栽了。当然未必栽海里，而是栽在抢匪手里。

笔者认识的一位重庆老板，几年前带了几个马仔去欧洲开洋荤，就在马德里栽了。此地有不少人奉行“野蛮共产主义”，恪守“各尽所能，按需自取”的原则，光天化日之下，你的东西瞬间成了他的了。索马里海盗们奉行的是“枪杆子里面出金钱”，动辄开枪轰炮；马德里的大侠们则深谙游击战术，擅长瞬间出击，来无侠踪，去无盗影。

这位老板对比利牛斯半岛的好汉也久仰大名，不敢懈怠。因此上街时便仿古人出战，摆了个标准的四方阵。现金、护照全部装一背包里，安排个彪形大汉挂在胸前且双臂紧抱，另外四人前后左右贴身护卫。这副腔势基本等同于一个招匪广告，不是平面的或视频的，而是很有创意地运用了活人版的行为艺术，且主题鲜明，不容误判：大钞备齐，勇者自取！

果然，六七个悍匪招之即来，一对一从后面用铁臂蛮力掐住脖子，另两个直扑中心目标，掰开护包的手臂，夺过“大礼包”飞身而去。一声呼哨，匪徒瞬间消失在茫茫人海。

整整 6 万美元送了人，连个谢字都没有。即便有，也听不见，老大和马仔一个个瘫软在地，从休克中慢慢缓过来，转转脖子，翻翻眼珠，暗自庆幸还算捡回了一条命。

类似的故事听多了，到了里斯本我出门从来不带包，相机现金信用卡毫不显眼地塞在裤袋里，两手空无一物，以“空手道”化敌于无。

入住的索菲特酒店在里斯本通衢要道 Liberdade 大街西侧。出门右拐，顺着大街往南不远就到了里斯本最著名的中心广场 Rossio。火车站、地铁、巴士和电车终点都集聚此地，出行十分方便。如果只有一天时间，不妨就从这广场出发，匆匆游览一下里斯本的三大景区，Baixa 棋盘街，Alfama 老区和西南郊外的 Belem。

从广场南行约 200 米便是 Baixa。1755 年的大地震把

里斯本抹成了一片残垣断壁。当时的葡萄牙首相解囊资助，强力主导了一场在人类历史上首次以抗震为目标的重建工程。房屋间设有防火隔离墙，建筑采用方格网状木结构以传递分解地震波。街道一律 40 英尺宽，两侧人行道边竖立石桩确保行人安全。因此整个街区呈方格棋盘状。

这个长官意志的产物如今成了游客必到的景点，据说还上了联合国文化遗产的候选名单。街区的门面房基本都是毫无特色的商铺酒屋，加上古板划一的街道，看上去整洁雅致，却了无趣味。白色小石密密麻麻铺成的街面古雅质朴，历经了 300 多年的车碾人踏，依然坚固如新。

从 Baixa 坐蓝线地铁往东两站可达 Alfama 旧城。北非摩尔人入侵南欧时在此留下了深刻而鲜明的伊斯兰烙印，一些古旧宅第的门面仍然保留着阿拉伯风格的方块瓷砖。

旧城匍匐在里斯本东南的山坡上，多为三五层楼的旧房。街道窄得惊人，相好的情人身子探出窗户，几乎可以隔街相吻。阳台宽不盈尺，却放置了不少盆栽花草。挂在窗外的衣衫裤衩五彩缤纷，像低垂致哀的万国旗，为气息已绝、容颜尚存的摩尔人遗址默默守灵。幽静的窄巷里，随意推开一扇厚重的木门，你会惊奇地发现自己面对着一家人声鼎沸的酒吧。旧城貌似死气沉沉，其实却隐藏着勃勃生机。

Alfama 如同迷宫，地图基本等同于一页废纸。最好的游览方式是扔掉地图，脚随眼，眼随心，走到哪算哪。遇上古旧有轨电车停站，便爬上去坐一段路。

坐在木质车厢里的木椅上，在叮叮当当的车铃声中，透过水汽朦胧的车窗，望着面目模糊的古宅，恍惚中穿越时空来到了 200 年前……

Belem 远在西南郊外，走马看花也至少需要 6 小时。从 Rossio 广场坐公共汽车可直达。但车上既无显示屏也无报站音，铁了心只为本地人服务。外国游客一是靠问，二是靠蒙。幸好修道院体量庞大气势恢宏，不易蒙错。

出了修道院往前不远就是 Belem 古塔、海洋博物馆等著名景点。但天已渐暗，只能浮光掠影地转上一圈了事。

逛了三大景区后顺着 Liberdade 大街回宾馆。迎面突然传来一声“Anybody speaking English”（有人说英语吗）？我下意识地立即应道：Yes？

只见一个彪形大汉赫然眼前，先来一句英式国骂“F××k！”然后解释说，他是加拿大来此地旅游的，挎包刚才被人从后面割断背带抢走了，护照钱包都丢了。能否给他两三欧元硬币，让他坐巴士回旅店。

我上下打量了一下这个 20 左右的金发猛男，暗想，凭你这身铁打似的腱子肉，哪个吃了豹子胆敢抢你？同时警觉到这家伙口音很重，“bus”的发音成了“博士”。这不是英国曼彻斯特一带的口音吗，怎么跑加拿大去了！心想来者不善，急忙一口回绝：对不起，我刚下飞机，身边没有零钱。说完转身即走。

他费这般口舌难道就为了两三欧元？回到宾馆便请教总台。温文尔雅的年轻经理听到险处，神色紧张地喃喃道：“Oh no，no！”紧接着他忙问：“您掏出钱包了？”我说：“没有，但他就讨了几个欧元，值得这么折腾吗？”

“只要您掏出钱包找零钱，您同您的钱包就永别了。”他做了一个抢夺的手势。我这才恍然大悟，原来如此！

这位从英伦三岛来此落草的游侠看来也不是一味靠蛮力，显然也用了点儿脑子。监控摄像头如今密布英国街头，严重威胁抢劫行业。从业者于是浪迹天涯，到葡萄牙混口饭吃。称其为“游侠”显然欠妥，游荡不假，侠气何在？里斯本真正的大游侠当是孺幼皆知的卡洛斯特·古本江先生。

古本江是20世纪初石油界的大亨，亚美尼亚人，先是奥斯曼帝国的臣民，后来弃暗投明入了英国籍，长期定居法国，最后终老葡萄牙。一生辗转游荡，一路散财无数，其人其行如同艺高胆大、慷慨仗义的大游侠。

古本江博物馆是葡萄牙的著名景点，有游客甚至放言，没去过此处的不算到过里斯本！于是特意留出一整天参观游览。

为躲避二战烽火，古本江从法国一路南逃到了葡萄牙。此地远离战乱，民风淳朴，热情好客。古本江这才收住脚安顿下来，在里斯本隐居了13年之久，直到1955年过世。游荡一生的古本江死后也没消停，遗体从里斯本一路北上，到了生前居住过的法国南部才落土为安。青山处处埋侠骨，绿水片片容孤魂，古本江想必不会痴迷落叶归根之类的俗念，何况法国也并非他的故乡。老人家大概在里斯本住久了，有点腻，换个环境而已。

古本江为答谢庇护之恩，用一大笔遗产在里斯本成立了“古本江基金会”，并将一生收藏的数千件古董珍品移交古本江博物馆，供世人共享。基金会雄厚的资金大力资助当地的文化教育事业，被誉为葡萄牙“第二财政部”。

尸骨运到了法国，钱财却留在葡萄牙。放在今天，好勇斗狠的法国总统萨科齐没准会打上门去，打得葡萄牙满地找牙，这牙要找不回来，岂不就沦为“葡萄”了吗？

博物馆是座奇特的建筑，仅地面和地下各一层，外观如同高架路下的低矮平房，门楣是一条长长的厚重水泥板，酷似高速公路下方的承重梁。若不是门前的绿绿的水池和浅浅的台阶，你会误以为这是一处大型停车库。跨入馆内却眼前一亮，内部装饰采用了当代风格，明亮简洁，透过宽大的落地玻璃墙，可见碧波荡漾花红草绿庭院里的明媚春光。

一层是永久展品区域，空间并不大，甚至不及我国有些县级博物馆的一半。但随意拿起一件展品，其价值都可换来任何一家县级馆的全部坛坛罐罐。展品按地域和年代分成十几个小厅，包括古埃及、古希腊、远东和西欧的文物古董和艺术品，件件都是价值不菲的珍品，足见古本江收藏的口味和品位以及眼力和财力。一个玻璃展柜里陈列着十多件中国的玉雕、瓷器等明清文物，任何一件都可媲美北京故宫的藏品。听说有一件价值连城的元代瓷器，但寻遍展厅，未见踪影。

进了伦敦的大英博物馆和巴黎的罗浮宫，如同身陷色彩迷离的浩瀚林海，美不胜收却力不从心，只能看一眼赚一眼。而古本江博物馆却是一个精心打造的御花园，可以件件不漏，并且件件耐看。



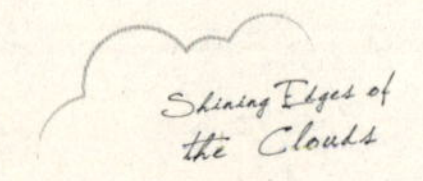

古本江还是给子孙后代们留下了大笔财富，同时为古本江基金会投入了巨额资产。现实和理想兼顾，亲情与公益并举。即既可抚慰自身灵魂，又能留下百世英名。

不知中国的富豪们是否有点动心？也许过些年，中国大地上没准会冒出几家“张富贵博物馆”“李二狗文化中心”？……别发笑，盼着吧。

2008 年 12 月

# 赫尔辛基的邂逅

邂逅未必是艳遇，就像走路不一定摔跤，何况邂逅的是位同性老翁，利波宁先生。名字中国人并不耳熟，但闲聊后方知此公非等闲人物，而是芬兰前总理，且连任两届，主政10年之久，在芬兰乃至整个欧盟可谓“天下谁人不识君”。

我今年夏季去伦敦赴会，途经赫尔辛基逗留一日，上街观光漫游时，短短半天里居然同他三度不约而遇。可见不是冤家也常会狭路相逢。

飞欧洲取道赫尔辛基中转会多花点时间，但好处是可以把漫长难捱的航程截为两段。北京到赫尔辛基才8个小时，再飞任何欧洲城市也就两三个小时。中转途中走出空间狭小的机舱，伸展四肢，喝杯咖啡，对不赶时间的闲客来说，何乐不为？

这次我干脆把中转延长为“city break”（都市寻乐）。在中心火车站旁的Holiday Inn睡了一夜，时差归零。主要景点举步可达，于是用完早餐便出门游逛。

中心火车站的正门就是一大名景，也是芬兰的标志性建筑。车站正门用当地花岗岩砌成，大门上方是一个巨型的半圆状拱窗，镶嵌着四方玻璃。两侧各有两座巨型的石雕人像，每个石雕男子都手捧一个球形的大灯。

二战期间，就在这车站里，当时的芬兰总统卡里奥因心脏病发作，气绝身亡。卡里奥总统的铜质纪念雕像静坐在芬兰议会大厦一旁，看着他的后辈们前赴后继地折腾奔忙，全无插嘴进言的份儿了。一位坐在铜像旁的老人闲得发慌，主动搭话闲聊。他一口咬定，当时俄国军队大举入侵，总统在车站同俄军谈判未果，绝望中心力交瘁，倒地毙命。芬兰人口才数百万，那场战争是猫与虎的搏杀，俄军最后以惨胜收兵，挽回一点脸面，却元气大伤。芬兰以卵击石，却把石块撞裂了，令世人肃然起敬。

火车站的东侧不远是议会广场，四周建筑都是新古典主义风格。北端是气势恢宏的赫尔辛基大教堂，广场一侧是赫尔辛基大学和芬兰图书馆，另一侧的一排政府大楼大概相当于中国的国务院及各部委，四层高，毫不起眼，看上去像旁边教堂的副楼。端着咖啡咬着三明治在拐角处同你撞个满怀的，说不定是某个部的部长或主任。

顺着小巷往南行走几百米，就到了码头边的露天集市广场。当然，有了集市也就没了广场，一排排摊位帐篷挤满了空地，卖纪念品、廉价衣物的，吆喝冷饮热餐的，市井气十分浓烈，煞是热闹。去海上芬兰城堡和其他各小岛游览的渡船也从这里出发，因此游人如鲫，摊贩卖主的钓钩常有俘获。

从码头向东北方向眺望，西欧最大的东正教大教堂巍然屹立在一座山坡上，就像历史上对芬兰虎视眈眈的俄罗斯一样，霸气十足地俯瞰整个赫尔辛基。教堂里陈设和壁画十分精美，让爬坡登殿而气喘吁吁的游客感觉累得值了。

逛了上述一些主要景点后，我打开地图寻找著名建筑岩石教堂。沿着火车站西侧的 Mannerheimintie 大街由南向北行走，到了现代艺术博物馆、议会大厦、国立博物馆等著名建筑集聚处，左拐便是历史悠久的中心老城区康比。岩石教堂应在前面不远。5 年前我去过一次，算是故地重游，因此自信到了近处定能找到。但过了两条东斜西弯的小路，我的自信渐行渐残。再细看一下地图，对照街尾墙角的路名，确定自己的位置不算难事。但费神不如问路，在英语通用的芬兰问路尤其方便。

四周一看，见对面缓步走来一位老者，身材高大，面色红润。我上前笑道："我知道身在赫尔辛基，但不知道在赫尔辛基哪里。请问岩石教堂怎么走？"老人笑了，一挥手："跟我来，到了前面指路更容易找到。"于是我们边走边聊。

他问："你是日本人吗？""噢，不是。""如果是的话，我就可以向你表示祝贺了，日本女足昨晚打败了美国队夺得了冠军。"

作为中国人，我不想在足球这劳什子上自取羞辱，便忙着岔开话题，问他是否去过中国。

老人答道："去过几次，差不多10年前的事了。当时我是芬兰的总理，那时中国当家的是朱镕基先生。"我忙问老人姓名，老人一字一顿地用英文拼读了自己姓名：Paavo Liponen，帕沃·利波宁。

老人谈起朱总理，敬佩之意溢于言表："一位非常敏锐聪明的人，非凡的记忆力，本人敬佩之至。"接着侃侃而谈，"中国的经济发展让全世界瞠目结舌，太了不起了。现在欧洲和美国陷入了麻烦，很大的麻烦。就指望中国经济的拉动了。"

我附和道："确实，现在全球经济一体化，你中有我，我中有你。任何一个大的经济体发生灾祸，谁也不能幸免。"

他停步指着旁边的街心花园说："从这里穿过花园，往前不远走到街的顶端，向右一拐就是岩石教堂了。"

"谢谢您了。您也是一位VIP了，让我们合个影吧，要知道在北京的大街上撞上一位前总理的几率比撞上一头大象还低。"我一边说着，一边张望寻找为我们拍照的人。一个过客正从不远处昂首阔步而来，我喊了几声却毫无反应。我笑道："显然是个美国人，对来自中国的声音一如既往地置若罔闻。"利波宁先生也跟着微微一笑。还是一位女子欣然接过相机，为我们拍了合影。

岩石教堂铁将军把门，一看才知10点开门迎客，看表现在才9点半，这半小时如何打发？于是沿原路向东闲逛，没多远又见马路对面老人牵着一个小女孩往前走，正是利波宁先生。这空余的半小时有去处了！我紧走几步上前招呼。

老人指着身旁眉清目秀的金发女孩介绍说，“我女儿，11 岁了。”“您今年多大？”我问。“71 岁了。”“那我是否听错了，是您的女儿还是孙女？”“是我女儿。”老人颇为自豪地答道。

他接着告诉我，他已经退出政界，只做些研究咨询工作。但他的太太（想必还很年轻）是位活跃的国会议员，下星期又要去中国访问。我提议能否附近喝杯咖啡聊聊，教堂要 10 点开门呢。他抱歉地说："谢谢您的邀请，但实在没时间了。我们今天出发去休假，还赶着买点东西做准备。"

第二次道别后，我去了刚开门的岩石教堂，在里面盘桓了半个小时。教堂是座非常奇特的建筑，在一块巨大的岩石内挖掘建成，因此没有教堂通常具备的宏伟门面和外形。虽然类似一个巨大的洞穴，但建筑顶端四周是一圈宽大的采光窗，金晃晃的阳光瀑布般直泻而入，整个教堂大厅明亮怡人，欧洲教堂的晦暗阴森一扫而空。装饰也是简洁的北欧风格，教堂内饰的精雕细镂一抹而净，不求庄严肃穆，只留明快怡人。

教堂椭圆形的大厅除了供牧师布道，另外一大功能就是用作音乐厅。记得上一次游览时，教堂大厅内济济一堂。站在布道讲坛前的不是神色忧郁的牧师，而是一位穿着牛仔裤的中年指挥。台前的管弦乐队有 20 多人，各自忙着调试自己的乐器。教堂大厅里杂音四起，人声鼎沸。突然间，指挥棒在空中划出一个漂亮的圆弧，大厅里顿时鸦雀无声，洪亮华丽的乐曲像一股晶莹闪亮的清泉喷薄而出，令人心


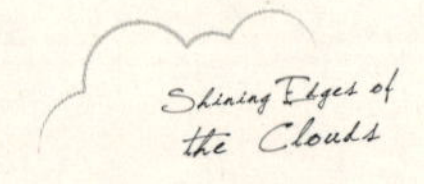

醉神迷。那种音乐的震撼力至今感受如新。这次特意找来，想碰碰运气，兴许还能赶上一场音乐盛宴。结果未能如愿。

出了教堂不远我在路边停步摆弄手中的相机，身后有人拍了一下我的肩，问："教堂去过了？"回头一看，又是利波宁先生，这是一天之内第三次偶遇了。

他牵着女儿的手，提着满满的购物袋，像是刚从商场采购完毕。于是我同老人闲聊着，陪着他们往家走。到了他家门口，我才意识到老人刚才为了给我指路，特意绕路陪我走了一段。

那是一座外貌朴实的五层普通公寓，浅红色的水泥外墙上几道乳白色的长条色块算是唯一的粉饰。楼旁一辆重型卡车和一台吊车。他说，这楼老了，建于 1911 年，正在做外墙维修。

我笑道，中国也是在 1911 年推翻帝制建立共和体制的，建成后就一直在修，用泪水汗珠甚至血肉在不断地修。

利波宁先生举了下手中的购物袋，略带歉意地说："我们全家要去度假，刚才忙着买点必需的物品，下午就出门了。所以不能请你进去喝一杯了。"

最后告别时，我说："冒昧地问您一个敏感的问题，您如何评价中国的政治制度？"老人沉吟片刻，像是在斟词酌句。

我补充道，我知道西方的政治家在这个问题上有一套标准的说辞，专制，没有人权，等等。但我们不得不面对历史堆积而成的现实，何况这个制度至今还是卓有成效的。在欧美以外的国家，西方的民主制度失败的案例比比皆是。

看看菲律宾，印度尼西亚，海地，还有那些非洲国家。

老人似不便直言评判，委婉地答道："中国毕竟是中国，有其特殊性，十几亿人啊。何况中国确实也在大步前进。"他顿了一下，像是临别赠言似地说道："'incremental evolution'（渐进发展），那才是上策。"

我响应道："完全正确，中国这么一个大国，一旦乱了就可能四分五裂。我们需要'evolution'，而不是'bloody revolution'（流血革命）。"利波宁先生握了握我的手，像是赞许地点了点头。

望着老人蹒跚而去，不由心中一悲，任凭大业有成、风光无限，人终将是风前残烛，蜡销尽，了无痕。

我回到酒店上网查知：利波宁先生1995年至2005年连任两届芬兰总理，1999年访华会见朱镕基总理，当时还兼任欧盟轮值主席。网上还有一张照片，12年前的旧照。欧盟首脑在冰岛开会，各国政要飞抵雷克雅未克。芬兰总理利波宁穿着厚厚的大衣走下舷梯，手里拎着一个篮子。躺在里面的是刚出生的婴儿，因无人照料，只能随父一起赴会。照片上了欧洲的各大报纸首页，一时风头无二。照片上沉睡的婴儿想必就是金发女孩的哥哥了。

网上是老人十几年前的照片，神采奕奕，显得精干敏捷。现如今，老人腆着隆腹，壮实依旧，却已韶华逝尽。人们总是感叹人生悲哀莫大于美人迟暮，但是，英雄老去，不亦悲乎？

2011年8月



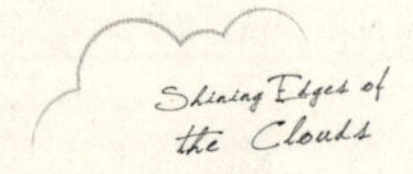

# 赫尔辛堡的玉壶

赫尔辛堡是瑞典的海港城市，在波罗的海西南端，和西北端的芬兰的赫尔辛基仅一字之差，但相隔千里。隔岸相望的赫尔辛格同样一字之差，却目力可及。

下了火车在宾馆安顿妥当后，我手持地图，从火车站前的广场出发，沿着长达两公里左右的海滨大道，由南向北漫步游览。左侧是连接北海和波罗的海的厄勒海峡，对岸丹麦城市赫尔辛格的海岸线如蓝天碧海间的一抹细长的黛色，随波沉浮。右手是城区中心，各类楼房公寓中不时可见宾客盈门的餐厅酒吧。

在大道和海景公寓之间常有宽达数百米的草坪，翠绿的草地连着蔚蓝的海水，一幅安神怡情的自然美景。

我好奇地询问一位遛狗的老人："你住的海滨公寓景观太好了，大片的绿草坪，蓝色的海景。如果政府把你楼前的绿地卖了，冒出几栋更高的新楼挡住了你的视线，你怎么办？”

老人不解地瞪着我，好像碰到了外星人似的，说：“怎么会发生这种事？那是绝对不可能的。”

“假如不是造商品公寓，开发建造的是公共建筑，供市民享用，为的是公众利益呢？”我不依不饶地再问。

“那也不会发生。政府无权牺牲我的利益，哪怕是为了让大家得到好处。”老人瞪着双眼，神情严峻，仿佛怀有这种荒唐念头都是一桩恶行。

看来打土豪分田地式的多数人暴政在这里没有市场，不仅不会一呼百应，想找个赞成的同志，恐怕都像找人合伙打劫一样非常困难。

宾馆总台小姐推荐的餐厅 Roy’s Fisk 在海滨大道的一个拐角处，是家专做鱼鲜的餐厅。落座后，点了一盘煎鱼配土豆，另有一杯葡萄酒，红白自选；色拉和甜点自助。总共 96 瑞典克朗，也就人民币 96 元。在北欧已属绝对超值了，前台女孩多半就是冲着便宜才特意推荐的。在这一带用餐，单点一份意大利海鲜面要花去 150—180 瑞典克朗，如果想摆个谱儿再要一杯葡萄酒，至少还得掏 30 克朗。当然那真的是葡萄酿制的，不是香精加色素勾兑的。

由于便宜，因此 Roy’s Fisk 食客盈门，桌椅不得空闲。目光越过餐厅的围栏，只见海滨大道外侧聚了不少闲客，三三两两，或坐或躺，读书，聊天，日光浴，看海发呆。旁边长长的码头边游艇密密麻麻，像一望无边的海上停车场。

沿着海滨一路游逛，居然漏过了造型独特的文化中心。顺着西侧与海滨平行的大街往回走时，路过一个宽阔明亮的广场，侧首右看，一栋当代风格的四层宫殿跃然眼前。

国内寸土寸金，造楼的恨不得把外墙推到人行道外三尺。而这座典雅庄重的楼宇前面，却特意空出偌大一片广场，宛如一位雍容娴静的美女，从容优雅地远远站着。你想接近，非得屈尊前行，而不是一抬腿就撞上了酥胸。

我像蓦然撞见一位仪态万千的素面美女，一时竟停住脚步，远远地伫立凝望。她丝毫没有那种堆金砌玉、奢华无度的俗艳，静静散发着不屑粉饰、庄重内敛的气息。

我顿时联想到了建筑大师贝聿铭的最新杰作——苏州博物馆新馆，两座建筑竟然如出一人之手，粉墙黛瓦，素洁典雅，棱角分明，气势不凡。同样的长方体主楼，局部细处糅合了三角形、半圆形，平行四边形等几何图形，显得鲜活灵动。当然，苏州博物馆新馆的建筑体量要大了几倍，空间结构也更加复杂多变。

正门前方宽大的九级台阶上，从左往右、自下往上一条专用车道横贯整个台阶。设计师不惜打破访客拾级而上的步履节奏，特意设置了缓缓向上的通道，为伤残者提供最大的便利。可谓细节之处见精神。

“你说，这幢楼的设计师是金日成？”我难以相信自己的耳朵，也有点儿怀疑接待小姐的头脑。此时我站在大厅中央的服务台前，柜台后面站着一位金发碧眼的瑞典女孩。

“没错，就是他亲自设计的，还获得过几次建筑设计大奖呢。”接待小姐脸上荡漾着甜蜜笑容，像是也跟着沾了点儿光，“就像他爸爸一样。”这丫头显然弄颠倒了，金日成是爸爸，金正日才是儿子，同时还是朝鲜两千多万子民慈父般的领袖。

但这怎么可能呢？虽说金委员长常有狠招儿，让全世界（包括中国）惊得一愣一愣的，但他居然还会这一招，设计了屡获大奖的建筑作品？即便有这本事，他老人家有这闲空儿吗？

当然是搞拧了。瑞典女孩指的是 Kim Utzon（金·伍重），不是 Kim Il Sung（金日成）。这两个名字在英文里发音相似，再从口音特重的瑞典人嘴里说出，中国人很容易误听为金日成了。这事要放在朝鲜，无疑会定她个“大不敬”之罪！

金·伍重是丹麦当代著名建筑师。其父约恩·伍重就是澳洲悉尼歌剧院的设计师，世界建筑史上的标杆人物。果然是将门出虎子，这座当代风格的赫尔辛堡文化中心屡获建筑大奖，是当代风格建筑的一大杰作。当年在全球一流设计师参战的激励竞争中，他以新颖独特的设计方案，力克群雄一举夺标，给赫尔辛堡蓝色项链般的海滨旁配上了一枚温润洁白的美玉。

我只知道国内形势一片大好，奇葩楼宇一排排地从土中直冒，却从来没有听说过赫尔辛堡的这幢著名建筑，更不知道悉尼歌剧院的著名设计师还有个继承其衣钵的儿子。我平时每天看报，但还是孤陋寡闻。

这幢文化中心历时四年于 2002 年建成并对公众开放，建筑面积 16000 平方米。楼高四层，设有展览厅、音乐

厅、小剧院、图书馆、美术画廊、音乐录制房等。中心属市政府所有。大部分设施和活动向公众免费开放。同时还是赫尔辛堡音乐艺术学校的主要教学场所。坐在中心底层的后厅里，透过宽大的玻璃墙，开阔的海景尽收眼底。

同建筑设计风格相呼应，建筑主体采用的材料也是朴实无华，水泥，石灰，松木和桦木板材。内部装饰也是简洁明快的当代风格。卫生间的墙面一律贴的那种普通的小方块白瓷砖，简单实用。

中心的工作人员介绍，他们的宗旨是为所有的市民提供一个艺术活动的场所。内容包括音乐、美术、地方史和文化史，但突出当代艺术，展品来自世界各地。

底层的小型展览厅里正举办一个非洲摄影展，几十幅黑白照片展示了非洲大陆独特的自然风光和贫穷的生存状态，荒漠旷野，破棚茅屋，瘦骨嶙峋。这样一个触目惊心的图片展览，如果设在金碧辉煌的奢华场馆里，观众感受如何？

底层中央是游客服务中心，兼营各类旅游礼品。门口一个桦木板架上放着一尊人头铜像，这就是亨利·邓克，瑞典著名实业家和慈善家。

邓克是位意志坚定、卓识远见的企业家。年轻时接手父亲创建的橡胶产品工厂后，勇于开拓，精心经营，把一家小作坊打造成全球闻名的庞大企业，主产各类雨靴套鞋。邓克不仅是位成功的实业家和大富豪，还是一个善良崇高的慈善家。他不仅积极推动社会福利体系的建立，还自掏腰包身体力行。

早在1911年就率先在自己的工厂建立了职工托儿所。后来又推行了职工免费医疗和药价补贴制度。这在当时都是闻所未闻的新鲜事，也是人类文明发展史上的创新举措。邓克于1962年过世，享年92岁。倒也给单纯善良的人们带来一丝慰藉，应了一句古话，仁者寿。

邓克投下了巨额遗产5800万瑞典克朗，建立了以夫妇两人姓氏冠名的袼达·邓克慈善基金，用以资助本地的文化艺术事业。基金会先后捐建了赫尔辛堡的音乐厅、市立大剧院、图形博物馆、文化档案馆等文化艺术场馆。这座文化中心则是该基金会最新的捐建项目，因此命名为“邓克文化中心”。

康熙皇帝下江南，望着百舸争流的江面惊叹：这么多船啊！一位近臣耳语道：其实只有两条船，一条是“利”，另一条叫“名”。邓克一生耗财无数大行善事，看来未必图的是“利”。那多半为了图“名”了？可是，他极为低调，拒绝张扬。直到九十高龄，行将就木了，才破例接受了第一次媒体采访。两年后，他就撒手人寰。仅仅为了出风头，会这样吗？

出风头的百般花样，国人的见识不输给任何地球人。当然，掏了真金白银出点儿风头，人之常情。只是凡事得有度。前不久有位大善人掏了大把的银子普济众生，因为动静太大，惹得那些掏不起钱的、有钱不肯往外掏的，都怒火冲天，同仇敌忾，劈头盖脸一顿臭骂，好像掏钱行善的比搜刮民脂的罪更大。另一位善心人看不下去，行善之余出来打圆场：国内愿意行善者本来就不多，不能过多

苛求。

捐款者当然各有所图。瑞典人邓克先生图什么呢？也许就是为了良心舒泰。细究起来，也算是私心自利。但世界上很多事关键是根据结果来明断善恶，而非探究意图来判别是非。

同样是捐款，聪明人会精心计划，就像邓克先生一样，亲自落实捐款，用到了实处，甚至还会事后审计。而那些糊涂人则图个省心省事，不少捐款其实本属公款，往某个指定账户汇过去，一捐了之。钱拿去喂了狗也未可知。

国内的慈善机构牌头太大，不敢妄言冒犯。说一个国外的案例，不会以影射为由被兴师问罪吧？几年前，新加坡曝光一桩丑闻，国家肾脏基金会的主席大肆挥霍公众捐款，出门必坐头等舱，办公室配有私人卫生间，水龙头都镀了厚厚一层黄金。一块钱的捐款只有一毛五用于慈善救治，最终该君锒铛入狱。他请的律师其实可以为其力辩脱罪：坐头等舱完全是工作需要，不会休息就等于不会工作；水龙头镀金是为了机构的光辉形象，可振国威。

走出文化中心，回头再细细欣赏这座建筑。把蓝天绿地的赫尔辛堡比作蓝玉翡翠镶嵌而成的瑰宝，她就像点缀其中的一枚白玉。如果说邓克的赤诚善良的心如同一片晶莹剔透的冰心，这座白洁素雅的文化中心就是承载这片冰心的一把玉壶，一把吸引各国游客目光的沁人心脾的温润玉壶。

2011 年 7 月

# 奥斯陆的尖叫和爆炸

7 月 22 日上午我从伦敦飞抵奥斯陆，转乘晚上的航班去冰岛。多出半日闲，悠然都市游，心情大悦。未料到，在一声轰然爆炸巨响中，我的偷闲半日游戛然而止。

走出挪威首都奥斯陆东端的中心火车站，只见一只肥硕的老虎，微垂脑袋，在火车站前的广场上闲庭信步。当然，奥斯陆动物园并没有发生越狱，那只是座老虎的青铜雕像。

西行不到 2 公里，另一座铜像耸立在挪威王宫前，是 18 世纪挪威国王卡尔·约翰十四世飞马驰骋的雄姿。著名的卡尔·约翰大街如同一根铁链，一头儿拴着猛虎，一头儿攥在国王陛下的巨掌中，王权虎威一线牵。

每年超过百万之众在两座地标雕像之间徜徉游荡。而 2011 年的订房数据显示，今年的游客增长可能高达 30%，奥斯陆旅游部门总管又喜又惊：入行 20 年未见如此盛况！

话音刚落，灾祸突降，可谓喜极生悲。那位总管若是迷信，准会抽自己几个耳光。

卡尔·约翰大街名闻遐迩，号称奥斯陆的门户。大多的著名景点，大教堂、国会楼、国家大剧院、挪威王宫等，都集聚这条街上，但同欧洲其他都市相比，此地并无雄伟壮观的著名建筑或绚丽奢华的商场高楼。大街两侧店铺林立，经营的多为服饰、礼品，以及餐厅、酒吧。店面朴实，商品也多为大路货。看惯了北京上海的“市列珠玑，户盈罗绮，竞豪奢”，大陆游客来到此地多半会摇摇头，叹口气，北欧不是富得流油吗，怎么就这些破店？

古朴典雅的奥斯陆大学主楼位于卡尔·约翰大街西端北侧，离挪威王宫仅一箭之遥。当日下午，我像大多数游客一样，从大街东端的中央火车站出发，沿着大街往西走。在大学门前左侧的爱德华·蒙克的青铜雕像前盘桓了片刻。

我对蒙克所知甚少，只知道这位挪威画家是表现主义画派的开山鼻祖，其油画作品《尖叫》(Scream，又译《呐喊》)和荷兰画家梵高的《向日葵》齐名。画面上猩红刺目的背景前，酷似骷髅的人物因惊恐或无助而尖声高叫。观之如闻其声，难以忘怀。蒙克凭借画作《尖叫》跻身艺术大师行列，拥趸者赞其敏锐非凡，坚称画作不仅反映了弱势民众在强悍的社会体制里的种种无奈，还表达了人类处于“世纪末”的忧虑和痛苦，云云。

听了让人肃然起敬，但评论家们也许是在给他戴高帽子吧，还煞有介事地挂上“世纪末”的时间标签。蒙克也许只是想发泄一下自己的内心痛苦呢？其实无论是世纪末还是世纪初，人类的忧虑和痛苦都随处可见。

我在大学校园里转了一圈，想找个有课的教室旁听一堂课，顺便歇歇脚。和咖啡馆呆坐半个时辰相比，不花钱还长见识，岂不快哉！但22日那天不巧是周五，午后的校园内只闻鸟鸣，几无人迹。于是我穿过校区出了后门，右拐，沿街往东闲逛。

出了大学后院没几步，猛然“轰隆”一声巨响，如同两个惊雷同时炸响。所有的行人都停住了脚步，一脸惊愕。天空中惊恐的海鸟凄厉地尖叫着，四处乱飞。离我约两个街区的东面高楼上冒起了灰白的烟雾。离我50米开外的一家鞋店两米多高的橱窗玻璃碎了一地。四周的餐厅旅馆等场所都警铃大作。众人都明白出事了，但不知道出了什么事，都一脸懵，但并无惧色。

我对身旁同样满脸疑惑的中年男子半开玩笑地说：但愿只是boiler（锅炉）不是bomb（炸弹）。他附和道：对对，肯定不会是炸弹，也许煤气爆炸。

这条街在卡尔·约翰大街北面，游客较少，但很多打着领带的公司职员和身着便装的周边居民都闻声跑出了屋外，站在两侧人行道上，抬头远眺和小声议论着。我没能抑制住国人固有的好奇心和围观癖，朝爆炸地点快步跑去。过了大概两个街区，见不少人三三两两地站在街道中间探头观望。往前十几步，看到了出事的大楼前站着几个警察，旁边停了一辆警车。几处临街的橱窗玻璃已被震破，碎渣洒满了半条马路。不知是一声异响还是一句警告，众人突然转身飞跑，四处逃散，场面极其恐慌混乱。我闪在一根

大理石柱后面，暗想：舍命看热闹比拼死吃河豚还蠢啊！等到街上恢复平静，便急忙离开了现场。事后推测，爆炸现场多半是那幢大楼的前门，我看到的是大楼的背面。假如爆炸地点南移至一二百米外的卡尔·约翰大街上，伤亡人数恐怕会是两位数了。

当时众人并不知是炸弹爆炸，以为是场事故。站在街上观望议论的人群神情平静，有的还略显兴奋。奥斯陆的日常生活静如一池春水，波澜不惊，打死一只鸟都能构成凶案，一声爆炸自然令人为之一振。

我离开现场后，走到码头附近的诺贝尔和平奖展示中心，斜对面便是每年 12 月 10 日颁发诺贝尔和平奖的奥斯陆市政厅。可是展示中心门卫拦住了我：对不起，我们提前到五点关门了。

“为什么？”我好奇地问，“是因为刚才的爆炸吗？”“是的，我们接到了警方的通知，要求我们提前关门。”一个女孩正急慌慌地把一张手写的告示贴在门外，神色十分紧张。

此时离爆炸时间约一个半小时。显然不是意外事故，而是恐怖袭击了。所有的公共场所奉命紧急关闭，多半为了防止同样的爆炸袭击再次造成伤亡。

回到卡尔·约翰大街，发现大街以北的大片城区已被警方封锁。大概是警力不足，站在封锁线街口的不仅有身着黑色制服的当地警察，还有不少穿绿色军服的武装警察。个个神情肃穆，如临大敌。不少拖着拉杆箱的旅客，被堵在封锁线外一脸苦相，订妥的宾馆在封锁线内，近在咫尺，却遥不可即。

我绕了很大一个圈子才回到火车站，去提取存放的行李，赶晚上的航班飞冰岛。不料行李存放处也围起了绳带，一个亚裔保安满脸歉意地告诉我，接警方指令，车站关闭了行李存放处，等待专家检查排除可能的爆炸物。

我问："什么时候才能提取？"保安回答："那就不知道了。"是啊，谁知道呢？警方眼下忙得前面两只蹄子也着地了，哪里顾得到这头。这可真是遭了池鱼之殃了。误了航班，我下面的行程都得推翻重来，不仅误事，还得赔钱。

我让他领我去和保安主管交涉。主管让我到楼下拐角处寻求帮助。那里已有八九个旅客排队等候。保安只允许每次一人入内提取行李，出来一个再放一个。其中的逻辑倒也简单：万一某个寄存箱里藏着的炸弹爆炸，只会炸死一人，而不是一群。

结果还是死了一大群，不在车站，而是 35 公里以外的于特岛上。我是到了冰岛后才从 CNN 的早新闻中看到了惨案现场照片。

那个罪犯在市中心安置炸弹只是吸引警察前往，大屠杀却在无人戒备的小岛上，玩了一出声东击西，把奥斯陆全体警察耍得团团转。再大的投入，再多的警力，再好的防范体系和高科技手段，碰上亡命之徒，也常以清点尸体收场。化解冲突还得另寻出路。

排了半小时队才拿到存放的行李。由于某段轨道在检修，火车站到机场的高铁停运了，只能先坐大巴至城外再换乘高铁，耗时翻倍。大巴赶到城外的火车站，提着行李急急上了高铁，刚坐下还没顾上抹把汗，广播宣布：机场

遭恐怖袭击威胁，已全部关闭。何时前往，请耐心等候进一步消息。

没人嚷嚷，也没人嘀咕，甚至没人站起身来。我唯恐误车，一路上心急火燎，累积起来的紧张和烦躁，此时却神奇地瞬间消逝了，人也随之全身一松。身边发生了血腥大案而自己皮毛未损，夫复何求？走不了就回市区住一夜，在哪儿不都是睡觉？

几分钟后广播又通知大家离开火车，改乘大巴前往机场。司机奉命解释，恐怖威胁不是针对机场，前往机场的高铁可能是袭击目标。所以机场已经开放了，为了安全，大家改坐大巴。又再三强调：抵达机场后先在到达楼面等待，出发楼层千万不能去。

可大巴司机彻底忘掉了不许前往出发层的禁令，大巴车还是停在出发大厅外，大家径直往里走，无人阻拦。风声鹤唳中，挪威警方的张皇和混乱可见一斑。

但无人发泄不满，挪威被炸蒙了。上一次大爆炸要追溯到二战期间。挪威的抵抗运动组织炸毁了德国在当地建立的重水生产工厂，希特勒的核弹研发计划因此严重受挫，人类幸运地躲过了一场浩劫。战后几十年，北欧是太平盛世，一片祥宁，上及首相，下至兵警，几曾识干戈？

挪威政府的反应机制还是可圈可点的，并没有造成太多的耽搁和不便。航班仅推迟起飞 20 分钟，还是飞机自身晚到了。

随着全球媒体铺天盖地地报道，案情渐渐明朗。当地民众先是怀疑炸弹是伊斯兰极端分子放的。还有人说是卡扎菲的报复。谁都没料到，凶犯布雷维克竟然是土生土长的挪威人。

他是典型的极端右翼分子，痛恨伊斯兰教，不满多元文化，仇视外来移民。欧洲的极端右翼势力的翅膀渐渐硬了起来，嗓门也越来越大。他们认为非洲和中东的外来移民夺走了本地百姓的饭碗，侵蚀了基督教传统文化，埋下了民族冲突的祸根。

蒙克只是画了一幅血红背景的“尖叫”来表达自己的困苦和愤懑，同是挪威人的布雷维克却选择了炸弹和子弹来发泄自己，用无辜同胞的鲜血泼显出一幅令人发指的血腥画面。

欧洲最为顽固的右翼党派也不得不承认，布雷维克犯下了滔天大罪。但客观地分析，欧洲的主流阶层对右翼极端观念长期置若罔闻，极端分子绝望之下，这才悍然发起了所谓的“警醒”行动。

在悼念遇难者的弥撒上，神情坚毅的挪威首相斯托尔滕贝格强调：我们对恐怖暴行的对策是“更多的民主，更多的公开，更多的人道”，含义耐人寻味。

由于天灾或者人祸，不少地方仍然弥漫着种种无奈和绝望，尖叫声可谓不绝于耳。无论是合理的，或者蛮横的，一概用“更多的压制，更多的欺瞒，更多的暴戾”来对付，恐非上策。斯托尔滕贝格开的药方听上去不错，但有没有人熬药，有多少人愿喝，疗效究竟如何，大概只有天晓得了。

2011 年 8 月

# 永远的布鲁日

如果不是大侦探波罗先生口口声声自称“比利时小人”，中国人大概不会想起这个欧洲小国。比利时，千把万人口，夹在法荷之间，说的语言也是从两个邻国借来的，六成人讲荷兰语，四成人操法语话。

布鲁塞尔市中心的尿童雕像算是一景，还有一个真假难辨的有趣故事，但物件太小，尚未成器，也就抓不住眼球。如果比利时人脑瓜子开窍，在巧克力里加点童尿，多半会财源滚滚。比利时的国名听上去就是个明智之邦，既比较利弊，也权衡时机，谋定而后动。但想象力不足，顾忌也多。如果不耻下问，请个老江湖做营销推广，生意不愁做不大。

前往比利时的大多数中国游客只去两大城市，首都布鲁塞尔和欧洲大港安特卫普。转了一圈便悻悻然：没什么特色嘛，那撒尿的小崽子有什么看头？澡堂厕所里有真人版啊。

其实比利时值得深游，该国的旅游业也有三大卖点，简称“BBC”，布鲁日（Bruges），啤酒（beer），巧克力（chocolate）。三者中，布鲁日当仁不让，荣居首位，不去布鲁日，白来比利时。

布鲁塞尔火车站每半小时就有一班开往布鲁日的快车，车程约1小时，单程票价二十几欧元。抵达布鲁日，火车站外几乎任何一辆巴士都前往市中心。

喜好走走看看的不妨漫步前往，也就20分钟。出车站左拐向北，可达巴士站云集的宽阔广场中央，再右拐，沿着商家林立的主街往东四五个街区，布鲁日的市场广场Markt赫然眼前，宛如一幅中世纪欧洲城镇的巨幅油画。

首先跃入眼帘的是矗立广场南端的83米高的钟楼。这座布鲁日的地标建筑建于13世纪，是当年纺织工业兴旺时期的布料交易市场。布鲁日的黄金时代是中世纪后期的12—15世纪，毛纺业兴旺，航运业发达。由于河流淤塞，通往海港的黄金水道中断，生意江河日下。最终安特卫普取而代之，大批的富翁能人于是纷纷迁往安特卫普。留下平民百姓没钱拆旧建新，因此古城得以维持原貌。

钟楼上部的八角形塔楼是15世纪补建的。塔顶的47只钟铃曾是一架钟琴，乐师可操控琴键演奏。

广场东端的Provincial Palace是一座精美典雅的法国哥特式建筑。据说现在是西佛兰德省政府大楼，省长的办公要地，故名省宫。

广场中心照例供着青铜雕像，四周排列着招徕游客的马车。西北两侧的中世纪楼房底层都是餐厅酒吧，旺季时一座难求。

布鲁日精心维护着这座中世纪古城的整体风貌，但也并非刻意营造时空凝固的幻境。15 年前我第一次造访此地，店铺三三两两，并无熙熙攘攘的喧闹。而如今商铺鳞次栉比，游客摩肩接踵。虽然街面仍是方石块弧形状铺成，散发淡淡的古朴气息，但为了容纳蜂拥而来的游客，两侧的人行道却是新建，拓宽至 3—6 米。

两旁的商家多为国际流行品牌，H&M、Body Shop……，同现代都市无异。现代时尚气息和古城氛围构成了鲜明的对比，却并无突兀之感，从容顺应时代，尽显自然和大气。刻意雕琢和肆意渲染反易弄巧成拙，惹人一笑。不久前媒体报道，山西某古城上演了一场煞费苦心的仿古闹剧，当地的头头脑脑身穿古时县太爷的官服，笑吟吟粉墨登场，傻乎乎忸怩作态。以为能借此吸引眼球提振人气，却未料让外人笑岔了气。谋政绩，图升迁，急火攻心，难免犯糊涂。

市场广场东面不远的博格广场面积略小，却是真正意义上的市政中心。市政厅位于广场南端，虽然只有三层高，却是建于 14 世纪的典型的中古时期哥特式建筑，楼顶正面配有左中右三座高耸的圆锥体塔顶，整个面墙上布满了精雕细镂的装饰浮雕，显得庄重典雅。市政厅几百年来一直是当地的法院和政府办公楼，毕竟是世俗楼宇，不像宗教建筑那般气势逼人。

市政厅左侧便是著名的圣血教堂。欧洲的教堂为了赢得人的敬畏，大多拥有高入云霄的尖顶和高大空灵的神殿。但圣血教堂只有两层高，由上下两座祈祷堂组成。教堂珍藏着一块据称沾有耶稣血迹的破布，据称是12世纪第二次十字军东征时从圣地耶路撒冷带回的战利品。虽然来历可疑、真假莫辨，但布鲁日市民宁可信其有，绝不疑其无。每年还煞有介事地抬着耶稣的雕像举行祭奠游行仪式，长长的队伍蜿蜒数里。你若问，这究竟是宗教活动还是旅游广告？比利时人多半笑而不答。

跨过教堂高高的门槛，恍若坠入中世纪的昏暗城堡。粗粝的石块砌成的石柱石墙石拱门，静若凝脂的一排排烛火，十字架上殉难的耶稣、圣母怀抱耶稣遗体等逼真的彩色雕像，伫立墙角垂首默哀的信徒，整个场景弥漫着凝重肃穆的气氛，令人下意识地屏息噤声，心头不由泛起一丝敬畏。

圣血教堂建于12世纪，900年来经历了几次结构变更和扩建，但主体依旧。欧洲很多教堂号称建于几百年前，其实也像小孩堆的沙土城堡，堆了毁，毁了再堆。但都在原址原地，很多还保留了最初建筑的残留部位，因此渊源相承，气脉连贯。历经了悠悠岁月的沉淀和漫漫时光的雕琢，这份天然滋生的古韵是布鲁日的无价之宝。

苏北某县为了打造一个景点集中的旅游区，把一处明清时期的县衙门“乔迁”到了旅游中心街区。估计也就是铲了旧的，依样画葫芦堆个新的，用来糊弄游客。好端端一处古迹顷刻间化为乌有，增加了一些GDP，自己顺便捞

点好处，却生生毁掉了无价宝。

游人凭吊古迹，指望的是“原址原物”。你将它拔地而起，拐上七个弯，跨了八条街，斩断了气脉，思古之幽情本来就不易引发，这么一折腾，那细若游丝的感觉，到哪儿找去？

国内也有细心呵护精心处置的好案例。当年上海音乐厅那座古典建筑为了给延安路高架让路，政府煞费苦心地实行整体迁移。花了 5000 万向南移动了 66 米，挪一米耗资 75 万元，堪称寸步寸金。但心血和金钱没有白花，这座建于 1930 年的欧式音乐殿堂保住了，虽非原址，但筋骨不伤，气脉未断，在上海人心目中，音乐厅还在老地方。

穿过布鲁日市政大楼一侧的拱门就能看到游艇码头边等候登船的游客队伍。30 分钟的水上巡游，6.9 欧元。布鲁日城内河流纵横，轻舟穿梭，素有“北方威尼斯”之称。北欧地区有几个城市都以此冠名招徕游客，唯有比利时的布鲁日和荷兰的阿姆斯特丹当之无愧。可惜阿姆斯特丹缺乏布鲁日的古和风雅，于是只能另辟蹊径搞个红灯区，古色不足肉色补，红灯闪闪诱人往。

坐在窄窄长长的游艇上穿行古城，鳞次栉比的旧屋古楼让人目不暇接。导游一边开船一边用几种语言轮流讲解眼前的景观。一个人能讲几种语言，就难免像上海话所说的：猪头肉，三不精。在一长串叽里咕噜中刚捕捉到似乎能懂的英语，他已能掐会算似的立即跳转到了鸟语。这哪是休闲，简直是一场令人神经紧绷的外语听力考试。不如将他的叨叨当作鸟鸣，不再劳神辨听，专心欣赏眼前的美景。

据称布鲁日市区河流上有 50 座桥，没数过，也很难界定，迈腿能过的沟渠上搁块巴掌宽的石板，算不算桥？布鲁日的石桥不如威尼斯那样形态各异引人瞩目。真正吸引眼球的是河两岸千姿百态的古旧建筑。导游一路如数家珍，就像阔佬指点着家里陈列的古董信口开河，这个 14 世纪的，那个 500 年了。布鲁日在欧洲的连绵战火中毫发无损，称得上一大奇迹。

承蒙周边几个高邻的青睐，历史上比利时常被英法德三个大国借来作为战场。说是借用，其实也不打招呼，来了就来了，打了就打了，谁让你夹在中间的呢？各路人马来此交手能省不少路费，场地费自然也是免缴的。

开打前也常在此坐下来谈谈。但人类就像脾气暴戾的坏孩子，说着说着就动起手来，先动手的多半是臂膀粗气力大的。著名的滑铁卢战役杀得尸积如山，顺便把比利时的古城 Ypres 从地球上抹了个了无痕迹。大概为了补偿或赎罪，二战后几个大国决定把欧盟总部设在了布鲁塞尔。比利时摇身一变成了大房东，从前哭着收尸，现在笑着收租。

漫步在布鲁日的老街古巷里，不由想起上海周边的几个“江南古镇”。几番倒腾后大概只有名称还顶着个“古”字，其余都彻底作古了。除了连绵的商铺，就是汹涌的人潮，去后就悔，却屡悔屡往，总忍不住奢望：这一处应该不一样吧。确实不一样，更伪劣，更粗鄙，高音喇叭的叫卖声浪震耳欲聋，让人恨不得夺路而逃。



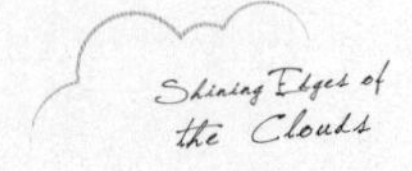

国人喜欢热闹，摩肩接踵便是乐趣。北宋时期洛阳的元宵灯会盛况不逊央视春节晚会，司马光听夫人说想去看灯，便指着桌上的油灯说，这不是灯吗？夫人解释，还看人呢。司马光点着自己的鼻子反问，难道我是鬼吗？

老夫子只是偷换概念开个玩笑而已，老太多半还是去赏灯看人凑热闹了。由此可见，国人爱凑热闹的本性自古有之，骨子里的东西不易剔除，只会慢慢消弭。那些伪古迹假遗址能哄人一时，但恐怕好景难长。过些年来个新老爷，大嘴一撇：拆了重来！不又是破旧立新春梦重来吗？

当然仿古建筑并不是我们的独门秘诀。据考证，除了几处著名建筑外，布鲁日大多数所谓中世纪建筑，其实建于19世纪末和20世纪初，只是模仿了仿中世纪建筑的风格。但那是出于喜好，并非为了哄人。屈指一算这些建筑也有百年历史，同周边名副其实的古迹已融为一体，气脉相连。布鲁日精心呵护着先辈留下的文物古迹，2000年古城被联合国教科文组织列入世界文化遗产。各国游客络绎不绝，全城百姓自此衣食无忧。

一位熟识的英国同事是个“铁杆布痴”，把布鲁日誉为欧洲最美的城市，没有之一。他太太不敢坐飞机，全家每隔两三年便驾车穿过英吉利海峡隧道，来布鲁日待上个几天。一提布鲁日，他便叹道，布鲁日的美景是无与伦比的，是永远的。去过布鲁日，此生再无憾。

我心想，吃了个喷喷香的热烧饼，这辈子就只啃烧饼了？但出于礼貌只得喃喃附和，是的，永远、永远的布鲁日。心里却在暗暗念叨，中国的古镇不下百处，再这么大拆大建，就永远、永远地完蛋了！

2011 年 10 月

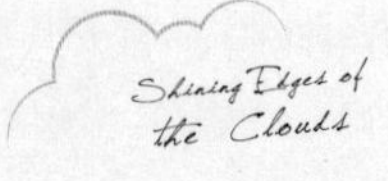

# 塞浦路斯掠影

塞浦路斯地理上属于亚洲，却是欧盟成员国。嫌贫爱富是人的天性，塞岛人一概自认是欧洲人，就像外省人上了上海户口，尽可自称上海人。其实根本没人在乎，这个小小的岛国大多数地球人没听说过，听说过的也未必记得住，户口爱挂哪挂哪。

近年来塞岛动静闹大了，先是债务危机，闹得国内人仰马翻，欧盟鸡飞狗跳。最近又喊要抛售黄金，黄金市场闻声一泻千里，全球为之胆战心惊。出于好奇，我去年 12 月在塞岛盘桓了 3 日，未见美景，更无奇遇，金融危机当时还没全面爆发，脑海里只留下平淡无奇的匆匆掠影。

塞岛位于地中海东端，东临亚洲，南望非洲，扼守欧亚非三大洲之冲。100 多年前，英国人将其纳入囊中时如获至宝，放眼全球，哪里去找这样的战略要地？蹊跷的是，这块宝地却像座凶宅，位置再好却无人接盘，两次世界大战中，参战各方也都无意争夺。

拉纳卡国际机场是入境塞岛的主要通道，机场大巴去首府尼科西亚行程不到一小时。高速公路宽阔平整，两侧的景色青黄相间。地处地中海，又属亚热带，却不见树木葱茏、花红草绿，一派“边地春不足，十里见一花”的枯荒意味。塞岛炎热的夏季长达七八个月，雨量严重不足，常年供水紧张，人都不够用，哪里顾得上浇花栽树。

尼科西亚的巴士终点站设在城外，没有任何公共交通，去市中心酒店只能打车。见一个英国女子手里拿着假日酒店的订房单，便上前与她搭讪，告诉她我也去这家酒店，可以拼车同往，各省一半车钱。她欣然答应。站在一旁的年轻男子却不答应，板着脸说，这女孩坐他的车，又指着不远处一辆出租，对我说：“去，你坐那辆。”奇怪了，我俩为什么不能坐一辆车？男女授受不亲？不行就是不行，你不坐？那就在这儿待着吧！

我明白，出门在外要舍得吃亏，不能为几个铜板坏了心情，甚至惹出麻烦。朝女孩挥挥手，酒店见！转身上了另一辆车。

司机是个中年男子，英语不错。塞浦路斯很像马耳他，都是地中海岛国，都曾是英国的殖民地。居民大多身材敦实、肤色微黑，都能讲英语，并且对昔日的主子英国抱有好感。

我问：“当地居民现在还想着和希腊合并吗？”“几乎没人有这想法了，”他说，“我们的祖先来自希腊，也都说希腊语。但口音差异很大，用词也不一样。塞浦路斯自古以

来都不是希腊领土，再说我们现在过得不错。”言下之意，希腊正闹危机，都快揭不开锅了，谁愿意跟它合伙开灶。

他不无得意地告诉我，塞浦路斯是欧盟中消费能力最强的国家之一。下车结账时，我才明白这强大的消费能力来自哪里，才几公里路，他竟然要了 25 欧元。

挨了一刀，出血虽不多，心情肯定不会好。到了酒店我一肚子怨气喷向前台小姐：机场大巴居然停在不通公交的荒郊野外，实在匪夷所思！她笑了一声，说：“机场大巴确实不方便。”她让我返程时通过前台预定 Travel Express 小巴，酒店门口上车直达机场，11 欧元，既省事又省钱。

放下行李便外出转转。夜幕下的尼科西亚既没有霓虹闪亮，也不见华灯炫目。这是个悠然度日的地方，人们不怎么折腾，也没什么喧闹。

塞岛旅游业算是一大产业，还出产数量有限的橄榄油、葡萄酒，但人均 GDP 竟然高达 3 万美元，究竟靠什么赚得盆满钵满？一直是个谜。去年债务危机爆发，谜底才渐渐揭开。

塞国赚钱聚财靠的是离岸金融生意，空麻袋背米。以低税和保密为诱饵，吸引了巨量的外国存款。再拿别人的钱去放债生钱。不少俄罗斯富豪将来路不明的巨额钱财存在塞岛，顺便弄本塞国护照，俨然欧盟公民，全球通行无阻。

离岸金融本质上算是服务业，既不用动手建厂，也无须埋头耕地。搞几条法规，搭个虚拟平台，西装革履人模狗样地敲打电脑键盘，钱就哗哗地来了。近 20 年来，实实在在的制造业渐渐令人倒胃口，虚拟无形的服务业成了香饽饽。衡量国家发达与否有一条新奇的标准：服务业的占比，据称比重越高越发达。有朝一日世界各国都成了顶级发达国家，服务业占比 100%，人类大概就进入极乐世界了。可大家都在开餐馆，谁种菜产粮、捕鱼养猪呢？百思不得其解。

塞浦路斯当年申请入盟，欧盟自然要进行金融审计，这小小的岛国圈了这么多钱，隐含的巨大风险是无论如何过不了这道审计关的。塞岛七成居民是希腊后裔，关键时刻证明，血确实浓于水。希腊出面了，审什么审！有什么好审的？你硬要审计，我就一票否决东欧国家入盟。欧盟的决议必须全体成员赞成才能生效，这一招很管用。德法两国一直想做大欧盟，成为独立于美国的全球玩家，无奈之下只能妥协，睁只眼闭只眼随他去了。

像银行一样，塞浦路斯圈钱是为了赚取利息差，所以钱不能放在岛上发霉，必须放出去生息。希腊的国债自然是第一选项，既能生息，又算报恩。没想到“成也希腊，败也希腊”。

金融危机最初在希腊引爆，塞岛购买希腊国债的钱贬去了 75%，巨亏四分之三，除了赖账，别无活路。出来混总是要还的，那是江湖黑道的规矩。国与国之间相处毕竟不能学黑道，还不起债其实是可以不还的。小小的塞岛平时不起眼，这下令欧盟老爷捶胸顿足，让俄罗斯大亨鼻血直喷，堪称“四两拨千斤”的典范。

第二天一早便出门闲逛。塞国首都尼科西亚是一座历史名城，中心城区就在旧城。环绕四周的古城墙是威尼斯人统治时期建造的，完全不同于常见的四方围城，环墙近

似圆形，宛如一片雪花。南面的希腊族和北方的土耳其族冲突多年，千年古城像一个圆圆的烧饼被掰成两半儿，希土两族各持一半，塞岛陷入了长期分裂。

贯穿南北的 Lidras 大街是主街，也是最热闹的商业区。两侧店铺鳞次栉比，除了几辆特许的小车允许入内，这条街基本是步行街。但街道朴实得毫不起眼，两侧楼高不过三层，街宽不足十米，街道的地面铺着浅灰色的小方块砖石，沿街都是古朴厚重的米黄色旧房老宅。如果没有星巴克的大招牌和肯德基的老人头，街区的状态氛围和 100 年前并无差异。

在英国统治末期的血腥年代，塞岛人为了赢得独立，暗杀英人屡屡得手。这条街上的英国人，走着走着，就拐上了黄泉路。因此这条街当年以 Murder Mile（谋杀道）名噪一时。

旧城南端是游客常去的休闲区，旅游淡季叠加经济困顿，游人稀少，生意清淡。走进一家礼品店，柜上墙上地上摆满了各种旅游纪念品，我问老板生意可好，他面色阴沉地答道："如果我说生意还行，那就是撒谎了。太糟了，游客远不如往年多。只能硬撑着，但愿会慢慢好起来。"

一路走过去，满街萧瑟。马致远置身此地，没准会续上一段：弯道窄巷斜路，小店餐厅酒铺，守店人垂首欲哭。

转了一圈儿觉得无趣，便朝景点集中的西北方向走去。往前走不远就看到了著名的 Omeriye 清真寺高耸的尖塔。在奥斯曼帝国大军占领之前，这里是基督教的圣玛丽教堂，土耳其人在 16 世纪将其推倒重来，建成了清真寺，供穆斯林聚集礼拜。

踏上门前的绿色条纹地毯，推了一下，深棕色的木质大门纹丝不动。在希土两国爆发战争后，希族移居岛南，土族穆斯林大批迁往岛北。希国居民信仰的是耶稣，不是安拉，这座清真寺只能关门大吉了。

主教宫是塞岛东正教大主教的住所，正门入口处，上下两层都有门廊，各有五个弧形拱门。既无门岗卫兵，又无止步告示，我便拾级而上，不请自进地闯入高大的门廊。若不是一位穿制服的警卫从一侧闪出问我有何贵干，我能长驱直入，查看一下大主教的卧房是否金屋藏娇。警卫客气地说：抱歉，主教宫不对公众开放，游客只能去那边参观。他向左一指，从这里出门就是圣约翰大教堂。

顺着城墙往南走不远，一座当代风格的自由纪念碑映入眼帘。大理石基座的纪念碑顶端是自由女神像，两个抗英战士推开象征牢狱的铁栅门，纪念碑底部的牧师和农民陆续迈出牢房，拾级而上走向自由女神。灰黑色的人物雕像和白色的大理石主体形成醒目的对比，大气庄重，主题鲜明。

旧城主街的北端尽头也有一座当代雕塑，采用的是装置艺术的抽象表现手法。直径约三米的圆形平台上插着八九根闪亮的不锈钢长钎，如直刺青天的长矛，平台表面布满了希腊文，不知所云，只能当作雕花瞥上一眼。旁边一位年轻小伙走过来，把几页维护人权的宣传资料递给我，说：这座雕塑作品的主题就是控诉土族人违背人权制造分裂的罪行。我绕过雕塑平台再走几步，顺手把手里的宣传资料偷偷塞进了路边的废物箱。枪炮都无法改变现状，几


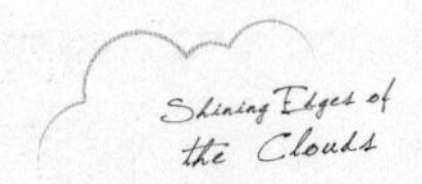

页纸能顶什么用?

一抬头，通往北塞的关口就在眼前。一道分界墙把塞岛拦腰切断，尼科西亚也同时被斩成两截。两德间的柏林墙被拆除后，这里成了世界上唯一处于分裂状态的城市。

游览旧城后见时间还早，便向南去新城区转悠一圈。南北走向的新城商业大街出乎意料地洋溢着现代都市的气息，明亮的商店橱窗和夺目的广告招贴沿街蔓延两三公里。两侧的楼房多在十层以下，但都是现代建筑，钢混结构玻璃墙幕，功能明确，整洁大方。不到此地就亏大了，还以为尼科西亚就那么一片老城独撑市面呢。

回到旧城 Lidras 大街，走进早就相中的一家中餐馆，走了一天，得吃顿合口的晚餐犒劳自己。一盘牛肉要价 12 欧元，入口一尝，差点吐出来。

打开邻座丢弃的一本杂志，第一页就是招徕国外投资客的房产彩照，海滨公寓，阳光沙滩，泳池吧台。听说不少中国富豪上了钩，用投资房产换永居，还考虑往这转移资产。可那些成天声色犬马的权贵富豪们，到了这寂静平淡的孤岛上，耐得住寂寞吗?既不敢冲浪也不会潜水，恐怕只能两眼迷瞪望着大海发呆了。尝一口这里的中餐牛柳，脸都会脱色。

钱放在这小小的岛国是否明智，俄罗斯大佬最明白了。当然，货币的本义就是流通，注定要流进流出。流入时欣喜若狂，流出后捶胸顿足，人生百味，逐一尝遍，岂不快哉!

2013 年 6 月

# 北塞浦路斯一瞥

到了塞浦路斯不去北部一游，就像吃了鸡肉没喝汤，错失了另一半美味。一早起来便出了酒店，在街旁的烤饼店买了一个松软香甜的条状烤饼，边走边吃来到主街北端的过境关口。打算用半天时间走走看看，瞥一眼土族人控制的塞浦路斯北部。

手续极其简便，只要出示护照，塞国的边警便挥手放行，并不加盖出境章。法理上无懈可击，塞岛（塞浦路斯岛）上只有一个主权国家，你前往北塞并不意味着离境，暂时不归管辖的北方只能算有待收复的“匪区”。

缓冲区通道窄窄的，长不足百米，中间排列着盆栽小树。北塞那头是另外一套做派，入境手续一板一眼。接过一页印着“北塞浦路斯土耳其共和国”的申请表，填写姓名国籍护照号码，便自动获得签证，立即盖章放行。离开

北塞时在同一张表格上“啪”地盖上离境章，煞有介事地完成全套边检手续，俨然独立国家。

塞岛离土耳其仅70多公里，离希腊却有约400公里，尽管土耳其安排大量移民迁往塞岛，百万居民中仍以希族为主，约占七成。历史上希腊从来没有管辖过塞岛，倒是奥斯曼帝国时期土耳其人统治了塞岛整整300年。

19世纪后叶英国谋得塞岛，折腾了几十年，没捞到多少油水。食之无味弃之可惜，在一战时期曾企图倒腾给希腊，以求换取其弃德投英，但买卖没做成。后来又心猿意马地允诺塞岛并入希腊，但一代名相丘吉尔是个老派人物，双手捧着帝国碎梦死死不肯撒手，像个固执的养鸡婆，紧紧攥着散了黄的鸡蛋，梦想手心的体温也能孵出小鸡。

塞岛的几届傀儡政府忽左忽右，首鼠两端。希土两族又争斗不断，歇手之余也同仇敌忾地杀几个英国佬出气解恨。

英国人见局势失控且无利可图，便于20世纪60年代初草草拼凑了一个内讧不断的自治政府，在岛上割了一块自留地，丢下一句“你们独立吧”便溜之大吉了。希族人自恃人多势众，再不动手更待何时？于是大刀向土族人的头上砍去！

隔岸静观事态动向的土耳其再也按捺不住了，早就想帮同胞一把，苦于没有机会，这不是天赐良机吗？于是土军大举登岛助战，一举拿下北部地区。最终联合国出兵维和，在岛上划出一道分界线并驻军维持和平，塞岛从此陷入分裂，南岛希族统治，北部土族管辖。

可现实中所谓的北塞共和国全世界只有土耳其一家承

认，成了国际政治中的笑话。但世人耻笑的是塞浦路斯的窝囊，还是北塞的固执？或是大国们无利不起早的淡漠？或者没什么可笑的，呵呵一声，相安无事不也挺好？

入境口的旅游问讯亭门窗紧闭，一位警官帮我推开窗玻璃，指着窗台上的一长排各色资料说：“拿吧，免费。”

我打开一张英文景点地图，不由暗叹当地旅游部门用心良苦，服务意识和游客体验远胜南部。这是我见过的欧洲各地最好的导游图，免费赠送竟无一字广告。导游图一面是简明的街区图，各个景点用醒目的编号图标一一指明；另一面上 22 个景点以照片配文字的形式逐一介绍。文字繁简适度，遣词精准典雅。手持这样一页导游图胜过导游相伴。

从入境处的商业区起，街道地面上一条巴掌宽的浅蓝引路线，给徒步游客指明了路径。沿着蓝线顺着箭头可达主要景点。我喜滋滋地低头看着蓝线，目不斜视地疾步往前，却一脚踏上了横在街心、压着蓝线的杂货地摊，一个趔趄，差点绊倒在杂货堆里，沦为一件乏人问津的地摊货。摊主老太并不责怪，捂着嘴笑了起来。

顺着大街径直走到旧城的北端，再转身一路往南，逐一游览地图列出的景点，古城墙，北城门，Samanbahce 街区……洋洋洒洒列出了 22 个景点，其实值得一看的寥寥无几。英国殖民时期的法庭也只是一栋不起眼的二层楼，旁边所谓的威尼斯柱碑，也就是顶着一个小铁球的水泥柱子。

编号 5 的 Samanbahce 街区还算有点趣味，盘桓了近半小时。这片房屋是塞浦路斯第一个规划住宅区，兴建于 100 年前。由 70 座连排平房组成，分为九个排群，小区

中央有个巨大的六角形水井。鹅卵石地基，方石块满铺的巷道，四周围墙环绕。白色的墙体，浅绿色的木门，米黄色的石砌门框，富有地中海特色的木质百叶窗，方正有序，整齐划一。居民在自家门口墙角放置了大量鲜花盆栽，看上去赏心悦目。

我忍不住好奇，征得一位家庭主妇同意后进屋探望了片刻。这是一套二居室，左右各有一间约 15 平方的卧室，中间约 12 平方的空间既是门厅又当餐厅，兼作会客之用。空间相当狭小，屋内家具陈设也较简陋，和房屋的外表并不相称。但是，早在百年之前，一个小小的岛国竟然有了当局强力主导的安居工程，还是令人感叹。

如果这只能算是平民区的话，另一处景点小区 Arabahmet 历史建筑群，无疑应属于贵族区了，否则奥斯曼帝国总督不会恩准住宅区以他的贵姓为之冠名。这一带的住宅都是两层的沿街老楼，高大坚固，每户似至少有 200 平方米。带木质百叶窗的凸窗，低矮的拱形门道，门窗屋檐或绿或蓝或棕黄，不亮艳不扎眼，各具特色，和谐相间，颇有“和而不同”的君子古风。

这片建于 19 世纪末的历史建筑每年吸引着大批来访的游客。此时恰好是冬季，狭窄的巷子里空无一人。漫步其间，有种置身异乡的莫名兴奋，既感觉新奇，又略感恍惚。

所谓旅游，其实就是短暂地摆脱一下惯常生活的无趣和乏味。洋人对游览中国寺庙兴趣不大，中国游客面对参观教堂和清真寺也同样觉得无聊。拍张照留个影，再入内转一圈看一眼，然后一无所获地走出大门，吁出一口闷气。

但北塞地区的塞利米耶清真寺还真是值得一游。

大门对面的小店老板闲着也是闲着，叼着香烟向我介绍了这栋建筑的前世今生。在13—14世纪，法国的吕西里昂家族曾统治过塞浦路斯，启动建造了岛上最大的天主教堂，这里举行过几次国王加冕仪式。教堂的大理石地板上镌刻着保存完好的墓志铭，下面埋着王公贵族的遗骨。奥斯曼军队占领塞岛后，把两侧的钟楼改建成现在的宣礼塔，教堂摇身一变成了清真寺。

听罢再细细观看，如果把伊斯兰风格的尖塔换成尖顶的话，这确实是座典型的哥特式教堂，并带有浓郁的法国风格。这座历经800年沧桑的古老建筑先后侍奉过耶稣和安拉，以自身不伦不类的混血面容示人，默默诉说着血与火的故事。

沿着蓝色的引导线走回出入境关口，希土两族混杂的过境者排成长长一列，等待盖章出关。和排在前面的一个希族女学生聊了两句，她告诉我，她的班上也有几个土族同学，相处不错，都是朋友。我心想，就目前来看，这里的现状其实还不错，界线南北各自为政，百姓来往自由，相安无事。

细细推敲，目前的分裂状态其实利好旅游业，南北两地各有特色，一块比萨饼做成了两种风味，能不诱人开胃吗。维持现状是成本最低的选项，但一个小岛被分成两半，终究不是理想局面。

我问女孩："北塞共和国没有设立外交部吧？只有土耳其一个国家承认，哪有什么外交？简直是个国际笑话，南



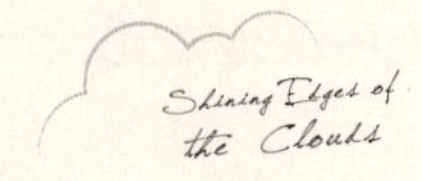

北双方搞个联邦制不行吗？”女孩笑道：“哪怕只有一个国家承认，这里的头头脑脑的自我感觉也挺好的呀，反正有土耳其老子撑腰，不怕！”

这话有点道理，政客们的算盘打得很精，重中之重是自己能捞多少好处，其他都是浮云。呜呼哀哉！

2013 年 6 月

# 伦敦西区的冰山

此非冰川时代，伦敦何来冰山？西区的地价寸土寸金，上帝想置块地，挪座冰山过来，也未必付得起这里的地价。所谓冰山，指的是 Iceburg House 冰山豪宅。不久前路过富人区 Chelsea，宁静的街区已沦为了工地，机声隆隆，泥浪翻滚。

这里的豪宅多半是维多利亚时期的古典建筑，别说扩建，房主想换个窗改扇门都得经过严格审查和许可。富豪们既不能增高也不可外延（哪怕占的地是自家花园），于是被逼无奈，只能学老鼠打洞往下掘进。经典的案例是，地上才浅浅两层，地下却建成了四五层的宫殿，像飘浮海面的冰山，露出表面的只是尖顶，下面大得骇人！

碰见一位住在那里的富豪熟人，好奇地问道，他的那些高邻动静那么大，在鼓捣什么？他伸出双臂，做手握铁

锹猛力下掘状，dig in（深挖洞啊）!

听罢才大长见识。富豪们一掷千金，把不见天日的地下打造成了多达四五层的奢靡宫殿。泳池舞厅，酒窖影院，恒温地板上满铺真皮，整座墙面的液晶屏上是浩瀚海景，群鸥飞翔，碎浪戏沙。有的更离谱，还整个飞瀑三迭泉，再鸡犬升天地为心爱的小狗顺便添个专用 Spa 温泉。

在千千万万的穷人食不果腹的同一星球上，如此这般的穷奢极侈，几近令人发指。但只要钱的来路正当合法，不是贪污受贿所得，也依法缴了税，你可以放声谴责而自感道德高尚，却绝对无权干涉。有人发财和烧钱并不可怕，可怕的是没人敢发财。

你以为他们在烧钱，其实大多数富豪们的永恒使命是赚钱。伦敦西区是全球最贵的地段，一座豪宅往下拓展四五层，面积从 500 平方米猛增到 1500 平方米，接盘的买主如果用麻袋背钱付款的话，恐怕得多雇上几个壮汉。这样的豪宅要价动辄千万英镑，能把土方老板级的买家吓得矮去半截，唯有超级富豪才会动心，看了称心，便还个略低的价轻松拿下。高端房产市场不像街边地摊，卖家不会漫天要价，买方也不会就地还钱，英国富豪都像维护自家资产一样维持着一份节制和矜持，丢脸比丢钱还心疼。

建一座地下宫殿，动静要比老鼠打洞大得多，噪音、粉尘、震动的骚扰折磨长达数月，令四周邻居苦恼不堪却又无处投诉，人家可是有权威部门仔细评估后颁发的工程许可的。

当然，发财梦人人可做，但光想发财不顾别人，就会麻烦缠身。给你一张驾照并不保证你不会开车撞人，失控案例也偶有发生。美国金融大鳄高盛公司的一位高管，钱太多，便往地下狠命砸，四周邻居的不满和怨愤一概嗤之以鼻，秉承虽千夫所指仍从容的公司传统，盗墓似的使出蛮力狂掘狠挖。结果周边邻居一觉醒来，恐慌地发觉自己成了囚徒。原来地基严重受损，相连的邻家房子框架歪斜，门拉不开了。闯了祸也不打紧，反正脸皮厚，腰包也厚，赔笑，赔罪，赔钱，都能摆平了事。

这种往地下砸钱的怪病，不似艾滋病之类的现代产物，在英国其实还颇有渊源。早在19世纪就有一位公爵脑洞大开，冒出了这个金点子。他在诺丁汉郡的自家领地上大动干戈，挖了一个巨大的坑道迷宫，蜿蜒盘旋，长达15英里。还建造了一个粉红色的大型舞厅。但老头脾气古怪，生性孤僻，没人愿意凑他的热闹，舞厅建成后从来没有举行过一场舞会，成了圈内笑话。

还有一位家产显赫的煤老板突发奇想，在湖底下建造了一座桌球大厅，透过玻璃天花板，可观赏波光粼粼的湖水。折腾完后不久，公司轰然倒塌，本人饮弹自杀。

接手这座冰山豪宅的不是别人，而是北爱尔兰哈兰沃尔夫船厂老板皮尔里勋爵。当年的泰坦尼克号邮轮，就是这位爵爷建造的，首航便撞上冰山，死了上千人。这次又来玩水，结局如何，不妨拭目以待。可以预知的是，万一湖水破顶而下，和上次一样，淹死的还都是富豪阔婆。

这种丧心病狂的挥霍看上去确实养眼，如同爽一把就死的末日狂欢，陡生出一抹凄丽色彩。人们不免会问：

人的贪欲如此疯狂地膨胀，这世界将会被糟蹋成什么样子？

其实不必过虑，人欲难以自抑，但苍天有眼，早已设下大限。你再怎么折腾不也就短短百年么，下一代接着撒欢儿？恐怕命更短。

2013年12月

# 独一无二的克瑞斯

约了女儿在伦敦塔附近的中餐馆会面，顺便请多年不见的克瑞斯一起相聚。他把一个礼品袋放在餐桌上说：别碰，不是给你的，给你女儿钨的。克瑞斯和我同事多年，不拘虚礼。

第一次见面是20多年前的广交会，他从伦敦飞过来初次参会。先到的英国同事马克笑着预警，注意，克瑞斯是个奇人，上帝造完他后就把那副模具砸了，地球上独一无二。

原来克瑞斯日常生活中倒霉事不断，后果轻微却饱含笑料，是黑色幽默故事当仁不让的主角。

一大早冲进办公室经常气喘吁吁，不是提包上被刮了个洞，就是头上鼓起个包。还有一次伞柄断成两截，两手捏着，一左一右，可以当双节棍舞。只是人被淋成了落汤鸡，起舞的兴致被雨水冲没了。他的婚礼进行到一半时，

新娘莫名其妙地昏厥倒地，婚礼下半场便从教堂移师医院急诊室……诸如此类，令人闻之捧腹。英国人笑罢还刻薄地感叹：这事只有克瑞斯能摊上，别人无缘！

克瑞斯个子小，背微驼，在粮油产品部工作多年，主管从中国采购。第一次来中国广交会，又是首次来东亚异国，理应颇感兴奋，他却面无喜色，一脸的阴郁和不安，不像是来掏钱采购的，而是来找债主谈延期还钱的。

第二天早餐桌上，我们边吃边谈当天的工作。刚谈完，他脸色苍白地站起身说："我肚子里轰隆轰隆的，得去下厕所。"马上开馆了，事情又一大堆，我有点急，便问："要多少时间啊？"一旁的马克捂着嘴直笑："这哪说得准，兴许几天呢。"

同样的症状后来又发作了两次，我暗想，这多半是压力大精神紧张造成的神经性腹泻吧？没人细究，只管笑。

克瑞斯工作勤奋且一丝不苟，人尤其善良。有一次在广州，夜里 11 点了，他打电话求我去他房间。一进门我便认出，坐在床边的中国女孩是广交会粮油馆的茶水服务员。一来二往，自然熟了。女孩到他房间聊天，竟迟迟不肯走，意欲秉烛夜谈至天明。克瑞斯不得已，请我过来解围。我大声说："克瑞斯，你该早点睡了，明天的事一大堆呢。"女孩这才无奈起身道别。他次日谢我替他解围，解释到，要是个男的，早就直说了，但对方是女孩，他不好意思下辞客令。

后来我不再涉足公司的日常业务，和克瑞斯的联系渐少。但他每年春节都会问候，先是一张张越洋贺卡，后来是一份份电子邮件。我听说他日子过得不顺。贸易业务风光不再，公司在转型，但克瑞斯却跟不上时代步伐了。

他遭解雇后给我来电说，人事部通知他时，一股冰流沿着他的脊椎从尾骨直奔颈部。接踵而至的是离婚。他恨恨地告诉我："杰妮完全就是利用我，哪里算夫妻。我能挣钱时跟我过，看我没油水了立马走人。"

克瑞斯后来换了两家公司才安顿下来。他给我看了他的房子和菲律宾女友的照片。日子不宽裕，但还算安定温馨。

我们边吃边聊，克瑞斯显得非常高兴。旁边的老牌 Three Lords（三大佬）是他职场得意时的午餐首选。大多同事往嘴里胡乱塞两块三明治便算午餐了，他却绝不将就，洁白的餐巾，闪亮的刀叉，头盘主菜甜品缺一不可。如今风光不再，一顿平常的中餐他都由衷赞叹，说了两遍：好久好久没有吃过这样的美味了。

坦诚直率，一点不装，正如 20 多年前马克第一次介绍时说的，克瑞斯在英国人中是独一无二的。在伦敦我有不少有点交情的英国同事，但聚餐饮茶我还是喜欢约克瑞斯，尽管他劳累了大半辈子，还只是个底层职员。

2014 年 1 月

# 格拉斯哥的雷锋

格拉斯哥的中央火车站始建于 1879 年，巍峨典雅的主楼便是一家五星酒店。百年老店，幽暗宁静，奢华却不张扬。下车后穿过宽广明亮的大厅即可入店，极为便利。

我一边登记入住一边对随行的儿子打趣道："就在这车站里将就一夜吧。"前台经理双手递上房卡再三关照，有任何需要请随时吩咐，Anything！他加重语气极为诚恳地强调了一遍，听了心头一暖。

询问附近哪家餐厅主营苏格兰海鲜，Regalo，出门右拐几百米，礼仪经理轻声告知，并拨打电话询问今日是否营业。

格城位于苏格兰中部，是苏格兰最大的城市，首府爱丁堡也只能屈居其后。市容繁华整洁，古雅中洋溢着时尚。今年主办英联邦运动会，满街的锦旗亮出简朴的口号

“People make Glasgow”。此处的“make”超出了硬件范畴的“建造”，更接近涉及精神文明的“造就”。高楼大厦公路桥梁是城市的外表躯壳，有银子即可添置，市民的精神风貌、行为举止则是内在素质，千金难求。

我们沿着宽阔热闹的大街走了二三百米，估摸快到了，便查看街区示意图。停步不过10秒，身后一位中年男子操着浓重的苏格兰口音问：“你们迷路了？需要帮忙吗？噢，Regalo，就往前几步，跟我来吧。”这位热心人一直把我们送到餐厅门前才含笑道别。

第二天离开格城，在近郊小站换车前往爱丁堡。走下站台问一个路过的胖墩少年，附近有无热饮店。男孩没吱声，只是举手朝身后划拉了一下。我疑惑着刚走两步，身后有人招呼：“先生，请留步。”一个三十岁左右的青年从站台上快步走下台阶，指着左前方说：“看到那辆红车了？就在那里，右拐即到。”他显然不满那牧童遥指式的敷衍，特意赶来叮嘱一番。

上车碰到了一点麻烦。我们的车票座位是33A和33E，但车厢座位却是一号一座，33号仅一个座位。我猜测网上票务系统出了差错，33座旁边的座位应是我们的。但一个胖汉却一口咬定这是他们的座位，座椅的预定卡片上有他的姓名，神态冷漠，语气生硬。

旁边一位教授模样的老者见状，马上过来试图化解僵局。他仔细查看了四周座号，但也一脸迷茫。胖汉似有所触动，于是说：“就坐这儿吧，有个伙伴赶不过来了，反正也是空着。”我不由暗自发笑，既然空着，刚才干吗不让我

们坐？

这是群登山客，到了 Fort William 站便提着登山自行车下去了，车厢顿时空了一半。那位老人见状起身走过来，伸出温暖的大手，微笑着说："欢迎光临苏格兰！"他显然还在为胖汉的有失谦让而不快，递给我一听饮料说："那些人绝对不是苏格兰人。"

聊起苏格兰脱英公投，老人不无忧虑，叹口气说，他们住在英格兰和苏格兰交界地区，不希望分裂。经济不好，有人就想改变现状。政客们巴不得独立出去，弄个元首总理当当。但是，一个苹果在腐烂，掰成两半就变甜了？其实都是那些政客鼓动起来的，老百姓一般都不关心政治。

格城短短一日，三次遇上热心人，心情如同窗外苏格兰的夏日阳光，久久地明亮温暖。年幼时意气风发地欢声合唱"千万个雷锋在成长"，成长了几十年，而今安在哉？众里寻他千百度，怅然四望，雷锋却在异国他乡处！

2014 年 8 月

# 女王道的老味道

在伦敦想吃中餐又嫌唐人街过于喧闹，不妨去西区的Queens Way（女王道）。五六百米长，中餐馆七八家，层次不等，各有特色。商务宴请、邀友聚餐或静坐独酌，都能找到合适的去处。

这次去伦敦住在Queens Way附近，便特意寻找中段西侧一家久违的港式烧味馆。10年前我常去用餐，因为店堂里都是小方桌，适合单人简餐。伦敦商业区寸土寸金，你掏个七八英镑填一下肚子，千万不要独占一张大桌，否则店主的黑脸白眼就够你饱了。

这家的店主也不是个善茬。有一次我放下筷子稍坐了片刻，他板着脸走过来，说："你吃完了吧？门口还有不少客人等座呢！"不等我回话，便丁零当啷地把碗碟席卷而去。还回头眼瞪着我，看你能熬多久！

店主虽横，肚子饿了照样厚着脸皮上门。没办法，这家的烧腊味道极好，可与香港媲美。我是去吃饭，又不是去看脸。难道你还敢飞起一脚把我踹出门外不成?

餐馆门面依旧，但店堂焕然一新，漆黑餐桌衬托着晶亮的白色餐具，散发着现代气息。看来店主换了。不经意间，英国各地的中餐馆渐渐变了脸面，一反灯笼高悬店堂幽暗的传统风格，改走简洁明亮线，清新爽目。

一位中年男子招呼我落座，自我介绍是Joe，点单上菜结账一身兼。我瞥了一眼米色墙上几张民国时期的广告画，好为人师地胡诌说，这些是典型的老上海广告，和餐厅的广帮菜不太协调。Joe微笑着说到，其实当年香港的广告和上海差不多，都是当红影星的照片。

仔细一看广告商家果然是香港的广生行等。他又指着我身后说:“你再看这面。”一回头十几幅黑白照片映入眼帘，都是香港百年前的街景楼宇，照片上的男人还拖着长辫子。左侧彩色旧广告，右侧黑白老照片，对比呼应，貌似离，神暗合。

我称赞这里的烧鸭特别好吃。Joe说:“我们选的是爱尔兰鸭，肉嫩油多香味十足，英国鸭不行，肉老油少，烤长了肉就咬不动了，烤快点鸭肉特有的香味又出不来。很多酒家还是用本地鸭，便宜嘛。但我们一直从爱尔兰进货。”

见我吃完了，Joe过来陪我闲聊，说他七岁跟父母自港来英，刚来时生活非常艰辛。Really really tough（真的难熬啊），他轻微摇着头低声倾诉，像是不敢大声，唯恐惊动了过去的苦日子，怕它会闻声再来。

烧鸭饭才 6.8 镑。我递上 10 镑说，“收 8 镑吧。”又掂了掂 2 镑找头，说，“这硬币放口袋里挺沉的，你替我留着吧。”Joe 点头致谢。

走出餐厅驻足仰视对面的女王天主教堂，这座风格古朴的著名建筑，历尽百年变迁，但容貌仍沧桑依旧。

“先生，你的包。”Joe 推门出来，浅笑着双手递上我遗忘在餐桌上的皮包。他显然是个老派的华人，善良敦实，勤奋敬业。在不断膨胀的欲望驱动下，这个世界在飞速变幻，令人头晕目眩。但还有些人和物，默默地保持着原样，就像这家餐厅的烧鸭，还有对门的教堂，还是老味道。

2015 年 1 月

# 退隐林中的约翰

和约翰初次见面是在 1986 年的秋季广交会上。他长相英俊，身材健美，我握着他的手说："约翰，你不是爹妈生的。"他一愣。"你是米开朗基罗雕的。"他笑了。相处久了，渐渐无话不谈。

因外祖父是印裔，约翰的西洋五官却配有一头微蜷黑发，明净的目光中隐含一丝忧郁，每到一处迷倒痴女无数。

有一次广交会上订购一批维生素 C，来自东北出口公司的小姐盯着他的脸，朱唇微启，目光迷离，春魂飞出了壳，哪有心思谈生意！问了几次价毫无反应，恨得我"当"的一下把茶杯砸在桌子上。出门后我阴阴地说："你以后戴个口罩得了，能省不少时间。"约翰应道："戴口罩太热，我还是歪着嘴吧。"

当然，他是个严谨自律的君子。有一次我们俩去天津出差，在利顺德酒店用餐。一个美国女子坐在另一张桌前，远远打量了他一会儿，无视四周大片的空桌，径直过来问是否可以同桌。约翰说“Please”（请便）；女孩“当啷”一声把钥匙放在桌上，钥匙牌上标明的房号赫然醒目。

这哪是要同桌，想同床吧？女孩熬了片刻，见他毫无搭话之意，悻悻起身道别“Thank you”，约翰冷言应道“Pleasure”（荣幸）。惜言如金，两个词就打发了，连词根都懒得换。

他有一次请我去他们新买的房子度周末，认识一下他的女友 Lee。他和女友相爱同居多年，懒得领证，也不要孩子，感情却胜过一般夫妻。屋里洋溢着轻松随意纯真亲密。

那是一座大房子，住了两晚没搞清有几个房间。我问，“你们就两个人，买这么大的房子干吗？”“可以捉迷藏啊！”约翰答道。又说，他们有一个宏伟周密的改造计划，自己动手，慢慢实现。

Lee 热情大方，在某个著名公司担任中层经理，收入颇丰。她驾车去租了两盒电影录像供我打发时间，说约翰要利用这个周末把几扇门油漆一下。完后我们一起去附近的镇上午餐。两人拿出一张清单商量分头办事，购物洗衣、银行邮局等等，问我跟谁走。我笑道：“像离婚时问孩子要跟谁似的，我谁也不跟，自己逛！”三人大笑而散。

约翰毕业于牛津大学哲学系，谈吐优雅，冷峻理性，富有典型的英式“dry humour”（冷幽默）。一次同事从餐桌边起身时，口袋里装的两节电池滚到地上，他拣起塞到同事手里说：“奇怪，电能没了你怎么还能动弹？”有人痛

斥中国人的吐痰恶习说道：街上走着，迎面走来两个人，竟然一左一右同时鼓喉“嚯嚓”。他说：“那叫双通道立体声。”公司有人见他常飞中国，便酸酸地问：“坐头等舱吗？”他答曰：“当然，永远是顶级舱。”顿了一下又说：“所谓顶级，就是带张小板凳坐在飞机顶上。”众人大笑，他仍一脸冰霜。

约翰平时话不多，但总能一言中的。公司老板曾说，约翰开口时我听得非常仔细，他的话很有见地。约翰在公司享有尊崇，但他厌恶朝九暮五的工作，他说：“我们都像笼子里的小鸟，不停地踩踏脚下的滚轮，以为在不断前进，其实只是原地踏步，渐渐老去。”

他曾私下告诉我，早晨尤其难熬，起床后非得冲把热水澡，再一咬牙出门。我怀疑这是忧郁症的征兆，但并无明显症状。有一次我去伦敦开会，只待两天，他便提前约我一起午餐。到了午餐时间，他的邻桌跑来悄悄传话：John 身体不适，不能和我午餐了。我觉得奇怪，他在公司啊，干吗不能自己过来跟我说？我远远地看去，他坐在电脑前低垂着头，面色铁青。显然情绪极坏，怕见人失态。我这才确信他患有忧郁症。

后来他终于辞职而去，还特意发了洋洋洒洒两页传真和我道别，动情地说：“我自以为懂这一行，其实昏昏然，没有你的相助和担当，我撑不到今天。生活的波澜将把我们推向不同的方向，也许彼此不再相聚。但我们共同度过的时光是珍贵的美好回忆。”

约翰从此退隐郊外，再无音讯。很多人死守着一份自己并不喜欢的工作慢慢老去，有些迫于无奈，更多的是缺少改行或放弃的决心。都说归隐好，林下见几人？约翰无疑算一个，尽管不是超脱尘世的隐者，只是远离了喧嚣的商界，选择一份自己喜欢的平淡生活。

记得有一次我们在广州赛车游乐场，他对车速不满："借我一把螺丝刀，我立马让车提速三倍。"我问："你真会弄车？"他说："了如指掌，心中的梦愿就是在某个小镇上开个修车铺，而不是像现在这样，东颠西跑看人脸色。"

路过伦敦附近的小镇我得留意张望，憧憬能道一声：约翰兄别来无恙？

2016 年 5 月

# 美食、美人、美愿

全球推选美食之都，圣塞瓦斯蒂安理应当仁不让。这个西班牙北部的滨海小城，居民仅 20 万，但在全球瞩目的米其林三星餐厅前十（Top 10）金榜上，傲然独占两席。随意拐进一间餐厅，便是一场难以忘怀的美食艳遇。

美国的华人朋友来西班牙寻找投资机会，首选这座美食城，拉着我来此看房。翠岭拥簇，楼宇典雅，抬眼碧海金沙，低头美馔佳酿，商旅蜕变成了度假，高潮竟是一顿平时可望而不可即的米其林三星盛宴。

须知米其林三星的定义是，值得打飞的专程前往的顶级餐厅，并且至少提前 6 个月预定，有这闲钱，未必有这闲空，有钱也有闲，未必有这闲心。但慕名前往者甚众，否则怎会要排 6 个月的长队才能落座？

领着我们看房的房产中介是个年轻的美女，带着我们一连看了三套豪宅，道别时热心地问，尝过本地的美食了吗？我可以帮你们安排，我男朋友是米其林三星 Arzak 的经理。

不要支付定金预约，也不用苦熬半年等座，只要口袋里银子凑得齐，这等良机哪肯错过？比起打飞的来的吃客，我们还省了一笔机票钱呢。

当然先别过早兴奋，在 Arzak 餐厅落座之前，这还是天上飞的野鸭。前一天有位中介小哥也夸下海口，能帮我们搞定一张米其林餐厅的桌子，说老板是他血脉相连的至亲表哥。他手机打了七八次，表哥死活不接。我们也只能咽咽口水，讪讪作罢。美女的面子果然和颜值呈正相关，一个电话，三分娇嗔，半分钟搞定。

为晚上的正餐热身，午饭只吃个半饱。上网一查，Arzak 在米其林三星榜上一霸就是整整 48 年，排名从未跌出前三。主厨是第四代老板爱莲娜（Elena），2012 年荣获世界最佳女性大厨桂冠，这可不是靠祖传，而是凭厨艺。

餐厅设在 100 多年前的祖屋内，店堂内只有十来张餐桌，没有让人目瞪口呆的奢华。一页“品鉴菜单”，标配前菜六七道，自选主盘有四种，外加甜食茶饮。一顿晚餐耗时近 3 小时，人均破财 215 欧元。味道究竟如何？在此不说也罢，免得引人垂涎三尺。实不相瞒，要说也说不清了，一道道美肴佳馔鱼贯登桌，味蕾已渐渐迟钝，味道也在脑海里早已搅成了一锅粥。

其实，工夫多在菜外，摆盘精美，造型独特，且技法迷人。最后的茶饮，上的是杭州龙井，开水刚注入壶中，

侍者立即倒置配套上桌的精致沙漏。沙刚止，茶即斟，手法敏捷，分秒不差。这哪是喝茶？是茶艺啊！所谓茶艺，有人懂，有人不懂，大多是装懂。依本人愚见，一杯茶，泡3分钟，或5分钟，浓淡略异，别无玄妙。上壶茶还这么一番操弄，让人不由想起上海话的新词“拗造型”。一个“拗”字，道尽蠢相。

“怎么样？今晚的菜肴味道如何？”身后传来一声柔和的问候，侧身一看，一位美女已站在身边，我一看她的胸牌“Elena”，笑道：“天哪，爱莲娜！你可是国际餐饮界大名鼎鼎的美女大厨啊！”她故作惊讶地笑道：“真的吗，我怎么一点也不知道？”

爱莲娜年约三十，皓齿明眸，面容明月般圆润亮丽，微微的笑容如一池粼粼闪亮的春水。闲聊片刻，如沐春风。

这等如雷贯耳的品牌，誉满全球的名气，怎么会呆守着这么几张桌子？连锁经营、加盟扩张没考虑过吗？

我半真半假地打趣道：“Elena，去上海开个分店啊！那里富豪遍地，准会赚翻天。”Elena连连摇手：“不行不行，这一摊已经够我忙得不可开交了，哪顾得上开新店。”

貌似笑言，不经意间道出了成功的秘诀：用心、专注。爱莲娜既没有豪言壮志，也不图财源滔天。她只胸怀一个美愿，全力打理一家店，用心做好一件事。美人，美食，美愿，齐聚一身，天下谁人能比肩？

2017年5月

# 维也纳的干烧大虾

这家中餐厅隐身僻静街头，并不惹眼，入内一看不由心弦一动，柜台一侧墙上挂的竟然是著名美食专刊 *A La Carte* 评选的 2007 年度的获奖奖牌。这是欧洲餐饮界颇有名声的大奖，基本由西餐厅包揽，这家中餐厅能挤占一席，想必厨艺超群。

英法两国的华人餐厅老板中，不少是来自香港的老华侨，菜品精致可口。但欧洲其他各国的中餐店主，大多是闯荡海外的穷乡农民，一字不识，两眼摸黑，孤身异国，何以立足？只能操起菜刀，立地成厨！那份勇气，你得学着点，才咽得下他们端上的饭菜。这家店显然大不同，还没落座，嘴里已湿润起来了。

老板娘五十出头，见我盯着奖牌，不失时机地说：这是奥地利颁发给中餐馆唯一的金奖，再多的钱也买不来的。

我们点了干烧大虾，扬州炒饭和雪菜肉丝面，加上三味餐前小碟。我们三人下箸如飞，享用中欧之旅最美味的一顿饭。本帮风格的干烧大虾堪称惊艳，甜酸咸辣调和得恰到妙处，合齿一咬，嫩脆的虾肉碎裂瞬间的细微颤动，在舌尖齿龈间回旋荡漾，余味绵绵。

风卷残云之后，老板娘不早不晚地走近桌边，不疾不徐地聊起家常。一开口，也是地地道道的上海人，姓方。这顿美食可谓久旱逢甘霖，同乡海外同胞相逢，虽不及他乡遇故知，当可顶一半，宋人汪洙所谓的人生四大喜事，同日竟得一件半，于是谈兴勃发。

方太听到称赞，坦然笑纳，操着20世纪的沪语说："先生是老吃客了，懂咯。阿拉价钿不便宜，食材是最好的，这大虾不是市场上的大路货，是深海捕捞的。厨师是老早从杭州请来的，本帮菜一只鼎。"

我感叹说："同样是中餐，好的，吃了还想吃，糟的，吃了只想吐。昨天一到维也纳就想一碗中式汤面充饥解馋，上网一查，不远处有家Happy Noodle（快乐面馆），于是乐呵呵地赶过去。店主倒是华人，两个伙计却是一个金发一个蓝眼。不做汤面，只好炒面凑合。尝了一口，盐钵头打翻了，死咸死咸。面条倒是软软的，口感蛮怪的。"

"要死了，那种面条你也敢吃啊？"方太嗲声嗲气地嗔怪道："阿拉也搞不懂这种面条哪里搞来的，开水一烫就熟了，放锅里一滚就算炒面了。"叹了口气又说："欧洲经济一塌糊涂，以前的高消费连影子都没了，来的客人都要便宜便宜再便宜。我这家餐厅开了二十几年了，鼎盛时期高朋满座。你们这张桌子以前是奥地利总统经常坐的，现在有铜钿的人也不大上门了。来的吃客要的是分量大价钿低。有个开中餐馆的朋友上个月干脆不做中餐了，重新装修做披萨了，便宜啊！”

方太早年毕业于北京的著名传媒学院，拿到学位后分配到浙江电视台，也有过担纲的机遇。80 年代只身来奥地利游玩，也许是一段机缘，或一个闪念，留了下来。原想读个硕士学位，可一个中国女孩即便戴顶博士帽，又能如何？辗转波折几年，最后还是和朋友合伙开了这家餐厅。西餐讲究配酒佐餐，于是又挤出时间进修品酒，水平不输专业品酒师。在她的精心打理下，餐厅日渐红火。

“当年钞票来得真快，每天夜里数钱的感觉啊……”说起往日的兴隆，她一脸的无奈何和惆怅。但随之神情一转，又找回了一份自豪和慰藉，“我也算混的不错了，这里买了两套房子，一套自己住，一套收租。生意不赚钞票，但维持开销没有问题。”

“每年还回去看看吗？”我问。“当然，”方太应道，“上海的变化实在太大了。几个朋友也谈起过以后回上海养老，但房价那么高，大概回不去了，杭州也越来越漂亮了，以前的同事都当上了领导，日子过得有声有色。唉，不谈了。”方太叹了口气，神色怅然。

我猜想方太脑海里有只怪虫，时不时叮她一口：如果当年按时回国，在电视台打拼到今日，会有怎样一种风光？

人生是条单行道，既不能回头，也无法重来，硬塞一个“假如”比较一番，近乎自虐。我半开玩笑地劝慰道：

他们的日子有声有色，你的生活也是风生水起，只身一人闯荡海外，挫折、磨难、成功、喜悦，甜酸苦辣都尝过了，别人有的你也都有了，这份独特的经历倒是国内的朋友无法攀比的。日子不能太苦也不能太甜，就像这干烧大虾，甜里带辣，咸中有酸，才真正有味。

2017 年 10 月

# 明斯克的明朗警风

白俄罗斯的国名恐怕惹普京总统不爽，你是白的，难道我们是黑的？去了一趟首都明斯克，全程观察了一场撞车事故，还真的感觉“白俄”确实不黑。

搭乘旅游巴士沿着主街来回游览了一圈，宽阔的大街长达十多公里，两侧多为苏联时代遗留的高大方正的楼宇，历经沧桑，依然敦实洁净。橱窗优雅秀丽，不乏欧美大牌。咖啡馆宾客满座笑声朗朗，路人神色明朗步履轻快，欣悦安宁的景象胜过巴黎、伦敦。尤其市民素养之高令人惊叹，红灯一亮，众人立即伫立静候，绿灯闪现，无人争先恐后。大街上没有垃圾，不见痰迹，甚至找不到一片纸屑。

我感觉有点不可思议，回到酒店便问大堂经理：“明斯克居然是欧洲最整洁干净的城市，怎么做到的？”他说：“明斯克要举办欧洲运动会，政府全力动员，全城上下都在

整顿市容，准备欢迎客人。其实城市的一些边缘区域并不像市中心这样干净整洁。”虽说是长官意志，但执行力之强，令人刮目相看。

白俄罗斯在众人眼里无疑是个威权国家，只要当家的不糊涂，其效率之高，不容置疑。卢卡申科总统被西方斥之为独裁者，但显然治国有方，白俄罗斯经济繁荣，社会安定，在散伙儿的 15 个前苏兄弟中鹤立鸡群。只要百姓称心，管他什么体制！邓公的白猫黑猫论，放之四海而皆准。

我在国会大厦旁边的丁字路口找个石阶，刚坐下歇脚，忽听到“咣”的一声，抬头一看，一辆黑色的七座商务车右拐，另一辆相向而行的红色小车左拐，两道弧线交叉，在街口相撞了。我兴致陡增，看看这起事故如何了断。

两个司机下了车，看看车的状况，心平气和地交流几句，掏出手机报了警，便不再多言，各自上车等待。20 分钟后，一辆警车到场。两位警察分别询问两人片刻，掏出皮尺，开始丈量现场。测量每辆车的长宽，车中轴线到人行道外沿的距离等等，数据一一记在文件夹上。尽管耗时费力，但显然是按章行事。

几年前，在晋升民主国家行列的阿尔巴尼亚，我见过同样的场面。一男一女两个警察，背着手，板着脸，绕着事故车左看看，右瞧瞧，半天不吭声，看谁熬得过谁！直到肇事一方偷偷塞了张钞票才有定论。当然，掏了钱就不该再输理了吧？

这边，警察做完功课后，两位司机先后坐进警车，出示证件，回答询问。耗了半小时，竟然还没完事。这时黑色商务车里钻出五六个中国人，站在车边，叽叽咕咕，一脸焦急。我上前搭话："来这里旅游的吧？"他们应道："是的，车一撞耽误这么多时间，再不走赶不上飞机了。"

我走到警车旁，俯身说："对不起，客人非常担心赶不上航班了。"司机伸出两个手指，"快了，两分钟。"旁边的警察小伙竖起手中的笔，笑着说："不，一分钟！"果然，司机很快回到了车上，商务车疾驰而去。

警察是国家的门面，明斯克的警察温和有礼，严守规则，且积极回应。有这样明朗的警风，白俄罗斯至少看上去算得上一块乐土。

2019年5月

# 格鲁吉亚的皮特

从第比利斯的著名景点和平桥前往最近的老城街口，须走下一列石阶，这是所有游客的必经之路。我们刚走下石阶，一位私车司机便迎上前来，用流利的英语招呼道："各位早上好！我叫萨瓦。格鲁吉亚真正的美景在首都之外，包车一天最低价 70 美元。"

我不由暗叹这年轻人太聪明了，游客走下阶梯都会停步喘口气，上前搭话拉客，时机地点极佳。我打趣道："你太厉害了，招揽游客就像拦路抢劫，关键是卡位准确，不能让目标猎物溜了！"他哈哈一笑便直奔主题："当地的司机主要讲俄语，只管开车不会讲解，我是司机加导游，所有景点详细讲解。"

这份诱惑谁能抵挡？于是约定第二天早晨到住处来接，游览一整天，晚上直送机场。导游讲解加价 10 块，4 人

80 美元。

第二天清早，一前一后来了两辆车。萨瓦满脸歉疚地说："实在对不起，没办法，接到一个三天的大单，马上去亚美尼亚接客。这是我弟弟，皮特，他陪你们游览。他只会简单的英语，如果不行，你们可以另外安排。"

皮特身材敦实，满脸憨厚。这是哥哥照顾弟弟，还是兄弟大分工，哥哥揽客弟弟跑车？可说好的英语导游服务呢？我们还加了 10 美元呢！事已至此，再锱铢必较多费口舌，只会坏了心情败了游兴。于是挥挥手告别萨瓦，阴沉着脸上了皮特的车。

车出了城区心里的不快渐渐散去。外表木讷的皮特反应却十分敏捷，车技娴熟。一路上。处处用心，细致入微。我们刚举手机想拍窗外景色，他立即摇下车窗方便我们取景；每到一处，他都敏捷地抢先下车，为我们开门关门。

游览参观了第比利斯三一大教堂，我们走出大门，见不远处皮特正伸长脖子盯着大门，便问他怎么不在车里休息片刻，他比画着说，警察让他的车挪了 50 米，怕我们找不到车，特意等在门外。

格鲁吉亚菜颇有名气，但咸得难以下咽。皮特带我们去了一家俄罗斯人开的餐厅，味美价廉。我们点了四五个菜，又指着菜单让他点自己喜欢的。他只要了最便宜的一块面饼一瓶水，除了我们特意夹给他的几块牛肉之外，他的刀叉没有碰过菜盘。

第一站先去戈里，参观斯大林故居，然后游览景观名镇西格纳吉，再沿乡村小道蜿蜒往北，参观当地最大的葡

萄酒庄。

格鲁吉亚的葡萄酒酿造历史可追溯到公元前8000年，他们不用木桶也不用钢槽，而是用瓦罐发酵，味道独特、价格低廉，我们打算多买些带走。出售葡萄酒的商铺在几百米外的山坡上，酒庄有电动敞篷车上下来往接送游客。我们四人刚落座，车就满了，于是让皮特回车里等我们。但他还是一路小跑跟着车上了山坡，气喘吁吁地说：酒很重，我帮你们拿。之后，皮特独自一人把一箱酒捧在胸前送到了车上。

皮特显然不善言辞，英文不及小学三年级，不管你说什么，多半没听明白，他一概回复“no problem”（没问题）。借助手机APP俄语英文来回翻译，沟通并无大碍。和巧舌如簧的哥哥相比，皮特更让人舒坦愉悦。

小车跑了整整一天，扣除几百公里的汽油费，皮特其实没挣多少钱。我递上一张百元美钞，他愣了一下，摸摸口袋两手一摊，意即他没有小票找我。我说：“都给你的，不用找。”他像受到惊吓似的做推挡状，“Oh，no，no！”我树起拇指夸道：“你真是个好人，服务一流，我们玩得很开心，加点小费谢谢你。”我把钱硬塞到他手里，皮特这才放入口袋，躬身合掌喃喃道谢。

见过不少变着法儿多要钱的，从没碰到过给钱不收的。皮特一路上的贴心服务已令人感动，临别时又给我们的心灵深处注入了一股暖流。外出旅游自然为了观赏美景，但途中偶遇的好人却更令人难以忘怀。再来此地，一定还找皮特。

2019年11月

# 高加索的一对冤家

回想起2019年末的高加索三国之旅，多少有点赶上末班车的窃喜和庆幸。回到上海不久，新冠疫情从天而降，出游遭禁。接着纳卡冲突再起，无人敢往。岁月静好只是顽童手里的一块镜子，一转眼便碎成一地玻璃碴。

从格鲁吉亚雇车抵达亚美尼亚边境，填表排队完成落地签，边检官一页不漏地翻看着我们的护照，脸色骤然一沉，狠巴巴地问：你们刚去过阿塞拜疆？我赔着笑脸应道："是的，中国到亚美尼亚没有直达航班，所以在那里转机，顺便待了两天。"边检官沉默片刻，瞪了我一眼，"啪"地盖章放行。

在高加索地区这已算是善意礼遇了，你如果先来亚美尼亚再去阿塞拜疆，就会遭遇闭门羹。签证不是电影票，并不能确保入内。阿国的边检官随口编条理由，就可以将

你拒之门外，但真实的原因不难猜测，你到我家做客，怎么还先去我仇家串门？滚！

有鉴于此，高加索三国之旅，我们先从乌鲁木齐飞抵阿塞拜疆首府巴库，游玩两天。再飞格鲁吉亚，转乘巴士前往亚美尼亚首都埃里温，以求一趟行程探访两个冤家，避免中途受阻。

接机服务是通过民宿房东预订的，要价 30 美元，似乎贵了点，但省心省事，便一口答应。来了辆宽敞的奔驰车，司机勤快麻利，还说英文，觉得值了。

西亚的里海和中东波斯湾都是打个地洞便“油气冲天”的宝地，阿塞拜疆是高加索地区首富，历史上石油出口曾经远超中东各国，至今仍是石油天然气出口巨头。坐在车上从机场飞驰巴库市中心，公路两侧高楼林立，灯火璀璨，给宽阔的公路镀上一层亚金色。和节衣缩食、黑灯瞎火的邻国相比，夜幕下的巴库宛如奇光异彩的天外魔都。

车驶入一条黑黝黝的巷子里，在一栋古旧的楼房前停稳，昏暗的路灯下，一个壮汉站在门前，身旁两个跟班。壮汉是房东，平头冷脸，在影视剧里演个黑道小头目基本不用化妆。见司机从车上拿下了行李箱，他便递上两张纸币共 15 美元打发走人。我付了他 30 美元，他只给了司机一半。雁过拔毛，中外皆然。让我吃惊的是，他竟然丝毫不加掩饰。不屑暗收，直须明拿，霸气瘆人。以前出门都是住酒店，这次改订民宿，想和房东聊聊天，了解风土人情，这下开了眼，也长见识了。

民宿网站介绍说这楼是意大利人 20 世纪初建造的高

级海景公寓，入内一看，房间净高三米多，两房一厅足有120 平方。昔日的豪华公寓现已破败不堪，如同一匹瘦骨嶙峋的老马，骨架完整，肉全没了。跨入阳台，涛声阵阵。但房子朝向不佳，要欣赏海景，先得变成长颈鹿，脑袋伸出一米开外，再右转 90 度，兴许能瞥上一眼阵阵海涛。虽略感失望，但也就两晚，随遇而安吧。壮汉收齐房费便挥手走人，银货两讫，一拍两散，倒也爽当。

房子历经沧桑衰相毕露，但位置极佳。出门左拐便是人头攒动的著名景区巴库老城，往右百米可抵碧波万顷的里海。

次日一早前往滨海大道，搭乘旅游巴士游览半日。巴库号称里海明珠，别名小迪拜。果然，新城的几座新地标建筑堪称惊世骇俗之作。火焰塔由三幢 30 多层的玻璃墙幕大厦组成，造型貌似一簇冲天火焰。文化艺术中心，以总统阿列耶夫的名字冠名，是后现代建筑风格的杰作，曲线优美，宛如静卧的婀娜少女。阿塞拜疆石油天然气资源极其丰富，因此财源滚滚，豪气冲天。惊叹之余不由低声念叨马致远的元曲名句：天教你富，莫太奢。没多时好天良夜！

海滨大道旁几十辆出租车排着长队。生意清淡，司机们三个一群五个一组，在抽烟胡侃。见我们走近，一个司机疾步赶来，很快谈妥价格，第二天包车去巴库 80 公里外的戈布斯坦。

第二天一早我们在门口等候了半天不见车来，便手机联系司机。他呵呵笑道，“接了一个去机场的客人，赶不过来了，你们另外找车吧！”我斥责道，“你要取消预约总得


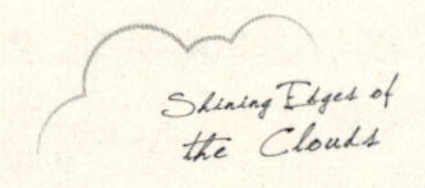

来个电话吧，我们傻等了半天！”还是呵呵一笑，“对不起，忘了。”阿塞拜疆人算是穆斯林，经历了苏联一个世纪的洗刷涤荡，诚信守约之类的清教戒律似乎都已一股脑地冲进了茫茫里海，恐怕再也捞不回来了。

我们在海滨大道雇了一辆车到了景区，我问检票的女孩一个月收入多少，她简短地低声说，600。这差不多合2400元人民币。这份薪水确实低，但阿塞拜疆物价很低，温饱毫无问题。道路整洁，商铺里应有尽有，一切都显得井然有序。但不知何故，感觉空气中似乎弥漫着某种莫名的冷漠和压抑。

戈布斯坦是一处列入世界文化遗产的文化遗址，展示着始于石器时代的石刻岩画。展馆橱窗展示着采集的标本，嶙峋石壁上散布着文字图。我偏爱自然美景，对古迹遗址一向无感，古代帝王的拴马石本质上和普通石头毫无差异，闭目遐想，还是勾不起一丝思古幽怀。我草草转了一圈看了几眼，兴味索然。便走出景区，在大门外和一位本地导游搭上话，聊了半天。

小伙子思维敏捷，热情四溢。在美国打工两年攒了一笔钱，回国买了辆二手小巴做私人导游，凭一口流利英语，靠客人口碑相传，专门接待欧美游客，自称属于中产偏上群体，和一般工薪阶层相比过得还算滋润。

我开口夸道，巴库新城的建筑令人震撼，简直是一个当代建筑博物馆。他苦笑道：“那些奇葩建筑烧了很多钱，火焰塔就花了5亿多美元，可普通工薪手头都很紧。国家的油气产业赚了很多钱，但3000个达官显贵掌控了国家的所有财富。”

我试图疏解一下他的愤懑，说：“我们来了两天，感觉大家都忙忙碌碌的，市面上商品也丰富，没有游行示威，没有暴力冲突，感觉总体不错。”他显然并不买账，说：“阿塞拜疆资源非常丰富，100 多年前，全球的石油供应我们占了 40%。现在还是财源滚滚，但钱去哪了？我们国家也有几个政党，也有投票选举，但都是做戏，本质上是个彻头彻尾的专制国家。”

我迟疑了片刻，忍不住大发高论：“对这个主义那个主义或这种制度那种制度的辩论，我们已经听腻了。中国以前也一直陷在这种无谓的争辩中。其实很简单，政府应该让老百姓过好日子，老百姓也应该好好过日子。”

他嘿了一声，说：“老百姓当然愿意好好过日子，问题是日子并不好过。难道就默默忍受认命吗？特朗普是个坏总统，但美国人只需要熬四年，我们却要熬上一辈子。”

我好奇地问：“说这些话不会惹麻烦吗？”他说：“私下聊聊，没人知道。公开场合这么说，当然有麻烦。”

我一时无言，一个政府不让人说话，国家就像整天沉默无语的壮汉，貌似健康，脑功能多半失调了。但心里还是嘀咕，不行就换？谈何容易！千百年来人类最大的悲剧不是地震海啸、火山爆发，或者瘟疫蔓延，而是政权更迭导致的血流成河。

距岩画景区不远便是入选《国家地理》杂志 50 个一生必看的自然奇观，火山岩浆喷涌而出。几座土坡上，铅灰色的温热岩浆滋滋发响，汩汩上涌，不断鼓起一个个泥穹，

随着“噗嗤”一声瞬间破裂，化作一圈圈涟漪，归于寂静。然后再次鼓起……让人不由自主地联想起阿塞拜疆和亚美尼亚之间的冤仇冲突，寂静、涌现、爆裂、平息，周而复始，永无终结。

高加索的这对冤家除了打仗并无交往，旅客要去亚美尼亚只能借道格鲁吉亚首都第比利斯中转前往。从那里去埃里温不到 200 公里，在中国也就两个小时的路程，九座巴士却足足颠簸了 5 个多小时。加上中间两处边检，抵达埃里温酒店时已天色渐暗。

一路上只见青山翠谷和山村农庄，不见整洁的城镇或气派的工厂。亚美尼亚不算穷困，更不算富庶。

埃里温市中心的共和广场是首府心脏，相当于北京的天安门广场。广场正中的大水池波光粼粼，古旧的高大建筑环绕四周，面容沧桑，政府大楼、历史博物馆、万豪大酒店……鳞次栉比。

广场旁的旅游车主在招揽游客，半日游，每人才 10 美元，竟然是一辆簇新的奔驰中巴。刚上车落座，一股浓浓的油漆味直冲脑门，这才明白是翻新的二手旧车。高加索地区是发达国家废弃旧车的重生福地，白发老太摇身一变成了妙龄女郎。但涂脂抹粉掩盖不住衰老真相。刚游览了第一个景点，发动机就熄火了。

司机站起身，竖起两指，宽慰我们道：2 分钟！停车场上闲着的司机围了一圈，有双臂抱胸出主意的，有撸起袖子帮忙的。先借来电瓶试图点火启动，又手机呼叫公司送来新电瓶，但招招不灵，熄火的发动机固执地一概不为所动。一对印度母女失去了耐心，嘟囔着下了车，弃暗投明上了另一辆旅游车。司机每隔10分钟便重复一声：2分钟！在他的不懈挽留下，我们决定耐着性子奉陪到底。

2分钟在亚美尼亚很耐用，我们困在车里约1个小时，司机才一脸臭汗地直起身，两手一摊，认输罢休。又等了很长时间才盼来了前来替换的小巴。才七座，却要挤进十人。个个都缩紧身子，同车共挤。没人抱怨，也没人皱眉叹气。大概都习以为常了。

小巴继续观光之旅，七八个景点中有四五个教堂，其中三座因历史久远荣登世界文化遗产名录。如同欧美人进佛庙，中国人看教堂感觉都大同小异，兴趣不大，转一圈，扫一眼，点个卯了事。

坐牢久了自然巴望法院早点判决，车太挤了也盼着快点抵达。国内的游客摊上这事多半要“维权”，至少退点钱做补偿吧。火气上来了骂几句推两下，也不算意外。我们抱着观赏的心态想看看这出戏最终如何收场。

熬到行程结束回到广场，大家下了车，即刻散去。没有人缠着导游为耽误的时间和机车的难挨而索取补偿，更无人愤愤不平发泄不满。过日子都不容易，互相体谅吧。亚美尼亚不是富庶之地，但国民的理性宽容彰显出社会的文明风气。

资源匮乏的亚美尼亚一片祥和，富得冒油的阿塞拜疆却隐含危机。可见国人的古训至今仍有一点参考价值，不患寡，患不均。

广场大水池前的长椅上坐着一家三口，我举起手机想



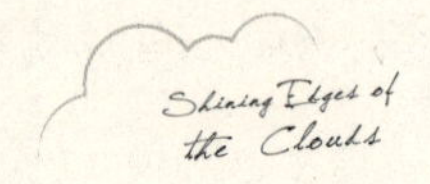

拍照，男主人微笑点头，表示并不介意。一家人神情温柔笑容灿烂，一脸的岁月静好。

纳卡冲突爆发后，再次点开这张照片，不由一阵揪心，这家人还好吗？父亲是否上了前线？一家三口还能像照片上那样齐齐露出笑容吗？

道理硬不如拳头硬，决心大顶不住力气大。纳卡冲突暂时停火，一败涂地的亚美尼亚人财两空，战死数千，还面临千亿索赔。除了几句无关痛痒的空话，整个世界都在隔岸观火。所谓公理，其实只是人类自嗨时产生的幻觉。这个星球最终还是服从丛林法则。

2020 年 12 月

# 探访巴尔干

巴尔干半岛地处中欧，岛上天主教、东正教和伊斯兰教信徒混合杂居，千百年来硝烟弥漫，号称“欧洲的火药桶”。明明是走在欧洲的土地上，蓦然耸现的圆顶清真寺，让人陡感异样……

斥责英国盗贼，痛诉珍宝遭劫。
(参阅117页)

老城旧宅，如缺牙老人，满目沧桑。(参阅130页)

科索沃宣布独立，德军驻守。(参阅136页)

索菲亚导游，活力四射，机敏风趣。(参阅147页)

酒店管理学士，
混成跑堂，还自称幸运。
(参阅173页)

# 雅典街头的猎手

雅典乃希腊首善之区，并非荒野莽林，何来猎手？

我在卫城脚下的一条时尚大街上呆呆地站着，倒不是琢磨这一离奇问题，而是细细观赏一处纯铜为主、风格独特的门面，宽阔的方形门框，厚实的方块拉手，正方形的铜质镂空栅格构成整个墙面，简洁明快，极具当代风格。幽暗的古铜色泽又和近处的卫城古迹隐隐呼应，简直是件艺术品。

“很漂亮吧，这是意大利设计师的作品。”我闻声回头一看，只见一个矮个男子满面笑容地站在我身后左侧，肤色黝黑，年约三十。“你好！日本人吗？”他热情地伸出右手。“中国人。”我握了一下他湿热的手掌。“啊，来自中国，我来自意大利。”他急切地自我介绍道：“搞汽车设计的。来希腊休假。”

在国外我对热情的陌生人一向高度戒备，疑惑地打量了他一眼，勉强 1 米 6 的个子，暗想，汽车设计师？设计童车的话，这短小身材倒是具备揣摩用户体验的天然优势。

“我女朋友明天一早 3 点从罗马飞过来。”他掏出厚厚的票夹，露出厚厚一叠欧元，抽出一张照片，“看，这是我女朋友。旁边是杰克，我们的宠物狗。”

罗马到雅典个把小时航程居然还有半夜起飞的红眼航班？难道春秋航空杀到欧洲来了？这谎言的破绽太过明显了。

“卫城和博物馆都逛过了？去喝一杯怎么样？附近有一家酒吧，非常不错。”他说着便一招手，满脸非去不可的殷切。我明白，这个满街寻找猎物的家伙正试图把我诱往某个预设的陷阱。“酒吧？行，去坐会儿吧。”我嘴里应到，心想，闲着也是闲着，且看小子演技如何，就你这猴崽似的个子，还能把我整成一盆下酒菜？

天下骗子一个样，他一路滔滔不绝不让你有片刻思考空隙，指着路边停放的小车不停地叨叨，“这是丰田 ZRE122，10 年前的车型，你看后面的标记，对了吧。喏，那是德国大众的……我没说错吧。”我哼哼啊啊地应着，嘻嘻哈哈地看他一路表演。

七拐八弯后进入一家僻静角落的酒吧。我要了一瓶啤酒，警惕地扫了一眼不大的店堂，除了吧台后的那个面色阴沉的大汉，毫无凶兆。我刚喝了一口啤酒定定神，只见一侧的边门里走出两个身材矮胖的女人，径直走来，一左一右紧贴着我的身子坐下，笑着问道：“先生是哪里人？”说着麻利地拿起了桌上的酒单。



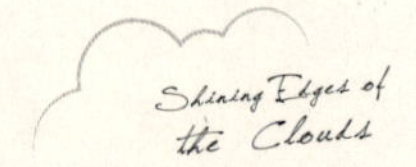

我突然被夹在两座肉山之间已心生惶恐，一看情势，顿觉不妙，立即起身离座，“对不起，我忘了还有约会，得马上走。”我明白必须马上脱身，否则顷刻之间就得脱层皮！等到两个女人点了酒，一张几百甚至上千欧元的账单就得由我买单了！这套伎俩实在缺乏创意，让我倒了胃口。

“这么快就走了，不想请小姐喝一杯？”旁边不知何时冒出的一个侍者模样的人，凶巴巴地问道。“不，我根本不认识她们。”说着我快步走向吧台，“结账吧，一瓶啤酒。”

吧台后的大汉脸色更阴沉了，“20欧元。”“这么贵？”我嘀咕一声。三十六计走为上，扔下一张20欧元的纸币夺路而走。出了门又回头看了一眼，无人追赶。这才长吁一口气，放慢脚步。不由暗暗自责，有病啊！明知有诈而铤而走险，差点沦为猎物！

2011年12月

# 惶恐滩头话雅典

2011 年圣诞假日前，我在董事会议结束后从伦敦飞抵雅典。希腊债务危机爆发已有一年了，想顺道探访一下，覆巢之下可有完卵？

下了飞机走入宽大明亮的雅典机场，一路自动扶梯来到对面的地铁站。环顾四周，竟看不见任何危机风暴的蛛丝马迹。建成不久的机场主楼气宇昂扬，停车场上密密麻麻的小汽车在阳光下熠熠生辉，完备的地铁系统直达城中各地，闪亮的高速公路像一条白练在青天黄野间极目延展，淹没在烟云氤氲的天际。几年前的雅典奥运会没有白忙，古旧的城市添了几件耀眼的现代家当，颇有蓬荜增辉的奇效。

巴尔干半岛南端的希腊既是奥林匹克运动会的发源地，又是马拉松长跑的创始者，身手果然矫健。纵身一个腾飞，

跨过一堆窝囊穷困的邻国，跳入了原本和自己完全不搭边的欧盟。俨然跻身欧元区富豪俱乐部，也着实逍遥了好多年。

欧盟蛋糕没有做大，分蛋糕的却围了一圈。刀叉齐下，不管是否付得起，抢到就是赚到。没钱，借呗；还钱？赖呗。

美国高盛公司在希腊加入欧盟时，帮忙兜售了大量国债，赚了不少银子，也为殃及半个欧洲的希腊债务危机埋下了祸根。现在却端坐在 BBC 贵宾席上侃侃而谈：希腊早已破产，且无药可救也。泰然自若状酷似一条捕猎得手的鬣狗，撕咬饱啖之后，舔净嘴角的血滴，回头瞥一眼白白尸骨，打着饱嗝悠然离去。

希腊确实破产了，1000 万人口人均负债近 3 万欧元，约全年 GDP 的 150%，当了裤子也还不清了。这一屁股债，欧盟先是同意减记 30%，希腊不肯；减记 50%？欠一百，只需还五十。希腊人还是寻死上吊地不依。举国上下民愤汹汹，日高示威时，月黑放火天，骚乱不断，倒像别人欠了债不还似的。这号称文明古国的希腊究竟怎么了？

查验护照的边检窗口里，一位中年男子一边应付鱼贯而过的入境旅客，一边笑声连连地煲着电话粥。护照都不看，用手示意我翻到签证页，啪地盖章放行，除了刷了一下护照磁条码，连面容照片都懒得核对。即便眼前闪过的是只猴子，他也未必感觉有何异样。地铁的售票小姐像是同样模子里刻出来的，一张俏脸吊在手机上，眉飞色舞，不停地左右晃荡前俯后仰。民风之慵懒不是可见一斑，而是满眼一片。应了一句中国老话：虱子多了不痒，债多了不愁。

此行只停留一天，走走看看，游逛了市中心的几个城区，窥一斑未必知全豹，只能有一个粗略的印象。雅典看上去像个只管肚子不要面子的散淡之人，衣着破旧，面色红润。国会大厦一带有些高楼大厦，几条商业主街上也挂着名牌新品，但大多的沿街商铺卖的多半是地摊货，箱包衣物，鞋帽袜巾，一概制作粗糙、式样老旧，让人望而生厌。

狭窄陋旧的街道，衣着灰暗的人群，全无欧盟富国的气色。但街头路边的咖啡店依然闲客云集，神情怡然。

物价倒是同欧盟接了轨，涨了不少，一杯咖啡加一份三明治要价 8 欧元。更多的是各种形状的烤饼，类似新疆人常吃的馕，街头巷尾到处有售，1 欧元 2 大张，再穷也能混饱肚子。雅典百姓眼下的日子不太宽裕，甚至明显窘迫，但衣食无虞。

同宾馆前台经理闲聊了半天，我委婉地提及希腊面临的债务危机，不料瞬间被点燃了怒火，这位旅店管理专业毕业的年轻人一肚子愤懑泄洪般地直喷：糟透了！那帮政客都是贼，竞选时满口答应，上了台都抛在脑后，只想着在掌权的几年内捞足黑钱。百姓穷得交不起电费，怎么办？他两根手指做了个下剪子的动作，他们就做这个，咔嚓，断电！没有应急措施也没有长远计划。我们有石油也有天然气，但政府官员根本没心思开发那些长线项目，也就在台上待几年，管那么远干嘛。你看，希腊没有像样的制造业，也没有多少出口产品，除了旅游业还剩什么？



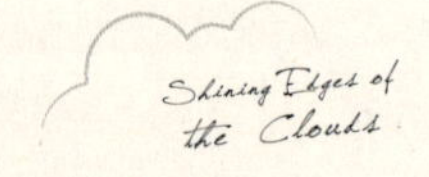

旅游业确实是希腊经济的顶梁柱，贡献GDP达20%，养活了至少五分之一人口。12月的雅典寒意渐浓，渐入旅游淡季。泛舟爱琴海或徜徉蓝色海岛近乎自虐，但游览卫城古迹却是绝佳时光，躲过了蝗虫般密集的人流，也躲过了烤炉似的灼人毒日。

卫城山丘上的帕特农神庙是卫城古建筑群中最为重要的古建筑珍品，名列全球古代七大奇观之一。如同长城代表中国，神庙象征希腊。每年慕名来访的游客达300万人。那环绕四周的多力克式廊柱和顶端的三角形山墙初看似曾相识，却又瞬间顿悟，遍布全球的古典建筑千百年来都在模仿古希腊大师的一招一式。经典之作宜于模仿，难以超越，岁月涤荡无损其美，故谓之经典。有些自诩“经典”的新潮玩意儿，其实像炮仗一样，红火一瞬即成烟灰，也就凑个热闹而已。

神庙前聚了一群来自南非的英裔游客，一位当地导游操着纯正的牛津口音痛诉神庙蒙受的浩劫：当年英国驻奥斯曼帝国的大使是埃尔金勋爵，他毫不顾忌建筑结构的完整和安全，劈、砍、凿、锯，盗走了大量神像和大理石浮雕，盗走的无价文物装了整整四艘货轮。抵达伦敦时埃尔金几近破产，连运费都付不起了。结果盗来的宝物只能以45000英镑的价格卖给了英国政府，被大英博物馆收入囊中。近来希腊一直嚷着要讨回国宝，谈何容易。别说派四艘货船，派八艘军舰怕也讨不回来了！

当年火烧圆明园的罪魁祸首中，好像有一个也叫埃尔金。上网一查，果然有其父必有其子，正是这位老勋爵的儿子，手段之野蛮如同家传。

环绕神庙内殿的大理石浮雕衔接成四条笔直的廊檐，但其中缺失的部分特意用明显鲜亮的材料仿制而成，同遗址原物形成反差对照，如同无声的控诉，时时提醒游客关注至今滞留在大英博物馆的被盗文物。

新落成的卫城博物馆新馆是雅典排名第二的著名景点，位于山丘脚下，同山顶的卫城古建筑群相呼应，一上一下，一古一新，气脉相连，神韵相通。新馆建筑融入一些希腊古典建筑的元素，其内部结构和帕特农神庙内殿大致相仿。总体上却是后现代建筑风格，一反考古博物馆幽暗肃穆，大量采用了自然光。灿烂的阳光直射展览大厅，给坚硬冰冷的石雕石像蒙上一层温馨的暖意。希腊在维护和开发旅游资源上费尽了心机，这是聚财之本，丢了它就什么都没了。

离开卫城往东不远就是国会大厦。每小时正点举行的卫兵换岗仪式，国难当头也是雷打不动地照常举行。只是气氛紧张，如临大敌。旁边裹着铁栏的警车上坐满了警察，前后还各设了一名手持盾牌的岗哨。我刚举起相机，警察便举手警告：不许拍照。“街上拍照违法吗？”我问。“不许拍照。”他重复一遍。我知趣地放下相机，罢了，不烦他了，人家够烦的了。

从国会大厦往北不远，便是三座并排相连的著名的古建筑，雅典研究院（职能等同于我国的中国科学院），雅典大学法学院和国立图书馆。文化重地却充满了暴戾气息，研究院右侧边墙上的涂鸦大字触目惊心：大革命来临啦！

报仇雪恨！宰了某某！柏拉图和亚里士多德的雕像默默地呆立在雅典研究院门前，两位是最早鼓吹民主制度的圣贤，面对暴怒的民众，似乎也六神无主了。

回到宾馆同前台经理又聊起当地的示威游行，更激起他的满腹苦水一腔冤仇：老百姓游行并不是反对还债，而是要当总理的帕潘德里欧下台。那老家伙硬是赖着不走。说实话，再换一个总理也好不到哪里去。那些政客一个比一个坏，全是骗子。电视报纸也是他们豢养的，一派谎言！钱都被他们捞走了，凭什么让老百姓勒裤带还债？

这位愤青唾星四溅地一阵狂喷，听上去有点"分赃不均"的味道。借来的钱大多还是花在民众身上了。希腊政府其他不行，花钱却是脸不红心不跳。财政拨给社会医保的预算据称就高达240亿欧元，同中国相等，但均摊到每个国民头上却是中国的整整一百倍。

地球上没有完美无缺的制度，所谓的民主制度其实弊端不少。政客为了拉选票，竞选时胡乱许愿各种福利，也不肯得罪任何阶层，谁的奶酪都不敢动。政府机构臃肿不减肥，国企腐败。一般工薪阶层的月收入才600—800欧元，而国营铁路局的员工收入却高出六七倍。铁路局一年的工资津贴就高达4亿欧元，收入却只有1亿。前财政部部长望着铁路部门的财务报表仰天长叹：希腊人不坐那劳什子火车，出门一概打出租也花不了这么多啊！

政府部门极其庞大的公务员大军也都不是省油的灯，平均工资是私企的三倍，年底不是双薪，而是三薪。拿了高薪的部长大人们也确实没闲着，忙着两手抓，一手忙着借债，一手抓紧花钱。

在宾馆前台的推荐下，我来到不远处的亚历山大餐厅。店堂里飘荡着希腊的传统乐曲。我说：奇怪，这不是土耳其餐馆吗？饭店女老板说：没错，但我们不太喜欢土耳其人，就像你们中国人不喜欢日本人。当然来了土族客人我们一样热情招待。老百姓之间有什么仇？全是政客捣的鬼，惹的祸。那些在台上的只干坏事不做好事。

连这位生意兴隆的发财老板都不满现实，这国家病得不轻了。希腊需要一位铁心医师痛下猛药。但到哪儿找去？一届政府只在台上待四年，只顾眼前，哪管未来！

我结账时，本地客人开始鱼贯而入，人们的脸上全无国家破产在即的愁容忧色。国破山河在，债多他人愁。酒照喝，喝多了就骂。

不当家不知柴米贵，当家的则不在乎柴米贵，只管借，尽情花。这些年的高福利原是不配享受的，不仅吃空了自家锅里，还把勺子伸到邻家锅里舀来吃。舀走的不想还，还想接着舀，天底下哪有这等好事？欧盟为了逼债，送上一根裤带，让希腊人勒紧肚子。帕潘德里欧总理明白国人逍遥惯了，哪肯依从？他当然也不想挨骂，提出全民公投表决。民主国家嘛，老百姓做主。说白了，就是把裤带交给全体国民，勒肚子还是勒脖子，你们自己掂量着办！

欧盟、欧洲央行和IMF轮流上阵，威逼利诱，如同三个火炉围着炙烤，希腊如同火前的蜡烛，汗泪俱下，名副其实地成了“稀蜡”，也成了欧盟各国眼中的瘪三，形影相吊，孤苦伶仃。帕潘德里欧来到欧盟会场时，像是个端茶

递水的男仆，东道主法国竟然没有一人到门口招呼，脾气凶悍的法国总统萨科奇恨不得迎上去甩他几个嘴巴子。

国际舞台上孤苦伶仃，国内的民众惶惶不安。落魄的帕潘德里欧僵在那里，倒是可以学一下落难时的文天祥，吟一句：惶恐滩头说惶恐，零丁洋里叹零丁。

文天祥一腔热血换来了“留取丹心照汗青”，被喷了一头狗血的希腊留下的是长鸣的警钟：挥霍无度的臃肿政府，不切实际的福利制度，腐败低效的国营体制，三者居其一，已属大患，三毒俱全则必有恶报。

果然，恶报驾到！

2011 年 12 月

# 灯火阑珊地拉那

虽然过了中秋，走下舷梯时直射的阳光依然晃眼灼人。阿尔巴尼亚首都地拉那机场新建不久，英航的波音 737 飞机带来的才一百多旅客，排队入关的长龙尾巴就甩出了狭小的入境大厅。黄底黑字的“欢迎光临山鹰之国”的英文标牌下，一个边检官员喊着“Here，here！”(这边来！)，用手示意旅客朝左边分流，那是本地居民的入境通道，没几个人。

我举着手里的中国护照问：“外国人可以吗？”他却连连摇头。见我木桩似地怔在那里，他又像吆鸡似地双手朝左急摆：“No problem！”(没问题！)

我这才猛然想起旅游指南上的注意事项，阿族肢体语言和我们恰好相反，摇头 yes 点头 no。

出了机场大厅左拐，上了去市区的大巴。这是辆破旧

不堪的老爷车，没有空调，污浊的座椅布套散发着淡淡的异味，阳光直射下车厢内闷热异常。我感觉像是上了一辆中国西部的乡村大巴。

脑海里不由响起儿时学会的老歌，“英雄的阿尔巴尼亚，我亲密的同志和弟兄……”，但衣着陈旧满脸沧桑的本地乘客神情呆滞，对远道而来的“同志加兄弟”没有一丝笑意。还是四处飞舞的苍蝇显得热情，围着我这个异乡人嗡嗡直叫。

透过车窗，白色钢架和巨幅玻璃构成的新建机场还算养眼，采用了轻盈简洁的当代风格，在一片枯黄的原野衬托下略显突兀。通往市区的公路有20多公里，只有两车道。部分路段还是封闭式的类高速，给这个蜷缩在欧洲一隅的穷困国度抹上了一道21世纪的色彩。

公路两侧的郊野景色荒寂寥落，大片青黄相间的野地没什么农作物，即便有也长得不怎么样。新建的楼房不时闪现，但更多的是一栋栋烂尾楼，有的只差门窗没装，有的却只是几排水泥柱顶着几根横梁，像英国史前遗址巨石阵，孤零零地耸立在荒野中，展示着缺钱的窘迫尴尬。

入关时，边检女警官听说我只逗留一天，一边盖章一边嗤笑，“嘿嘿，大老远赶来，只待一天呢！”“是的，我粗略的行程只给了地拉那留了一天时间。”*Lonely Planet* 把阿尔巴尼亚列在2011年十大游览国家的首位，但旅游度假的热点是夏季的亚得利亚海滨，秋日的首都没什么花招吸引游客，徒步逛街一日足矣。

地拉那不大，40多万居民，占全国人口的七分之一。

全市的中心是 Skenderbeg 广场，以抗击奥斯曼帝国入侵 20 年的民族英雄命名，也是机场巴士的终点站。

下车赶紧寻找住处，一路看了两三家，最后来到广场北面的一家旅馆，号称诺贝尔宾馆，单人间 37 欧元一晚。网上正在热议，今年的诺贝尔文学奖花冠极有可能砸在中国人的脑袋上。于是决定就住诺贝尔，先套个近乎，没准儿能起点作用。第二天一早打开 BBC 电视新闻，果然，莫言中了!

宾馆右侧就是地拉那最主要的大街，南北走向的宽阔街道穿过广场贯通全城。沿着大街从广场出发往南行至地拉那大学，约有 1.5 公里，徜徉其间，走走看看，两三个小时可通览当地的主要景观。

广场北端有一座混凝土巨兽般的土黄色建筑，走近才知是国家历史博物馆。馆内专门辟出一大块展区，字字血，声声泪，痛诉霍查独裁时期的种种灾难。

左侧隔街而立的是十五层高的国际宾馆，据说此楼几十年来一直是全国最高的建筑。广场东侧是斯大林赠送的重礼，苏联出资援建的文化宫。建筑风格略显方正呆板，但也许是该国最为宏伟悦目的建筑了。楼不高，仅三层，但占地巨大，正面一排大理石立柱和一条顶天立地的高大长廊，长度和广场相当，气势逼人却难掩粗粝。宫内设歌舞剧院和国立图书馆，门外长廊上设了咖啡座。文化宫大概入不敷出，割出一大半对外出租，也算以商养文。二战时的入侵者意大利人又一次捷足先登，占了一大块用作大使馆。昔日的主子得以再次登高俯瞰阿国首府的心脏，咀嚼当年雄霸一方的碎梦。



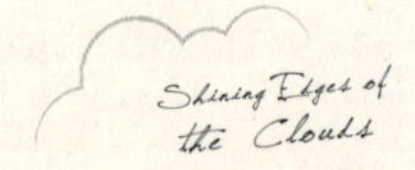

紧邻文化宫的是地拉那著名的钟塔，建于1822年，高35米。爬上95级的旋转梯可俯瞰广场全貌。远眺的乐趣恐怕补偿不了攀爬的劳累，不看也罢。钟塔旁边是建于18世纪的清真寺，保存完好，内饰华丽，内殿的拱顶宛如一把用瑰丽精美的波斯毯制成的巨伞。有几个年迈的老人跪地俯首，大概在祈求真主早日显灵，拯万民于水火。中阿交恶后，阿国再也找不到供奶输血的冤大头，只能勒紧裤带自己扛了。

再往南穿过几栋政府大楼，跨过细如沟渠的拉那河，左侧便是内涵和面目同样可憎的Pyramid（金字塔）。这座建筑和20世纪90年代将该国推入深渊的金融骗局“金字塔项目”毫无关联，而是建于80年代的霍查纪念馆，由其女儿和女婿张罗建成。外形类似巴黎卢浮宫外贝聿铭设计的金字塔，只是玻璃外壳换成了白色大理石。设计者也许借此暗示霍查留学法国的背景。这座全国最昂贵的建筑，如今或是闲置或是改建，显得破败不堪。

继续前行就是总理府，隔街相望的四层红色大楼曾是劳动党中央大厦，现在仍然是政府要害部门的所在地。过街拐过此楼右行不远，便是霍查的故居。这是一栋1500平方建筑面积的独立别墅，前楼二层后楼三层，外带一个不大的花园，外表朴实无华。

别墅外的人行道上设有咖啡座，稍坐片刻，同近旁的一位年轻人聊了几句。我说：“前个政党垮台后，日子怎么样？我一路看到不少新建的大楼，还有满街的小车，贵国显然已从90年代经济崩溃中获得了重生。”他问：你来了多久？答，只待一天。他不无幽默地说："只待一天，还行。"

是的，一天时间也就看个表象。江水寒热鸭才知，穿着皮鞋站在岸上的游人哪有感觉？地拉那大学主楼正面有特征显著的三个拱门，站在楼外的马路边，我喝着一罐橙汁同几个女大学生闲聊了很久。

我说："地拉那物价便宜，机场大巴不到2欧元，一顿意式晚餐7欧元，和中国相当。"一位来自北方的学生说到，她父亲是消防员，每月只挣180欧元，生活十分拮据。为了让她念大学，母亲不得不卖血凑钱。另一个插话道，要想考试及格就得私下给老师塞钱，不给钱不及格。我问："没人去投诉吗？"她嗤笑一声回道："去投诉管用吗？换个老师还是一样，你得罪一个惹翻了一群，还混不混？"

顺着大街回走，自问天下之大，何必来此一游？心想，多半是受了40年前传唱一时的老歌的诱惑。当年被国人赞唱的"欧洲的社会主义明灯"，在苏联当家的共产党家庭里，曾让形影相吊的中国倍感温暖。

60年前该国为中国帮腔说话，赫鲁晓夫嘲讽他们是"拖着鼻涕的小屁孩"，随便扔个钢镚儿过去就帮人骂街。事实上，中国在这片狭小的土地上扔下的是满地金银，投资兴建了100多个工业项目，连霍查嘴角叼的烟，也是北京特制专供的。

这盏明灯耗油惊人。中国政府当年只算政治账，后来才明白，经济其实是最大的政治。于是亡羊补牢，把饿狼堵在了外面。如今被断了外援的阿尔巴尼亚仍然是欧洲最

穷的国家。饥渴困顿的饿狼自然盼望跃入欧盟这个羊圈，但欧盟警觉地筑起了高高的围栏。依样画葫芦搞了个“民主体制”就有了免费吃喝的入场券？亲兄弟还明算账呢，你以为随了我家的姓，就能挤进门胡吃海喝啊？

夜色渐浓，地拉那市中心灯火阑珊，一片昏黑。阿国就像一只耗电惊人的灯泡，还得仰仗别国免费送电才能发亮。这盏曾经的“社会主义明灯”何时才能再放光辉？神鬼人，皆不知，慢慢熬吧。但愿苍天有眼，不会只下雨，总有一天还会下馅饼吧？

2012 年 10 月

# 璀璨明珠奥湖城

地拉那通往北马其顿奥赫里德的公路，从地图上看也就百把公里，可大巴竟然颠了近 5 个小时。高山险阻绕道前行，沿途停靠上下旅客，另外过境通关、中途午餐也耗时不少。幸而进入北马其顿境内后，路况和景色耳目一新，沿途的山峰峡谷一片翠绿，无愧于“巴尔干绿洲”的美名。

北马其顿共和国原是南斯拉夫联盟成员之一，1991 年全民公投脱离南联盟，塞族人高抬贵手，撤出全部军队允其独立。北马其顿因此未经波折，呈国泰民安状。反倒是邻国希腊大为不爽，死活不予承认。希腊北部居住着近百万马其顿人，唯恐有什么主权争议，你叫什么“羊其顿”“牛其顿”都行，就是不能叫“马其顿”，马其顿行不更名坐不改姓。你又不是专利所工商局，我起什么名字还得你点头！两个邻国就这么杠上了，至今还板着脸。

反复确认无误后，我在Struga下了车，去奥赫里德须在此换车。蒙蒙细雨中只见一辆出租车，车门前站着个络腮胡子赛张飞的彪形大汉。他走近我说，这车站在城区外，没有公交车，送我去奥赫里德要8欧元。这比我网上获知的价格整整高了一倍。我扫了一眼寂静的四周，寒风淫雨荒郊，独行侠霍霍磨刀。感觉不太妙，于是，仿效汪精卫，“引颈一刀快”。

去奥赫里德其实只有七八公里，多要了一倍车费的司机便硬说成15公里，让我感觉物有所值，也是好意。这是一条维护得十分完好的公路，四车道，中间设有隔离钢栏。一路都有醒目的指路标牌。

奥赫里德只有4万多居民，在北马其顿这个200万人的小国也只是排行第七的小城。但它坐落在水光潋滟的奥赫里德湖东岸，临水而建，以湖谋生，是座人气炽热的旅游古城。

到了此地无须手捧地图指指点点，这里没什么名胜景点供你寻寻觅觅，整座旧城古朴沧桑，一池湖水翩翩风情。当年联合国教科文组织最初认定的世界文化与自然遗产中，奥赫里德湖和旧城当之无愧地傲然入选。在游客眼中，没有奥湖城，北马其顿不值一游。

奥湖城的精华聚集在西南部的旧城，横贯古城的街道是一条繁华雅致的商业步行街，直通湖畔。街面整洁光亮，路面用深浅各异的青灰和玛瑙红大理石铺成，和古城街道的石头路面色泽一致，自然衔接。无论新区还是旧城，所有的屋主都把自家的阳台屋角、前墙后院用花草打扮得姹紫嫣红。湖畔的中心广场上，大片的花圃更是艳丽壮观，抬眼望去，花海连着湖水，水光衬着山色，令人陶醉。

沿着湖边由东往西行走，地势渐高，抬头望，房屋层层叠叠，低头看，湖水波光粼粼，人文街景和自然风光融为一体，美不胜收。踏上蜿蜒而上的旧城石径，两侧是各具特色的老屋旧房，大多都坚固整洁，甚至很新潮。偶见一两处残败不堪的废弃旧屋，却让人不由地驻足观赏，窗是破的，门是歪的，阳台的铁栅栏摇摇欲坠。在整洁雅致、花红草绿街区的衬托下，你看到的不是破败和穷困，而是历史和沧桑，就像面对咧着大嘴笑的缺牙老人，让人暗暗感慨。

在旧城里慢走闲看，不经意间就能和古迹撞个满怀。有着千年历史的基督教堂 St. Sophia，建于 13 世纪的 St. John 教堂……据称此地历史上曾有过 365 座大小教堂，每日游览一座，耗时一年。

占该国 66% 的马其顿人信奉东正教，阿族和土耳其族多是穆斯林，因此市内也有不少清真寺。到点时，朝着大街的高音喇叭里准时传来伊斯兰圣歌声，悠扬的长音如泣如诉，久久回荡。闭上眼顿觉神魂飞离欧洲，到了中东荒漠。

坐在最高处的石头上观赏脚下的湖景，只见灰白的阴云下，浩瀚的湖水呈厚重的青灰色，和极目远处的山峦浑然一色。一位小伙子好奇地过来搭话，说这里很少见中国游客。他告诉我，雨天不适合观赏湖景，晴天时湖水是亮丽的蓝色，远处的青山在水面上投下清晰的倒影，美不胜收。难怪苏东坡早有断言：水光潋滟晴方好。

正盼着天晴却来了场大雨，于是躲进不远处一家餐厅，点了意式海鲜面和啤酒，330 第纳尔。没有本地货币，于

是付了6欧元，约50元人民币。在意大利至少两倍，到了瑞士餐厅6欧元只够一罐啤酒钱。北马其顿物价太便宜了！热乎乎的意面，冰冰凉的啤酒，坐在湖光水色环抱的餐厅里，望着窗外的沥沥小雨，感觉到了天堂。心头泛起一句旧诗：斜风细雨不须归！

即便真有天堂，也不会在巴尔干半岛，上帝千百年来赐给这个地区的是血雨腥风。既有宗教冲突，也有民族矛盾，周边的大国也趁机搅和，推波助澜，征服、反抗、杀戮、复仇，轮番上演。北马其顿独立时没费什么周折，但科索沃战争却殃及池鱼。阿尔巴尼亚族从科索沃大量涌入北马其顿，也带来了连连战祸。战乱规模虽不大，但当地的经济还是遭受重击，至今仍是百废待兴。

餐厅的女服务员见我独坐，便过来闲聊。她来自首都斯科普里，高中毕业找不到工作才来此打工。她显然也听到过中国的经济奇迹，听说我来自中国显得颇为兴奋，说能去中国就好了，在这里几乎没什么希望。她想进大学但家里负担不起，想开个小店，银行根本不给贷款。生活还过得去，就是缺少希望、没有梦想。她有个男同学无钱结婚一咬牙去了阿富汗，虽然冒着生命危险但每月能挣2000欧元，凑齐了婚礼开销再回来。

马其顿人其实和塞族一样同属斯拉夫人，和古希腊时期马其顿城邦国并无任何血脉关联。但首府的中心广场上却煞有介事地供上一座希腊马其顿古国亚历山大大帝扬鞭催马的巨型雕塑。没人太在意或提出异议，马族人更是举双手赞成，管他沾不沾亲！都姓马，认个干祖宗不行吗？

我提起这个话题时，她说："有没有血脉关联不知道，但希腊北部的马其顿人和我们这里是同一民族。等我们加入了欧盟，欧盟应该做主让希腊把那块地方还给我们，他们那么大的国家，把那块地还给我们也算不了什么吧。"

我无言以对，心想，巴尔干的战祸根源大概就在这里，民族杂居，你中有我，我中有你。每个民族又都一口咬定我的当然是我的，你的里面有一块也是我的！眼下有强悍的欧盟拿着大棒镇住局面，谁不听话敲打谁，巴尔干有了久违的和平。

但表面的平静并不意味着天下从此太平。我在St. John教堂外的平台上碰到一位来此参加学术会议的生物学家，这位来自塞尔维亚的中年男子哀叹道，厮杀多年，如今的塞尔维亚的领土又被打回原形，退回到了历史上最小的时候。说完一脸的无奈和不甘。

巴尔干的历史地图册图形各异，深浅不一，就像幼儿尿床的床单，一张一个样。尿床的幼童管不住自己，人类又何曾管住过利己的私欲和做大的野心？下一张地图肯定不一样，只是出图的时间未定而已。欧盟一倒，杀戮重来。

幸好国破山河在，人亡草木生，战火烧不尽青山，血水染不红湖水。奥赫里德湖，这颗巴尔干的璀璨明珠，历经磨难，仍熠熠生辉。倒也应了那句旧词：是非成败转头空，青山依旧在，几度夕阳红。

2012年10月

# 欧盟养子科索沃

离开奥赫里德后，乘坐大巴来到北马其顿首都斯科普里。休息一夜再继续搭乘大巴前往科索沃首府普里什蒂纳。

科索沃不宜游览，就像撒哈拉无法滑雪，曼哈顿不可放牧。停留此地半是好奇半是无奈，前南联盟地区交通不便，航班少，火车无，主要的旅行方式就是大巴。此行计划用一周时间穿越巴尔干火药桶的下半部分，先飞抵地拉那，朝东抵奥赫里德湖，北上到马其顿首都斯科普里，再向西北达科索沃首府，然后一路往西，至最后一站黑山首都。行程路线酷似一个反写的字母“C”。

阿尔巴尼亚、马其顿、科索沃和黑山都不是欧盟成员，也不是申根国家（成员）。他们急切盼望加入欧盟，还没入党便自觉用党员标准要求自己，所以只要护照上有多次入境的申根签证，可自由进出。

入境科索沃也须在边检关口查验护照，盖章放行。即便没有边检哨卡，也能立即明白踏上了科索沃土地。战争的痕迹已不明显，但公路两侧既不是行道树，也没有步行道，而是连绵不断的一堆堆残砖碎石、废钢烂铁。直到接近首府几公里处，公路才升级为平坦整洁的四车道，有了一点都市的气息。

这一带的大巴站大多设在城外，也没有接驳公交车去市区，大概也算是一大奇招，让出租车司机有口饭吃。于是花了 4 欧元坐出租，抵达 1 公里外的市中心。看了两三家旅店，最后落脚一家自封四星的中型酒店。

店主兄弟两人，当班的弟弟年约三十，操一口流利的英式英语。电子学硕士，自称通七国语言，且能读会写。他满面笑容，十分健谈。如果说在科索沃盘桓一天有什么亮点的话，这位先生便是。

他开价 50 欧元，我还价 30，他让至 40 再无松动。我笑着说："行，就 40，凭您一口漂亮的英语，任何外国客人都愿多付 10 欧元。"不远处的瑞士钻石酒店，挂牌五星，要价竟然高达 130 欧元，含自助早餐。我住的这家也包早餐，还是店主亲自伺候的点单服务，鸡蛋卷可以根据自己口味加蘑菇、青椒、洋葱等配料，咖啡果汁烤面包等也一应俱全。区区 40 欧元，再嫌贵，就太贪了。

絮叨这些琐事，是因为此地无景可谈。像每个乏味无聊的城市一样，科索沃的首府就是一大堆人加一大堆房子。当然还有一条值得一走的步行街——特蕾莎修女大街。诺贝尔和平奖获得者特蕾莎修女是世界著名的慈善工作者，

阿尔巴尼亚后裔，是整个阿族的骄傲。

大街北端的小型街心花园里，矗立着一座水泥浇筑的巨型雕塑，高约20米，造型像四把直指蓝天的利剑，刀刃前端连成一体，似乎象征着联合和武力。一问才知，这还是前南联盟时建造的遗物。但雕塑前新添了一组八个造型简练的人形石雕，姿态各异，一字排列，各披一面国旗，分别代表美、英、德、法等国。主题略嫌直白，但就造型色彩而言，绝非狗尾续貂。

这显然是本地政府对欧盟和北约的歌功颂德之作。我好奇地问健谈的店主，“这是前南联盟的遗物，你们独立后竟然没有把它炸掉?”他点拨道:“谁建造的并不重要，重要的是谁拥有，对吧?”此言有理，当年项羽一把火烧掉前朝的阿房宫之前，若能听此忠告该多好!科索沃杀出南联盟，一头栽进欧盟怀抱，旧物新用，主题相同，有何不可?

科索沃2008年宣布独立，生存至今，靠的就是欧盟的军事保护和经济资助，是欧盟膝下的养子。科索沃有200万阿族居民，历史上从来不是一个独立国家。对此当地人并不否认，新建的独立纪念碑就是NEW BORN。这个“新生儿”的分娩却极为惨烈，是被北约轰炸机狂轰滥炸的巨响声震出娘胎的，所以，有点像北约的私生子，出生后托付给欧盟领养。科索沃至今还没在联合国报上户口，当地人说有93个国家承认了科索沃，但近来毫无进展，有点发急。美国驻科大使安慰说，不用急，美国摆脱英国统治独立时，全世界只有法国一家承认，现在能找出一家不肯承认的吗？慢慢来吧。

和店主闲聊时我说，中国没有承认科索沃，也许是不愿得罪老朋友塞尔维亚吧。他却一针见血地说：这只是原因之一。中国一向反对分裂。

进入步行街，首先映入眼帘的就是右侧的欧盟驻科总部，科索沃政府总理府离大楼仅几步之遥，前来请示汇报倒是十分便捷。左侧便是豪华气派的瑞士钻石酒店，方便到访的欧盟官员下榻。

这条新近铺设的步行大街贯穿南北，铺着大块的长方形地砖，街两侧有不少咖啡酒吧，一半室内一半露天，显得还算热闹。两旁的座椅上闲坐着不少老人，宽阔的街面上嬉戏的孩童在疯跑，显得祥和安宁。很难想象这是一座脱离战祸不久的城市。

一群身穿迷彩服的军人围着一位带队的女兵聆听讲解，左手臂章上标有德国国旗和NATO（北约）字样。我悄悄问其中一位：现在有多少北约部队驻扎此地？他说道，数量不太清楚，但各地都有兵营，他们这个兵营有600名德国军人。

欧盟凭借强大的军事力量竭力维持科索沃脆弱的和平。先是制止塞族杀阿族，后来又阻止阿族杀塞族。是非曲直各执一词，但双方的词典里显然找不到“和谐”二字。硝烟虽已散尽，但谋杀、贩毒、洗钱等阴影还是笼罩着这个地区。

顺着大街往前几百米就到了步行街的尽头，前面的路段还在热火朝天地铺设。位于新街旧路中间的普里什蒂纳大酒店标着五星，门口坑坑洼洼，机声隆隆。路旁的树上鸟都不肯停留，酒店生意极为惨淡。

过了这段工地不远，可见正在兴建的特蕾莎修女大教



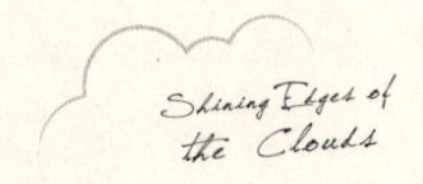

堂，主体已成型，但后面高耸的塔楼还围着脚手架。教堂建成后将是本地的最高建筑。

穷得叮当响的当地政府不惜耗费巨资，在一个以穆斯林为主的地区兴建一座天主教堂，可见当地政要之用心良苦，欧盟各国可都是信奉上帝的。教堂的西侧就是使馆区，不愁无人登门。财政部就设在旁边一栋三层小楼里，要钱随时可取，看来这项工程不会烂尾。

逛了两三个小时已兴味索然，便走回酒店。询问店主，哪里有开胃提神的餐厅。店主特意在地图上标出 Libernia 餐厅的位置，说这是本地最好的一家，他也经常去这家解馋。

餐厅深陷在一条狭长昏暗的巷子里，门面并不显眼，入内却一阵窃喜。偌大一个庭院里架着高高的顶棚，庭院和餐厅各有约 10 张餐桌，经典的乡村风格的器具和内饰。一道十分入味的小牛排，配上炸得脆香的大杏仁和滑润可口的菠菜土豆泥，如推荐此菜的侍者所说，有着典型的日式风味。加一道蘑菇浓汤和一杯葡萄酒，只花了 11 欧元，约 90 元人民币。在国内享用同等质量的菜肴和服务非得去顶尖西餐厅，百元大钞得掏五张，不留神点错了酒，还得再掏几张。

垂手伫立一边的侍者英语流利，多半是个大学生。借着淡淡的酒意我问："现在和塞族人相处得还行吗？"他说："相安无事了，他们有自己的自治政府，议会里也有代表。"再问："都是阿族人，若干年后科索沃会和阿尔巴尼亚合并吗？"他笑道："虽然我们的祖先来自那里，但毕竟分离已 100 多年了，没必要合并了。最重要的是加入欧盟。我们如果合并，加入欧盟后投票权只有一票，分开呢，阿族人就有两票。”我暗想：还有这层算计，想得够远的！又问道，以前的“大阿尔巴尼亚梦”就此了断了？他再次强调说：重要的是加入欧盟。

其实，在科索沃周边还有很多阿族居住地区，都是一个民族。他指着我放在桌上的科索沃地图说：“你打开仔细看一下，上面有不同的颜色。”我这才注意到，在这张当地印制的地图上，科索沃领土是浅绿色，周边国家呈棕黄色，两者之间居然标出一圈本白色的区域，总面积略小于本土，那些显然是四周邻国的领土了。他却诡异地笑了笑，意味深长地说：“这个区域居住的都是阿族人。”我这才恍然大悟，祸根就在这里。四周各国的领土上都有一块儿住着同胞兄弟，现状不得不承认，但是来日方长。

聊到此处，再也无话可说，于是结账，起身，道谢，告别。千百年来，世界地图一直变幻不定，每一张更新过的国家版图大多是用利剑沾着鲜血画出来的。世人渴望和平，现实却是战乱不断。

巴尔干这个火药桶何时再次爆炸？人不测，看天意。借此预言：不是不爆，时候未到。

2012年10月

# 阿贼的调虎离山计

从科索沃首府坐大巴前往邻国黑山，最便捷的路径是在 Pec 转车。慢吞吞的大巴抵达时，每天仅有的一班车已绝尘而去。无奈之下，拖着拉杆箱走出碎石杂草相间的车站寻找住宿。Pec 据称是科索沃的第二大城市，仅 6 万人。若非在此遭窃，这个毫无特色的小城会从脑海里淡忘至了无丝痕。

Pec 以阿尔巴尼亚人为主，一如既往地穷困破败。我问了几个本地人哪里有旅店，除了朝天空戳的，指哪儿的都有，但全是胡说瞎蒙。暗叹一声，求鬼不如求己！一跺脚，扭头就走。

于是沿着主街一路张望寻找。一栋四层小楼上方挂着 Hotel Gold 招牌，黄金酒店，居然还是英文，让我像真的捡到金子一样顿感兴奋。和老板娘猜拳似地比画了几下，议定房费，一晚20欧元，不含早餐。这个价稍贵，但上楼一看自惭给少了，旅店别无他客，整栋楼尊崇独享，简直是元首待遇!

放下行李出去转悠，一条主街来回溜达了三次。混乱嘈杂的沿街货摊，破败冷落的清真寺，坐地行乞的憔悴女子。若非中心广场四周的几幢现代建筑和旁边的露天酒吧，我感觉穿越时空来到了30年前的西部县城。

在酒店隔壁的小餐厅点了意面充作晚饭，和英语不错的年轻老板聊了半天。小老板热情健谈，告诉我他有两项投资，这家餐厅和另外一个修车店铺。谈起发展前景，小伙子眉飞色舞，两眼放光。像在昏暗发霉的坑道里走了半天终于迎面来了新风和亮光，我透出长长一口郁气。

回到旅店，前台值班的换成了老板娘的儿子。看上去年纪三十左右，英文流利。闲聊了片刻后他问，明天什么时候用早餐？我说，不含早餐呀。他说周边找吃的不方便，当然酒店提供。白给的谁不要？我连连道谢，暗叹阿族人的纯朴厚道。

第二天一早我收拾好行李，特意拿出100欧元放在挎包的外袋里，以备车站购票。到了二楼餐厅，小伙子端来一大块夹着黄油的面包，外加一杯饮品，看之像咖啡，闻之似奶茶，入口两者皆非。白送的，无可抱怨。

吃完转身上楼取行李，一眼便觉察有人动过我的挎包了。拉开拉链一看，百元大钞飞了！我快步下楼冲着那家伙嚷道：“你拿了我100欧元！”他不打自招地辩解道：“怎么肯定是我？也许是清洁工吧。”“绝对是你，清洁工半

分钟前刚上楼，之前整个酒店就你在！”

他胖脸发白，连连否认。我吼道：“我报警去！”一出门碰见了隔壁小老板，他听了也面露愠色，带我去见坐在隔壁一家饮食铺里早餐的警察。刚值完夜班的中年巡警一脸疲惫，身下的破木椅着火烧起来都懒得起身挪一下。听罢案情两手一摊，“我下班了，不归我管了。”我一看表，离发车仅剩 1 小时，报警顶个鸟用？

去车站恰好路过警局，便进去报案。警官草草作了笔录，煞有介事地要我留下联系地址。我摇摇头说：不必费心了。还指望拿回钱来？出口怨气而已。

那份白送的早餐其实是个诱饵，我以为拣了便宜，结果中了阿贼的调虎离山计。贪小失大，老掉牙的故事了。权当 100 欧元买个旅途故事吧，心虽不爽，尚能自我化解，出门旅游不就图个新奇么，去没去过的地方，见没见过的人，经没经过的事！

2012 年 10 月

# 波黑边检站的小胡子

飞抵海外异国入关时才猛然发现，没有签证，内心的惊惶不亚于在大街上走着走着，突然意识到自己没穿裤子！

飞抵波黑首都萨拉热窝已是夜里 11 点了。网上所有的信息言之凿凿：只要持有申根国家的多次入境签证可在波黑逗留 5 天。边检官年纪约三十出头，食指不时摸一下唇上的小胡子，在昏暗的灯光下反复查看我的有效期 2 年的申根签证，抬头问道："你从贝尔格莱德飞过来，下一个目的地是哪里？"问这干吗，去哪里关卿何事？我心里有点忐忑，小心答道："英国，在这里待两天，然后经贝尔格莱德飞伦敦，我有 5 年有效的英国签证，也有 2 年多次入境的申根签证。"

他合上我的护照说："那你不能入境波黑。"我不由一阵惊惶，"为什么？持有申根签证不是可以入境 5 天吗？"

小胡子板着脸说:“波黑不是申根国家，持有申根签证可以入境，是一项特殊政策，为那些离开或进入申根国家的旅客提供过境方便。你来去都不进入申根国家，入境波黑的理由并不成立。”

我语气和缓地争辩道，“我持申根签证跑遍了所有巴尔干国家从未受阻，波黑却是块禁地？现在已经半夜，没有航班了，我该怎么办？”我指了指人去屋空的入境厅，“您让我直挺挺地站在这里过夜吗？”

小胡子不吱声，像是在琢磨，硬逼着外国人站一夜有悖人性，是否触犯欧盟的人权原则？迟疑片刻后，拿起我的护照说:“我请示一下，你到那张桌子旁等着。”

几百平方米的狭小入境厅，除了那张孤零零的吧台似的圆桌，连把椅子都没有。最早的航班也得天亮了，贴在墙上还是趴在地上过一夜？虽说不是祸事，但悬在半空的心不由沉重起来。

片刻之后一位年长者跟着小胡子走了过来，翻看着我护照上重重叠叠的章印，默不作声，像是在琢磨如何处理。我有点紧张，耐不住说道:“我持有英国和申根国家的长期签证，伦敦、巴黎、柏林随时可进，没想到入境波黑如此之难。先生，您怀疑我来这里企图再次谋杀斐迪南大公吗？”

100 年前奥匈帝国的皇储斐迪南大公在萨拉热窝遇刺身亡，引发了第一次世界大战，这句略带挖苦的调侃，赔着笑脸以哀求的口吻道出，效果不赖。那位头儿咧嘴笑了，他朝我挤了挤眼，问:“你这次来不光是游览吧？大概还有其他目的吧？”我心领神会地随口胡编道:“噢，当然啰，还想寻找一些贸易机会，中国的轻纺产品质量好，价格也低，我相信能在波黑市场找到一些经销商。”

“好吧，希望你的到访能有助于本地的商业。”他说着朝我又挤了挤眼，拍了一下小胡子的肩，转身走了。

小胡子双眉紧锁，一脸苦相，奉命行事还是严守规章？纠结了片刻，他还是迟迟疑疑地举起拿着印章的手，悬在半空足有3秒，又满脸狐疑地瞪了我一眼，才“啪”地落在护照上。

冤家路窄，两天后，我刚走近离境关口，忽闻一声“Hi”，抬头一看，小胡子在我旁边的一个柜台窗口，露着笑脸，正举手和我打招呼呢。被他违规放行的那个中国人终于走了，也没有任何不良后果，他如释重负似的笑得小胡子翘上了眉毛。

小胡子拘泥死板，但却是按章行事，他的上司擅长变通但显然破了规矩。孰是孰非？见仁见智。但我觉得两人都很称职，执行者当严守规则，当家人应擅长变通。

2012年10月

# 雨中浮萍索非亚

1989 年柏林墙轰然倒塌的巨响如同一声号令，多瑙河南岸的保加利亚一夜间改朝换代，决然踏上了转制之路，实行多党制，转轨市场经济。一转眼 24 年倏然而过，保国是否乌鸡变成了凤凰？

踏进保加利亚首都索非亚国际机场才几分钟，两件小事就能让人哀叹：社会转制真是“路漫漫其修远兮”。脑袋上弄个新颖发型个把小时搞定，换套脑筋半个世纪够吗？

正张望寻找出租车站点，迎面走来一位西装革履的年轻人，张口便问：“要车去酒店吗？”手指一戳不远处柜台，一行英文言简意赅“穿梭小巴机场至市区 3 欧元”。他麻利地递上名片说：“10 分钟后发车直接送您到酒店。酒店到机场一样价格，提前 1 小时打个电话就行。”我顿觉浑身舒坦，竞争多好，同样的服务，费用只是打出租的一个零头。

市场经济魔力无穷啊!

走到旅游信息台想要张地图，不见人影，柜台上一叠免费市区地图供游客自取。打开一看，全是保加利亚文，满纸的西里尔字母对我来说等同天书，除了能让外国游客体验一下文盲的困苦，基本就是一张废纸。内急而忘带手纸的客人倒是可以就地取材，不过别高兴得太早，厕所在哪呢？四周没有指路的图形标记，文字标记都是天书。等你琢磨半天找到厕所，也许已经晚了。你需要找的不再是厕所，而是洗衣房了。

主管旅游的老爷们显然还滞留在僵化的旧时体制里，愚昧慵懒，尸位素餐。24 年过去了，保加利亚半拉身子似乎变成了西方体制，但另外半个身子还僵化在昔日的框架里。雌雄共体，不男不女，何去何从？如同要上厕所，一时拿不定主意该进哪扇门。

索非亚是个适合徒步游逛的城市。从市区北端的火车站起，一条主街贯穿南北。路名变了三次，只要顺着有轨电车的线路走，并无迷路之忧。

首先映入眼帘的是蹲着四只铁狮的跨街桥，过了桥便步入店铺林立的繁华区域。索非亚旧楼居多，因疏于维护而老态毕露，招贴与涂鸦相映，裸墙和破壁相间。来之前我问一位刚去过索非亚的伦敦同事对那里印象如何，同事毕业于牛津大学历史系，喜欢咬文嚼字，用了两个头韵相同的词，“dilapidated and depressing”（破败不堪，望而生悲）。略嫌夸张，却相当传神。

往南不远便是景点密布的中心广场，喜好走走看看的

游客不妨参加免费的市区徒步游，志愿者担任导游，每天上午11点和晚上6点在中心广场南端的司法大厦门前出发，游程2小时，无须购票，小费随意。

这天只来了7个游客，导游尼克自称是歌手兼吉他艺人，开朗幽默，活力四射。曾在伦敦主修音乐，因此操一口流利英语。

尼克把脚下的中心广场称为“宽容之地”，方圆300米内耸立着四座不同宗教的教堂。东正教、伊斯兰、犹太教和天主教的信徒们在巴尔干地区常常刀刃相见，但他们聚集在索非亚市中心，却各得其所且相安无事，彼此间的宽容令人赞叹。

当然宽容并非永恒，凡有人处必有暴力。我们面前宏伟的东正教大教堂建于1863年，曾几经毁灭，最为著名的是1924年的大爆炸。当年的独裁暴君鲍里斯三世成了刺杀的目标。刺杀主谋为了引蛇出洞，先打死了一位将军，料定葬礼将在东正教大教堂举行，早早在教堂顶部安放了大量炸药。一声巨响，150个达官显贵随着青烟上了天，当时的内阁大臣几乎一锅端。鲍里斯三世奇迹般地躲过一劫，他像往常一样姗姗来迟，没赶上那趟满载贵客的登天班车。随即而来的是全国性的搜捕杀戮，血流成河。

尼克身为保加利亚人，自然也要为祖国说点好话，指着伊斯兰清真寺对面的犹太教堂说，二战期间保加利亚硬顶着希特勒的压力，拒绝把犹太人送往集中营，5万犹太居民无一遇难。我半开玩笑地向他指出：“贵国当时可是轴心国成员，和希特勒是同伙，干的未必全是好事吧？”他辩解道，“保加利亚投靠希特勒也是被迫无奈。当年德国人大军压境，声称要去占领希腊，答应的话只需借道三日，若敢阻止，也就多费个四五天，你们掂量着办吧。归顺或者灭亡，请问，何去何从？”

东正教大教堂和清真寺中间的十字路口矗立着智慧女神索非亚的雕像，金色体肤在黑裙衬托下熠熠生辉。其实首府索非亚的地名来历和女神毫无关联，设计者或是无知或是有意，信手拈来古为今用，只要能吸引眼球也没人细究。保共执政时期这里屹立的是列宁的雕像，尼克拿出一张列宁雕像的老照片，让游客比较评判。结果众口一词：女神长得漂亮多了。我调侃道：“不能以貌取人啊，要不长成我这模样的就没法活了！”一位意大利女孩笑道：“生活中不就是这样的吗！”

索非亚女神雕像面朝东方，正对着不远处的三栋大厦。这组群楼揉入了古典建筑的风格元素，显得朴实大气。中间的主楼原是保共中央大厦，左侧的大楼为商场和政府机关，右面大楼一半成了希尔顿酒店，另一半是总统府，半商半官，同为一体。大概为了阻止官商勾结，中间的庭院里屹立着当地最古老的教堂。但即便中间横着教堂，万能的上帝也颇为无奈，该国官商勾结，贪腐猖獗。

保共政府垮台后，保加利亚依样画葫芦建立了议会民主政体，貌似三权分立，互相制约，但也只是枯瘦的病体披上了时尚的花衣，外表光鲜，五脏六腑都在溃烂。经济崩溃，民不聊生，六年间约100万年轻人离国出走，全国人口从800多万骤降至700多万。曾经也有过几年的恢复

性增长，但总体经济还是病恹恹的，还没缓过劲儿来。人均收入不及欧盟平均水平的一半，五分之一的职工只靠每小时 1 欧元的最低工资糊口。财富迅速通过非法途径集中到少数权贵手中，除了官商勾结，还有黑白联手。一位国会议员哀叹道，其他国家仅仅是存有黑帮，保加利亚却是黑帮拥有国家！

世道惨淡、民愤汹涌，上届政府已宣告垮台，眼下国家处于无政府状态。但国家机器照常运转，生活还在惯性继续。政府一倒台，民众找不到咒骂泄愤的目标，茫然不知矛头该戳向何方，反倒风平浪静。无政府胜过有政府，也是天下奇观。

沿着原保共中央大厦左侧的街道往东行走，一路有几处景点，如顶着五个洋葱圆顶的俄式东正教教堂，灰头土脸的国会大厦，还有俄国亚历山大沙皇端坐在战马上的青铜雕像。1877 年沙皇对土耳其人宣战，保加利亚终于摆脱奥斯曼帝国 500 年的统治，赢得了国家独立。尼克遗憾地说，把这座铜像拆了，索非亚就是欧洲大地上唯一没有骑马雕像的首都城市了。我拍拍他的肩说：俄国沙皇毕竟给了你们国家独立，花费几吨铜铁弄匹马让他骑骑也是应该的！

前面不远处还有两座著名教堂，索非亚大教堂和亚历山大大教堂，后者也是典型的东正教的教堂，体态匀称，雄伟壮观。走了一大圈，教堂复教堂。心生倦意，便顺着来路走回中心广场。在路口的 Happy Grill（快乐烤肉餐厅）挑了个靠窗的餐桌坐下，就着当地的名啤 Ariana 闲看街景。步履匆匆的过往街客大多面色忧郁，让人跟着感到莫名的消沉。保加利亚政体改为美式的民主体制后，磕磕绊绊，跌跌撞撞，走了24年，至今仍然道路崎岖，前景莫测。

游走几日，所知难免浮浅，但所见所闻属实，感知理应无误：当地的民众，就像幼稚的孩童坐了一趟过山车，刚感受到登顶的快乐，便陷入急坠的恐慌。狂喜化为失望，欢呼变成呻吟，希冀伴随着迷茫。这世界哪有手到病除的一帖灵，或包治百病的万能药？

走出餐厅时，初春的索非亚竟然飘起了雪花。暮色渐浓，远处的山峰如同水面上的一叶浮萍，在风雨迷漫中时隐时现。今天的保加利亚也有点像雨水击打的浮萍，不知漂向何方。没了方向，漂着也好，只要不沉底，漂哪算哪吧。也许哪一天，风乍起，漂入一池春水呢。

2013年3月

# 旧容新妆“小巴黎”

火车从保加利亚首都索非亚始发，由南往北，在一马平川的田野上走了整整一天，跨过等同国界的多瑙河，晚上 6 点 33 分正点抵达罗马尼亚首都。布加勒斯特是巴尔干地区的繁华名城，号称“小巴黎”。当地的出租车以宰客凶狠而臭名远扬，网上列举的宰客花样能把初到的游客吓出一身冷汗。Google 地图显示，我预定的酒店离火车站仅 1.2 公里，打什么车？坐“11 路”，走过去！

站在火车站昏暗的大厅里，一时不辨东西，于是走向问讯处。窗内的中年壮汉一开口，如机枪一阵狂射，五发子弹只有一颗像是英国制造。见我一脸困惑，他又站起身，双臂大幅度挥舞起来，指左点右，划圈拉弧，显然是为我指点路径。我目瞪口呆地看他打完一套“罗式形意拳”，无望地苦笑道别。

刚一转身，一个肤色黝黑、发如蒿草的老太婆拉住我的左臂直往外拽。我看着这一脸邪笑的吉卜赛老太婆，这不像是本地旅游协会的形象大使吧？我不由心头一紧，甩了几下手臂，还是没能摆脱她死死攥住我的妖爪。幸好不远处有两个警察站着闲聊，听到动静转过脸来，巫婆撒手跑了。我倒吸一口冷气，被这妖婆拽到结婚登记处去也未可知！

警察看了我递上的酒店订房单说，很远，至少 5 公里。后来才知 Google 地图标示的是老火车站，早就废弃不用了，可见即便是权威也不能全信。警察又建议，最好不要打车，坐 105 公交车。看来打出租在警察眼里也是件玄乎事。但在一个语言不通、黑咕隆咚的城市坐公交找酒店，不是更玄乎吗？无奈之下一横心，把护照相机等贵重物品塞进遭抢几率较低的拉杆箱，一挺身子，哼着京剧壮着胆“赴刑场气昂昂，抬头远望……”我迈步出站。

出站就见一辆车窗下标明每公里 1.39 列伊（Lei）的出租车，1 个列伊约 2 元人民币。不肯打表要价 20 列伊，还价 15 列伊，成交。15 分钟后抵达酒店，毫发无损。可见互联网问世后不仅坏事传千里，而且抹黑 100 倍。

其实罗马尼亚的犯罪率并不高，很多罪犯嫌本地油水不多，跑到钱财更多的意大利打天下了。后来多次打车无一涉险，关键是挑明码标价的出租公司，并且坚持打表计价。

游览布加勒斯特不妨从市中心的革命广场起步，环顾四周，北侧的六层大楼是五星级酒店希尔顿，二战期间曾是德国盖世太保总部。东面的法式古典建筑是布加勒斯特大学图书馆，对面是旧时的王宫。

二战结束后罗共在苏联大军的护持下接管政权，国王及王室人员奇迹般地安然脱身，逃到瑞士落了脚。每到岁末还向昔日的臣民发表新年演说，但从来没有对罗共政权出言不逊。据此有人推测，双方达成了秘密协议，饶你一条狗命，但不许狂吠乱咬！罗共垮台后，国王返回昔日的王土，但复辟登基显然只是一场春梦。历史车轮也许会偶尔往后滑一段，但绝不会倒退千里。

往南几十米是以前的罗共中央大厦，正前方矗立着纪念碑。1989 年 12 月，罗共总书记齐奥塞斯库站在大厦二层的阳台上，面对广场上汹涌抗议的人群高声喊话，试图平息民愤。但昏君的胡话即刻淹没在人群愤怒的“嘘”声中。

齐公听惯了欢呼，哪见过这种场面，彻底乱了方寸。身旁有人居心叵测地怂恿他赶快逃命。直升机刚出城，飞行员就谎称故障，走下飞机的齐公和夫人在一排枪弹下亡命，至死不知何故。

整个事变的真相扑朔迷离，至今无人确切知晓。但齐公必亡的原因却不难找到。去旧城西南的国会宫转悠一圈便可明白，此君不亡，天地难容。

议会宫建筑体量之巨大，装饰之奢靡，令人瞠目结舌。当芸芸众生温饱都有问题时，一个 2000 万人口的小国之君，竟敢如此挥霍无度，不死不足以谢天下。

议会宫地面建筑高 84 米，地下深 92 米，像一个水泥巨兽盘踞在旧城区西南。建筑面积约 33 万平方米，共有 1100 个房间。据称此建筑是世界上第二大的单体建筑，仅次于美国的五角大楼。

入宫游览需提前电话预约，由专职导游讲解，参观区域仅限于20余间精选的厅堂室廊。据称齐公20世纪70年代访问了中国的北京和朝鲜的平壤，回国后羡慕攀比之情不能自已。下令聚举国之财建造此宫，美其名曰“人民大厦”。

整个大厦选用了约100万立方名贵大理石、3500吨水晶和70万吨金属，是地球上最重的建筑。宫内铺了20万平方米的上等羊毛地毯，配设了480个巨型水晶吊灯，穷奢极侈，举世无双。

厅堂走廊一律挑高10米以上，最大的厅堂2200平方米，挑高约有20米，中间的水晶吊灯重达5吨。

但巨大并不排斥精细，所有的木雕铜饰都精雕细镂。地毯的花纹和暖气的饰板图形完全一致，以求匹配呼应。天花板的浮雕一律纯金镀层。稍有差次，拆弃重来，有一段楼梯重建了五次才让齐公满意。

显然没有预算限制，要多少用多少，民脂民膏肆意掏。据某研究机构事后估算，总费用不低于40亿欧元。

大厦的宏伟高大让游走其中的游客显得如此渺小，酷似巨型水泥棺材里的爬虫在四处蠕动。站在宽大的走廊中间，望着巨幅的红色纯毛地毯和墙上的油画精品，内心的感受非常奇特，赞叹、震撼、愤怒搅和在一起，难以言表。但凡是人，都难免片刻的糊涂弱智，巅峰时刻的风云人物罕有例外。没有制约，只会死于疯狂。

东欧剧变后，昔日的“人民大厦”改名成了议会宫。我问，需要这么大的地方办公吗？导游女孩回道：“确实太大了，但罗马尼亚官僚体制同样大呀，成千上万的官老爷



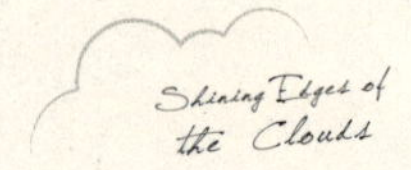

要舒舒服服地坐着签字盖章。就连游客来参观，我们都必须递交报告给五个不同的部门审批，天天如此！”我安慰道，这只算小菜一碟啦，在中国建一座房子要盖 166 个公章呢。

出了议会宫往东北方向几百米，便置身于游人如鲫的旧城。成片的旧楼老屋大多完好无损，不少改建成生意兴隆的宾馆餐厅酒吧。一座座不同时期建造的老教堂，风格各异，保存完好，里面烛火闪闪、青烟袅袅。罗马尼亚高达 85% 的民众信仰东正教，不少匆匆路过的市民都会停步，虔诚地在胸前连画十字，有的特意入内跪拜和亲吻圣徒的雕像。

离开旧城沿着商业大街向南不远，是以前的社会主义胜利大道，长 2 公里。根据齐公的圣旨，比法国的香榭丽舍大道宽 1 米。宽阔的大道上双向六车道，中间的隔离带花红草绿，气派不凡。

罗马尼亚近年来经济年均增长率高达 6%，大有赶超意大利的气势。收入在增加，物价也紧随其后。一般职员的月薪在 500—600 美元，也就 3000 多元人民币。街上买个三明治约人民币 12 元，进餐厅至少 50 元。民众最为气愤的是油价，每公升相当于 11 元。因此不少中年以上的民众怀念旧时代，罗共执政时期工作安定、物价稳定，小汽车也相当普及。逢周日汽车出行还得限号以减少堵车。但怀旧老人脑中残存的旧日美景仅仅反映了罗马尼亚的最佳岁月。最初 30 年百姓过得不错，但到了 20 世纪 80 年代，僵化的官僚体制和计划经济已百病缠身。百姓已温饱难继，权贵阶层却歌舞升平，浑然不知已濒临万劫不复的深渊。

罗马尼亚像保加利亚一样，在欧盟中以腐败著称，但在欧盟的不断敲打下，现任政府不得不做些应景动作。一位前总理因贪腐去年被判刑两年，欧盟拍案叫好。从政者渐渐明白当官和发财有时不能兼得，权力和财富也不可互为因果，或者像欧元美金一样随意互换，至少表面上应该如此。

除了打击腐败，政府投巨资整固历史建筑，清洗楼房面墙，修缮马路街道，台上的政要们忙着精心打扮，一边涂脂抹粉，一边还得抬头问问欧盟婆婆：画眉深浅入时无？

罗马尼亚和保加利亚隔河相望，播的同样的种子，结出的果子却不一样。水土不同，南为橘北为枳，智者晏子留下的千年古训可谓放之四海而皆准。国情不同，岂能霸王硬上弓？

2013 年 3 月

# 罗马尼亚的绿野明珠

到了布加勒斯特，不去游览 100 多公里外的著名古堡群，等于到了北京不去故宫。

Ramada 酒店的 Wi-Fi 上网居然收费 5 欧元，决定放弃上网预定。打算一大早赶到发车集合点，冬末春初游客稀少，肯定有空位。结果，我犯了一个常见错误：想当然。省了 5 欧元的上网费，结果却出了大血。

“一日游双堡”的揽客条幅高高挂在革命广场北端的街角上方。陆续来了五个各国旅客，闲聊片刻，旅游小巴到了，车上已有两位游客和导游兼司机。8 人座的小巴缺一个位子，我和一位希腊男游客没有预订客位，两人只能去一个。

我脸朝着导游，话却是说给希腊人听的：我来自遥远的中国，以后不一定再来了，这一次错过等于这辈子错过。可希腊人并无退让之意：昨晚我打电话预订了，可接电话的人说手边没笔，没有预订成功。这话有人信吗？导游司机耸耸肩不吭声，不想得罪任何一个。

“要不咱俩投个硬币，猜正反，定输赢？”他说着掏出一枚硬币。这个裁决方案貌似公平，但实在有点孩子气，有点气度的成人好意思吗？

我后退一步，朝着车门一展手臂：“请上车吧，祝您玩得开心。”希腊汉子托着钱币的手掌僵了几秒，众目睽睽下有点白捡钱财遭人白眼的尴尬，说了声：非常抱歉，谢谢了。立即收回手掌，躬身钻进车厢。我压住心头泛起的怨气和轻蔑，近乎施虐地冷笑道：没关系，倒是我该谢您，谢谢您给了我下次再来的理由。

我疾步走进马路对面的希尔顿酒店，在礼宾台的当班手里塞了一张5美元钞票，他立即麻利地打了一串电话。半小时后，一位矮壮的导游小跑进了大堂，满面笑容地说：“请上车，我叫米哈伊。”

这算是私人专享服务，小巴士团游每人才69欧元，专享的代价是189欧元。省了5欧元上网费，却多掏了整整120！那个希腊家伙比我晚到，却抢了该我得到的座位，心里有点郁闷。但坐在车上和米哈伊聊开了，渐渐地觉得这么安排更好，这钱花得值。

米哈伊四十出头，朴实温和，博闻健谈。他取下头上的厚绒帽，翻个里朝外递给我说：“这一面没戴过，绝对干净。山区很冷，您还是戴上吧。我还有备用的。”说着，掏出一只夏季用的帆布遮阳帽扣住头发稀疏的大圆脑袋。一路上，米哈伊的嘴巴和小车的引擎一样没停过，历史文化、民

族习俗、政局现状、百姓生活等等，滔滔不绝，娓娓道来。

他特意在路边店铺买了三明治和咖啡，说："就用这当午餐吧，既省钱又省时间，进饭店用正餐至少一小时。"跟团游不用费神，但免不了等张三候李四。碰上个排尿困难的前列腺患者，厕所大门便成了主要景点，你就眼巴巴地瞪眼看着吧。私人导游免去了这类折磨，要停即停，想走就走，何等自在！

一个多小时后我们驶入 Transylvania 地区，这里历史上曾属匈牙利。环山之中一马平川，一年四季游客不断，滑雪登山，野营垂钓。著名的 Peles 古堡和 Bran 古堡都在此地。

从布加勒斯特出发一路北上，来回约 370 公里，行车 5 小时。小车飞驰在绿野绵绵的多瑙河平原上，两侧的绿色麦苗和褐色的土豆农田一直延伸到天际。虽然天阴云低，仍是一幅苍茫寥廓的宜人美景。

Peles 城堡是 19 世纪末罗马尼亚国王卡罗尔一世下令建造的王宫。始建于 1873 年，先后由三位建筑师操刀设计，几经改造扩建，直至 1914 年才形成现在的规模。典型的新文艺复兴式风格，竖直挺拔的楼体，非对称和不规则的外形，精雕细镂的木饰花纹，洋溢着浓郁的德国韵味。说起古堡，我们脑海里便浮现出巨石垒成的外墙和粗糙压抑的内饰，但 Peles 城堡哪里像古堡，完全是一座美轮美奂的宫殿。

为了保护宫内精美的地毯和地板，游客在入口门厅处须套上厚布制成的鞋套才能入内。跟着讲解员首先来到荣誉厅，其功能如同城堡的室内中庭，挑高三层高达 16 米，四周的亭台楼阁廊梯相衔，顶部是巨大的彩绘玻璃天棚。整个大厅，除了少量的墙体外，完全由精雕细镂的木雕所覆盖。整座城堡的木质部件和家具都是名贵硬木，由威尼斯的顶级工匠精心制成。那些木雕作品表现的都是历史典故和圣经故事，我根本看不出个子丑寅卯，只觉得雕工之繁细精巧足以媲美中国清朝顶峰时期的红木雕艺。日光直射而下，厅内贵气十足，却温馨怡人。

接着又进入兵器收藏厅。林林总总 4000 余件 14—18 世纪的各种兵器，刀剑、盾矛、盔甲、枪弹，密密麻麻摆满了整个大厅。中央陈列着一套骑士和战马的铁质盔甲，寒光闪亮，重达 100 公斤，可见骑马厮杀也是个力气活。壁炉架上一把沉甸甸的利剑，据说只能用于贵族罪犯的斩首。死也得挑把宝剑伺候，讲究的就是等级次序！

英语纯熟的导游女孩领着我们穿堂过室一一讲解：这间是书房，纯粹的德国风格，由汉堡的工匠手工特制；这里是会客厅，国王和来客告别时，根据他对客人的喜恶程度，伸出的手指从一指到三指不等；这间是帝王寝宫，奥地利的巴洛克风格，是卡罗尔一世欢庆登基 40 周年时为接待奥匈帝国国王特别设置的……

城堡共有大小 160 个房间，每间厅房都功能明确，大小适宜，以精致显奢靡，而非倚宏大充气派。我自然由 Peles 城堡联想起齐公建造的议会宫，尽管两处建筑功能完全不同，也不应简单地类比，但还是感触颇深，前者凭节制而尺度适中尽显矜持优雅，后者因膨胀而体量失当毕

露庸俗蠢笨。

Bran 古堡离 Peles 城堡仅 40 分钟车程，一天游览双堡，时间还算宽裕。顺着平坦宽阔的石块铺就的山道上行不久，巍峨的古堡渐露峥嵘。抬头仰视，灰白的主体建筑和浅褐色的石砌侧墙凌驾于山峦之上，大有至高无上的尊贵气势。古堡始建于 14 世纪，曾用作收税的海关，也充当过抵抗的城堡，最后成了玛丽皇后的安居之地。

玛丽皇后是英国维多利亚女王的侄女，17 岁嫁入罗马尼亚王室，丈夫继位后，她成了深受民众爱戴的皇后。古堡主体五层，四面楼房中间有一小小的露天庭院。内部结构复杂，跟着米哈伊在古堡内上下左右转了半天，便不知身陷何处了。客厅、书斋、卧室、琴房，虽说是皇室行宫，却不见丝毫奢华。普通的地板，朴实的家具，狭小低矮的走廊楼梯，全无王室气派。唯一醒目的是琴房壁炉前一张巨大完整的棕熊毛皮。

墙上一张枝繁叶茂的树形图，详细呈现了皇家的族谱。指着一根根分枝一片片单叶，米哈伊不厌其烦地讲解了十几分钟，才说到一半，那桠杈分明的绿枝在我脑海中已缠成了一团乱麻。这个爵爷娶了那个表妹，这家的三小姐嫁了那家的二公子……都烧成灰几百年了，这些关系，与我何干？

我好心提醒他，以后接待中国游客，这张族谱图不提也罢。中国人对玛丽皇后的七大姑八大姨兴趣不大。围绕古堡的那场一波三折的产权官司倒是必须细说，关乎大笔的钱财的事，哪怕与自己没有一毛钱的关系，国人也会听得入迷。

玛丽皇后过世后，古堡由女儿继承，罗共执政后收归国有。2005 年政府判定罗共没收私人财产为非法行为，古堡归还给唯一合法继承人玛丽皇后的外孙。两年后，国会成立的专门调查委员会宣称，归还古堡违反产权法和继承法。但一个月后最高法院一锤定音，归还私产合法有效。

这一著名的历史文化遗产的价值无疑是个天文数字，最终法官不顾国会反对依法判给了私人。这个案例彰显了罗马尼亚法官判案的独立性。司法独立的价值不可估量，该国所有的古堡再加上那座耗资 40 亿欧元的议会宫，都无法相抵。我再次叮嘱米哈伊，千万要给中国游客讲讲这个故事。

获得这座价值连城的古堡后，继承人并没有关起门来独自享受。为了促进当地的旅游经济，古堡被改成私人博物馆，向世人展示玛丽皇后的家具和艺术收藏品。旅游权威出版物 *Lonely Planet* 把 Bran 古堡列为罗马尼亚第一景点，受玛丽皇后魅力所感，高峰季节搭载着欧美游客的汽车蜂拥而来，大巴小车满山遍野。

在东方游客眼里，Bran 古堡的观赏价值远不如 Peles 城堡。但两者却是各具特色，相映成趣，前者奢华典雅，集精雕细镂天工于一身，后者朴实简洁，凝历史命运沧桑于一瞬。

古堡群的命运随着国运的跌宕起伏，由盛转衰，又否极泰来。如今拂去烟尘再显光辉，宛如镶嵌在青山绿野中的一串明珠。昔日的主人曾以拥有而洋洋自得，其实呢，也都是为后人代为看管的匆匆过客。

2013 年 3 月

# 宠爱加身的斯普利特

亚得里亚海湾长度仅约800公里，可东岸狭长的滨海地带却长达2000公里，如同一条细长的彩练在尽情地缠绵蜿蜒。一侧是湛蓝的海，另一侧是翠绿的山，建筑白得如象牙，屋顶红得像珊瑚，树木绿得似墨玉，斑斓夺目，令人心醉神迷。入选联合国教科文组织世界遗产名录的古镇旧城可列出一长串，秀水三千只取一瓢，此行首选克罗地亚的斯普利特。

克罗地亚狭长富饶的滨海地区，也称达尔马提亚，斯普利特古城是该地区的心脏，也是克罗地亚的第二大城市。就像盗贼们抢来夺去的一枚宝玉，尽管在君主豪强间不断易手，其独特的瑰丽气质未损半分，昔日的拥有者摩挲把玩，各自留下的丝丝缕缕的痕迹，如同古董的包浆一般，散发着迷人的沧桑气息。

走下大巴，一眼就看到马路对面的蓝色海湾和不远处的热闹古城。斯普利特的车站码头都聚集在此处，机场大巴、长途汽车、火车站、游轮码头，像五官一样彼此挨得很近，转换极为便利。这次行程为一周，我只订了一张返程机票，一下车便沦为居无定所的游民。

春季并不是欧洲的旅游旺季，不愁无处下榻。果然，刚下车，五六个老太便围了上来，手中举着“hotel”的纸板，一脸的殷勤急切。下车的游客像在后宫溜达的君王，睡哪家，随便挑！当然，如果撞上旺季切不可照搬此法，否则举着“hotel”招牌的恐怕不再是那些大妈了。

一位老太挤上前在我眼前摊开地图，指着图上古城外的一条街，急切地大声说：就这里，五分钟到古城。老太一脸细汗，白发飞扬，我脑中闪现出已故老母的面容，内心一颤，立即跟她走了。200 库纳一晚，也就 200 元人民币左右，仅是以往周游欧洲所付房费的四分之一。

老太的住所在城区中心，离古城门仅 300 米，是一栋质地坚固的老楼，大理石楼梯，实木地板，建造时定位应是豪华公寓。四房二卫带一个兼作餐厅的厨房。两间卧室，一间自用，一间出租补贴家用，餐厅里还有一台笨重的黑白电视。房间整洁舒适，该有的都有，不需要的全无，可谓经济酒店的典范，no thrill no frill（无惊喜也没花哨）。

老太的丈夫七十开外，不说英语，也不怎么说其他语。整天腰板挺直端坐在餐桌前，翻来覆去地看报，或闷声不响地吃喝，身子基本不挪动，只闻天下事，不问家中事。身为过客，我不能像查户口似的多问，但从他古板严峻的

神态来看，老先生二十年前大概是南斯拉夫主管宣传的干部吧？除了看报，其他一概不会。凭借当年的权势弄到一套市中心的高级公寓，如今却不得不腾出一半接待游客，收点租金济度残生。想必老人自有“故国不堪回首”的满腹悲情，只是落时的凤凰不如鸡，啼声无人听，铩羽归无声，干脆闭口不言。

放下行李走出卧室，在门厅处碰到了老人的儿子，三十多岁，睡眼惺忪。单身，啃老，游戏迷，都半夜了，他卧室里还是杀声震天。第二天中午退房时，他还在闷头酣睡，为下一场厮杀养精蓄锐。

一家三口只有老太一人忙乎，车站拉客，厨房烹煮，卧室清理，里里外外一把手，穷人的日子全靠妈。这就是现实生活的缩影，一个家庭里常是一个操劳，多人清闲。国家也大致相同，只是掉了个头，大部分人劳累终生，少数人坐享其成。中外古今，尽皆如此。

出门几分钟就到了古城入口，斯普利特古城是联合国教科文组织认定的世界文化遗产景观，城内四方形的戴克里先宫殿为主体核心。高大的城墙外，一条东西走向的滨海大街是游客云集的热闹所在，餐厅酒吧精品店铺密密匝匝呈一字排列。南临波光粼粼的海湾，北靠古迹斑斑的古城，游客可以在海景、古迹和时尚之间肆意穿行快速切换。

1700 年前的戴克里先是古罗马帝国的君王，也是第一位自主选择年迈退位的君主。他一眼相中了这块背山面海的宝地，为退位后安度晚年兴建了这座宏伟的宫殿。王宫占地约 4 万平方米，三面筑有厚实的高墙，临海的南面曾建有 200 米的拱门长廊，供王公贵族们休闲观海。如今这君王独霸的禁地成了万民共享的海滨大道，宽阔的大街一侧是湛蓝的波涛，一侧是缤纷的人潮。权贵者地盘的退缩常常意味着社会文明的进步，前者短一寸，后者长一尺。

穿过热闹繁杂的露天市场，从东门进入宫内，首先映入眼帘的是一片罗马式拱门穹顶的残墙断壁。前行不远便是体形巍峨的 13 世纪罗马风格的大钟楼。修复完整的钟楼和旁边的大教堂，连同脚下残存的罗马时期的原址遗迹，构成古城主要的景观群。四周的餐厅酒吧挤满了游客，不少人干脆端着吃喝，坐在钟楼教堂前的石阶上，顾不得罗马礼仪教廷戒规，甩开腮帮子大吃猛喝。

穿过教堂一侧的甬道，进入一个圆形庭院。在手风琴的伴奏下，一个合唱队在演唱本地的达尔马提亚传统民歌。高耸的穹顶开有圆孔天窗。阳光穿过圆孔像舞台射灯一样直泻而下，六位歌手一律白衬衫黑西服，明媚的阳光下如同镀上了一层金色，构成一幅温馨怡人的画面。他们只是业余合唱爱好者，正为灌制的合唱 CD 碟现场推销，边唱边卖，寓商于乐。几个美国游客显然一个字都听不懂，但还是忍不住掏出了钱包。这不是购物，也不是赏赐，而是表达由衷的欣赏。

在城内穿街走巷四处漫游，走走停停，看看听听。每一块颜色各异的石头，残缺剥落的图文雕刻，或坑坑洼洼的石板，只要有点蛛丝马迹可寻，都得以精心留存并配有文字铭牌：某某豪宅之门楣，或某某店铺之旧址等等，竭尽能事地激发游客的思古幽情。


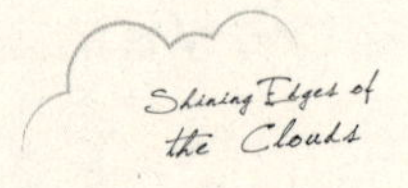

一位导游指着一家店堂中央的石板地砖，煞有介事地告诉游客，“这是800年前某某贵族的客厅所在，你脚下的石砖从没换过。”一个胖胖的美国妇女费力地蹲下身子，用手抚摸着青灰的石砖，像是摸到欧洲中世纪脉搏还在颤动，一脸的满足和陶醉。

一家家靓丽的精品店铺，一条条古旧的长街短巷，古城其实已蜕变成一个商业繁荣的富裕之地。国内不少古镇走的是毁旧建新的捷径，推土机开路，大铁锤猛砸；而这里的每一座有故事的老宅，每一片有考据的遗址，考古学家和建筑师都精诚协作，根据历史记载精心修复，细致呵护，且尺度恰当，功力非凡。时尚店铺揉入古城而不显突兀，目及之处皆沧桑。斯普利特旧城依旧古色古香，主人宠，游人爱，集万千宠爱于一身。

人与人，或人与物，彼此间常有隐秘的互动。人若善待之，古迹亦有灵，斯普利特显然知恩图报，眼前这满城的汹涌游客，不就是古城馈赠予人的丰厚回报吗？

2013年5月

# 亦幻亦真话杜城

杜布罗夫尼克，诗人拜伦赞叹是“亚得里亚海的明珠”。*Lonely Planet* 建议，如果仅有三天时间，游客只应游杜城，首都不去也罢！可见旧城之美位列克罗地亚之首。

从斯普利特古镇往杜城车程 300 多公里，公路平坦畅通但狭窄曲折。车速时快时慢，恰到好处，本不该匆匆赶路，而应慢慢赏景。

亚得里亚海湾宽约 160 公里，西邻意大利亚平宁半岛，东靠巴尔干地区。开天辟地那天，造物主手挥巨斧先是“咔嚓”一声，干净利落地砍出一道直线西岸，于是意大利一侧海岸平直，岛屿全无；接着乱刀细剁地一阵“乒乓”，结果西岸一侧不仅迂回曲折，蜿蜒逶迤，还飞溅出上千个大小岛屿。

坐在盘山行驶的大巴上，一路上登坡下谷，忽左忽右，

峰回路转，车窗外的景色随之变幻莫测。在朝向、日照、云层的不断变换中，大海也随之变脸，呈青灰、湛蓝、金黄等色。抵近似伸手可及，登高如半空俯瞰。时而像晨曦下泛着白光的大片沼泽，顷刻间又变成金光闪耀的万顷稻田。唯一不变的是海上有岛，岛外有海，山岩和海水缠绕，翠绿与湛蓝相拥。

当然，旅途中不全是美事。大巴上的售票汉子右臂搭在我上方的行李架上，和我后座的熟客一路谈笑。他裸露的腋窝离我的鼻孔不到半尺，一股浓烈的狐臭如车外阵阵海涛，一波接一波，永不停歇。我的座位成了房产广告炫耀的“不可复制的尊荣专席”，独享人间奇味。晕眩之际我一度妄想我的脑袋能变成个帽子就好了，可以一把扯下扔到远处的空座上去……

抵达杜城走下大巴，我立即陷入了拉客住宿大妈的重重包围。车站在游轮码头旁边，离旧城约有一刻钟的车程。这些私人旅店无专车接送，订了房还得自己找公交车。一位灰发老太被几个悍妇推搡在圈外，挥着手朝我不停地喊“car，car！”，强调她与众不同的一大卖点：有车接送。营销学上differentiation（差异化）洋洋洒洒好几页，在老妇口中瞬间浓缩至一词：car！可见智慧在民间！

我费劲地拨开众人朝她挤去。老太的推销介绍紧扣关键点：20欧元一晚，门口就是公交站，到旧城三站路，方便极了！我还没确认，她已打手机叫儿媳妇赶来接我了，竖着五指说：5分钟。等车时她不停地为自己的蹩脚英语致歉，又安慰我道，别担心，她儿媳妇能说“一坨坨的英语”

( many many English )!

果然，开车接站的少妇英语不错，一路聊着开车送我到了她家的民宿公寓。边领我察看房间边接儿子电话，喜滋滋地说，孩子刚考完英语，感觉很好。又说一家人住在郊外，这套临海的房子专接游客，收点房租接济家用，孩子开销太大了。

离开时，房东不在。按约把钥匙放在桌上，特意掏笔留言：房间好，景观也好，但最好的还是您的婆婆！老太顶着烈日炙烤和同行的推搡呵斥，为增加家庭收入而奋力奔波的情景，久久难以释怀。我希望留下的美言能为老太增添一点慰藉。

和夹杂着残墙断垣的斯普利特相比，杜布罗夫尼克旧城显得形态完美，四面城墙完整无缺，街道建筑古朴精致，真要吹毛求疵的话，似乎有点雕琢过度。20 世纪 90 年代塞克两族再度开战，塞军围城猛攻数月，仅墙上偶见零星弹孔，全城竟然无损。不知是塞族手下留情，还是克族妙手回春。

城西的正门外是公交总站，与入城主道西门相衔。走过壕沟上的石桥，穿过内外两道城门，一座巨大的圆形喷水池就在眼前。建于 15 世纪的欧诺佛大喷泉红砖拱顶，白石圆体，16 幅精美的面具石雕环绕相拥。一道古时建成的水渠飞跨 12 公里，将水源引入城中处供众人共享。

站在西端的喷泉旁，可远眺东端几百米外的钟塔，贯穿两端的是旧城主街，两侧的楼房和中间宽阔的街道一律乳白色，阳光倾射下，明亮耀眼。商铺餐厅酒吧咖啡座，一字延伸至街末，并且顺着两侧的狭巷窄道无孔不入地蔓


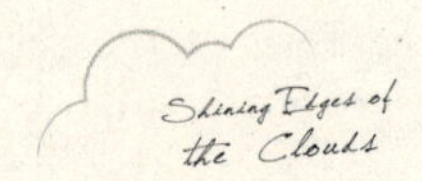

延全城。

左拐进入一条向北的窄巷，只见一条石阶以 50 度的坡度向上延展几百米，两侧布满了餐桌咖啡座，游客三三两两地闲坐其间，中间仅容一人通过。纷繁热闹中却奇异地弥漫着一股恬静悠闲的气息。于是挑一张靠墙的藤椅坐下，要一杯橙汁，扮神定气闲状。

主要景点集聚主街东端，高耸的钟塔一旁是三层建筑斯庞扎宫，据称是 17 世纪大地震中幸存的几幢建筑之一。底层正面排列着五个弧形拱门，精美立柱相隔其间，二层却是典型的哥特式尖顶窗饰，三层又变为文艺复兴风格的方形大窗，一层一式而浑然一体，堪称奇异之作。此楼原是验货抽税的海关，拱门上面镌刻着颇有意味的警句："当我测量货物时，上帝同时在测量我。"欧洲的中世纪史称黑暗世纪，但有个据称无所不在的上帝在监察人的一言一行，所以也黑得有限。更黑的地方现今多的是，掌权官员凡有事经手，毫不忌惮上帝监测，一心测算能捞的油水。胸无鬼神，必怀鬼胎，宗教的功能不可小觑。

对面有座教堂以 Blaise 圣徒冠名，不知是何方圣贤，其圣像到处可见，据称是旧城的保护神。路过教堂的教徒或停步或入内，伫立片刻，在胸前画几下十字。我站在门口，探头张望片刻便兴味索然。

游览旧城不可不登城墙，沿着环绕全城约两公里的墙顶通道，可俯瞰旧城全景。于是折回到西门喷泉旁的售票处买了登游城墙的门票，沿着陡峭的石阶一路上攀。至顶端极目四望，旧城的红屋顶层层叠叠四处蔓延，如同一片珊瑚洲。环抱旧城的古城墙如同中国的长城，建筑周期跨越几百年，12 世纪始建，直至 17 世纪才完成。最高处达 25 米，城墙上的通道两侧有齐腰高的石栏，平坦的石道宽可走马窄能行人，筑有城堡处均有宽大平台供调兵遣将。面海一面的城墙最为坚厚，达 4—6 米，可见几百年前入侵威胁主要来自海洋。1991 年塞族军队围城猛攻，坚固的城墙还是挡住了大部分炮火，城区几无毁损。绕城一周可从不同角度俯视旧城全貌，一侧望海，一侧观山，堪称旧城不可不看的第一景点。

夜幕下，坐在城头俯瞰，月色中旧城的古朴和时尚相容，旧貌与新颜互衬，亦幻亦真，令人懵懵懂懂，不知此处何处，今夕何夕。

城里兼作街灯的店招是统一式样，采用了古朴方正的锥体铁艺灯罩。就连门牌号码也仅仅是一小块同样乳白色的小方砖，镌刻一个阿拉伯数字，毫不显眼地镶嵌在做旧的墙面上。这些殚精竭虑的细节处理，有效地挽留了旧城的古色古香。

但打理古城的当局用心虽苦，工匠们的技艺再高，也抵挡不住时代浪潮的侵蚀。多数沿街的底层改建成了商业门面，石雕的窗框内、门楣下，尽是明亮的落地橱窗和靓丽的时髦商品。千古风物难逃岁月洗涤，也无力阻挡新潮激荡，令人黯然感叹，人间事，容不得苛求，也无须细究。醉眼望去，一片朦胧，倒也心宁神怡。

2013 年 5 月

# 黑山明珠克托尔

去黑山旅游，如果时间有限只去一处，滨海古镇克托尔应是首选。20 世纪 90 年代，在外来势力一阵狂敲猛砸下，前南斯拉夫这块巨石最终崩裂成六块，黑山是最小的一块。多少人？不妨听黑山总统的牛气的回答。

若干年前黑山总统率领一个大型的代表团访问中国。某位领导只知道国内有座黄山，没听说国外还有个黑山，便问：黑山有多少人哪？黑山总统底气十足地答道：泱泱六十万大众。这位领导扫了一眼代表团黑压压的庞大阵容：噢，这下全都来了嘛！

这个笑话出自克托尔的一位餐厅侍者之口，尽显黑山人自嘲式的幽默，令人谈兴大增。这位殷勤和善的小伙子毕业于旅游专业，读了四年酒店餐饮管理，如今在这儿端盘子跑堂，广义上说，也算专业对口吧。“干嘛不找份好一点的酒店管理工作？”话一出口我便自觉问得荒唐，有一股“何不食肉糜”的蠢味。他答道：现实问题不是工作好不好，而是工作有没有。能抓住一份工作已算走运。2008年世界经济危机爆发后，黑山的状况非常糟，工作难找，毕业等于失业。

但古城的经济状况貌似并不太糟，五月并非旅游旺季，餐厅外的古城中心广场上游人如鲫，熙熙攘攘。

广场四周触目皆是颇有来历的古楼，且每栋楼门前都镶有铭牌，古城正门旁长长的门楼有三层高，紫红的铭牌上标明17世纪和18世纪这里为公爵宫。对面的钟楼四周并无教堂，楼前附近有一座约四米高的金字塔，建于17世纪，铭牌上标着：a kind of pillory，让人不知所云。四层的顶楼两面临街，却没有墙壁，形同露台，据说古时犯法的罪囚胸前挂着木牌在此示众，遭人羞辱咒骂。

如今这些古楼都已精心修缮，改建成旅店餐厅、酒吧商店。钟楼对面的公爵宫也屈尊降贵，成了当地最大的一家四星级宾馆。我入内打探，大堂像黑牢，灯光晦暗，阴气瘆人，房价却要86欧元一晚。酒店位居古城中心，多半是钱多人傻的冤大头的首选。

出门找到刚才聊天的侍者小伙，他说这是个花钱买罪受的地方，建议我城外找住宿，清静，还非常便宜。他用戏谑的口吻说道：不信你去试住一夜？楼下是一家挨一家的酒吧，喧哗闹腾，要到天快亮了才渐渐消停。你正庆幸总算能眯上片刻，外面又热闹起来了。扫地的大妈们出动了，一手扫帚，一手铁质的长柄簸箕，叮叮当当，嘻嘻哈



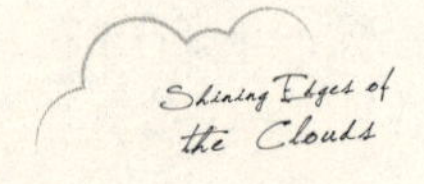

哈。你得吞下半瓶药才能勉强入睡！

于是谢别小伙子，立即前往南门外的客栈看房砍价。走进一家窗户面海的二楼公寓，少妇房东一手揽婴儿，一手推门展示，卧室宽大明亮，一应俱全。推窗一看，不由精神一振，白雪般的云雾环绕远处的青山，MSC 公司的 Marina 游轮停泊在蓝色的港湾里，窗含西岭千秋雪，门泊东吴万里船。这哪是黑山边城，分明是中唐盛景嘛。

可是浪漫诗情动摇不了房东的现实立场，20 欧元一晚，一个子儿不能少，要能住两晚就减免 2 欧元。罢了，还是 20 吧，整票子掏起来快当。

克罗地亚长长的海岸线上镶嵌着一连串璀璨明珠般的古镇小城，如果说斯普利特略显繁杂，杜布罗夫尼克过于雕琢，克托尔则体量偏小，称其为“巴掌大”不算是夸张。蜿蜒的海湾和高耸的青山之间只有一条狭长地带供其立足，较宽的北面约有 300 米，而南门处窄得不足百米，还得留出空间作为贯穿东西的公路要道。小城颇为奇特地呈三角形，举世罕见。

进入一家酒店问路时，同一位酒店前台小姐闲聊片刻。这里的薪水不高，她通晓英、俄、意三国外语，四年职场经验，月薪只有 400 欧元。女孩一开口便滔滔不绝：“这已经不错了，其他酒店的前台只拿 350，而一般的员工甚至不到 300。这里的物价远低于西欧，但这点钱只能勉强维持生活。年轻人对国家的政治现状极为不满，投票选举看上去煞有介事，其实就那么几个政客轮流坐庄，老百姓只是凑个热闹。大家对改变现状已经绝望了。”小姐发泄一通后轻叹一声，自我安慰道：“当然不打仗不死人，能太太平平过日子也算不错了。”

克托尔早已入选联合国教科文组织世界遗产名录，古城景观达到了完美的境界。精心维护的老街古楼遗迹，丰富精美的餐厅酒吧商铺，现代设施物件齐全，却不露声色，漫步其间，恍如隔世。唯一的缺憾是没有多少发展空间了，地势所限，已无任何扩展余地，水准已高，也难有提升空间。守着这份天赐的宝地平和度日也是一种理性的选项，何必拆了建、建了拆？

拐过街角来到城北广场，这里相对宽敞，四五座教堂齐聚此地。面南的圣尼古拉斯东正教大教堂门前贴着告示，晚上有密歇根州技术大学的合唱团专场演出。于是早早吃了晚餐，提前入场，占了个前座。

台前有位一身正装的中年男子，便走过去搭话，果然是今晚的指挥。他告诉我，合唱团共有 38 人，每两年出国巡演一次，旅游和演出结合，费用一半自理，另一半由学校资助。听说我来自中国，他说合唱团 2006 年曾在中国巡演，这次演出团里还有两位来自中国的留学生。

满头银发的教授和教工学生排成两列，随着指挥棒时而放声高歌，时而屏息默立，没有迂腐的古板或拒人千里的清高，完全沉浸在娱人和自娱兼得的忘形境界中。欧美的精英阶层大多从小就培养了自己的爱好，或操琴或弄枪，或养鸟或种花，老了退了，乐趣长青，兴致不衰。

演出地点在教堂，一个小时的合唱节目多为庄重典雅的教堂圣歌，悠扬柔和，不绝如缕，如同一场灵魂的飨宴

让人渐渐心静神宁。

不远处，临海的林荫大道两侧排满了酒吧食铺，入夜后尽是放浪形骸的醉男浪女在尽情狂欢，浪歌声，狂笑声，尖叫声，声声震天。

人都需要打发光阴排遣孤寂，物以类聚，人以群分，高雅还是庸俗，宁静或者喧闹，自感舒服即可。

2013 年 5 月

## 寻找蓝顶教堂

著名的费拉小镇盘踞在陡峭的悬崖之上，在湛蓝的晴空和褐色的绝壁之间，密密匝匝的房屋在烈日下反射出耀眼的白光。爱折腾的游客可以骑驴攀爬600级石阶抵达小镇，但驴主人要起价来比驴子还倔，敢惹吗？还是码头边的缆车站省心省事，6欧元直达。

圣托里尼的蓝顶教堂自荣登《国家地理》杂志封面那天起，盛况一发不可收拾，谈及希腊必提此景，无蓝顶，非圣岛。成百上千的蓝顶教堂散布全岛，在游客眼中，其他只算烂梨一筐，唯有这座海边的大蓝顶才是仙桃一颗。我们沿着两条平行的主街把狭长的小镇来回逛了两遍，并未见蓝顶教堂踪影。

那张封面照片显然是从高处取景俯拍的，蓝顶教堂面对大海。于是我们沿镇北角临海的高坡一路向上。到了坡

顶点，那个旅游书、明信片、摄影集上无处不在的蓝顶教堂，却似已遁入无形。

截住一个气喘吁吁的男子问路，他操着美国口音沮丧地应道：“蓝顶教堂？我也找了半天了，奇怪，彻底消失了！”我开玩笑道：“你确信美国航母昨晚没有发射导弹？”“什么？”他不解话中笑点，擦着汗泄气地说：“只有明信片上才能看到，大概用无人机从空中俯拍的吧？”

美国人的话不能全信，我们转身走进了路边的旅行社门店。一位干练麻利的中年妇女伸手一指：沿此路往前，第二条路口左拐，一路向上。

一对印度夫妇拖家带口地站在路边，地图手机来回比看，一脸迷茫。于是自信地让他们随我们走。第二个路口左拐，进入一条车道，前行百米只见一个停车场，除右侧一道院门，竟别无他路。印度少妇眼尖，半道便停步高喊，那是停车场，不对了！她丈夫略显犹疑，还是跟着我走到院门口，伸头一探，嗨！酒店游泳池啊！转身离去。

我不死心，跨入院子再问。泳池吧台的小伙子指着院门说，别出门，门旁边上有五级台阶，一路向上。这完全吻合那位旅游门店女主人的明确指点，于是信心倍增，我们沿着狭窄的酒店内部小径，蜿蜒向上。找不到蓝顶教堂，这圣托里尼岛不是白来了吗？

人都有偏执的一刻，到了伦敦，非得看一眼大笨钟，游巴黎，必须去一次香榭丽舍大街，且不达目的死不罢休。此刻我们一行也陷入偏执不能自拔了。

到了路尽头，眼前有一处带砖石围栏的平台。拾级而上，疾步向前，一个硕大的蓝色穹顶跃然眼前。浅浅的，光光的，像一颗浑圆丰满的和尚光头。除了顶部小巧的十字架，罗马式教堂穹顶的雕琢装饰一概抹去。斜阳下，海面的粼粼金光宛如万千云雀在欢跳，衬托着教堂湛蓝圆顶的宁静和庄严，构成一幅专属圣托里尼的恬然美景。

但美景带来的愉悦，远不及找到蓝顶教堂那一瞬间的快乐。大概这也是人性，斩获的欣喜常常胜过享用的快感。

2019 年 6 月

# 凯岛上的猪嚎

希腊半岛三面环海，众多的岛屿如三千宫妃争妍斗丽，凯法利尼亚岛姿色平平。游轮此行停靠五个岛，凯岛入选实在是个谜，莫非游轮公司暗中收下了凯妃的银子？

岛上的主镇就一条淡寡乏味的商业街，不足300米，更不足以打发五六小时的游览时间。游轮的日报称赞凯岛宁静恬然，就像媒婆夸女孩脾气温顺，一露脸，原来相貌平平。

岛上有两个地下溶洞算是景点，于是去码头附近找车。一位老人站在小车边，招呼道：3个小时，100欧。顿了一下又说：90也行。游轮下来的客人此时早已在路上，错过这拨他今天就放空了。已经是地板价，再往下砍就太欠厚道了。我们立即钻进了车。

“叫我皮特吧，”老人揽到了生意显然有点兴奋，满脸喜色地说，“先去一个溶洞，再经过一个海边的小镇，最后去山那边的另一个溶洞。来回 70 多公里，肯定不耽误你们准时上船。”

皮特的英语口音虽重，但能听懂七八成。问他英语是不是学校里学的，他笑道，只念过 4 年书，希腊语读写过关了。当过几年兵，退伍后开出租车，整整 42 年了，英语就是在车上练出来的。他说，接待过很多外国游客，英国人最好，有礼貌，小费从来不漏；荷兰人第二；德国人板着脸，不吭声，大概二战时在岛上杀过太多人，心里别扭。

聊聊当地的情况，看看翠绿的山景，也别有一番惬意。可一不留神，问起当地人的收入，惹毛了皮特。他脸色语气都变了：“一般职工月薪五六百欧元，低的才 400。再过 3 年我就可以退休了，干了一辈子，才 600 多退休金。怎么活？这点钱在岛上住好一点的酒店只够撑三天啊。我住的公寓是自己的产权，不用付租金。但电费就 100 多，还有电话网络、水费煤气，一大堆账单。看医生不塞钱就叫你过 6 个月再约。再去约，又要你等 6 个月。在家等死吧！警察也一样，什么事都得打点！”

此时恰逢希腊大选正酣，路过一个街边的竞选广告牌，上面是竞选政客的巨幅彩像，肥头大耳，衣冠楚楚。我问：“这位是谁？”皮特瞄了一眼，说：“不认识，管他是谁！我已经十几年不投票了。那些政客上台前只会撒谎吹牛，要建立崭新的医疗保障制度等等，有吗？影子都没有！那帮家伙有的是美国的狗腿子，有的抱普京的大腿，没一个给希腊人做事的，都是 pigs！”还问我：你知道 pig 吗？我忙说，知道知道。但他还是耸肩缩颈扮出猪相，气流在鼻

腔与喉部之间来回颤动，发出一阵阵猪的哼声，呼噜呼噜、哼嗷哼嗷……all pigs！皮特越说越怒，脸涨得通红，猪哼声渐渐变成了猪嚎。

下车结账时我加了不薄的小费。那一阵阵惟妙惟肖的凄厉猪嚎，发泄着怨愤和无奈，多给点小费无非是图个心安。他有点意外，一字一顿地真诚致谢。我躬身道别，莫名地怅怅然。

2019 年 6 月

# 游历亚非拉

当年的新中国年轻气盛，“反帝，反修，反资”，欧、美、澳皆为仇敌。团结穷哥们儿，叫板阔老爷，新词“亚非拉”应运而生。存稿百余篇，竟无一涉及美、加、澳，这个旧词恰好合用。当然，此处的“亚”泛指亚太地区。

独享讲解，众人被堵身后，
只能苦笑。（参阅249页）

绵白糖一般松软细腻，松岛归来不踏沙。(参阅214页)

沿街等候，
只求一睹君王风采。
(参阅225页)

警察设卡，
不塞钱，都别走！
(参阅235页)

华人老板，笑容灿烂，脑闪金光。
(参阅240页)

# 英属维尔京群岛的吸金术

维尔京群岛，漂浮在加勒比海西北端的蓝天碧海之间，大小百余座，自西往东蜿蜒百余公里，相传是造物主不慎遗落人间的一捧珠宝。造物主西行不远，发觉丢了珠宝，回头来寻。哪知天上一日，人间千年，群岛上人类已占地为王、麇集繁衍多少代了，哪里还收得回去？破了财的造物主懊丧地一跺脚，海地发生了大地震！

刺目的阳光下，群岛宛如一条镶满翠玉的宝带，熠熠生辉。历史像一把无形的铁剪，将宝带一刀分作两截，西面归顺美国，东端遗留英国，于是维尔京群岛划为英属和美属两个各自独立的主权地区。

、

游轮停靠在英属维尔京群岛最大的托托拉岛。Tortola 原意为“斑鸠”，因岛上盛产斑鸠而得名。该岛东西长约

18 公里，南北宽仅 5 公里，是整个维尔京群岛中最大的岛屿。当地居民不足 2 万，80% 定居该岛。

我们下了游轮，沿着房屋稀疏的马路前往首府罗德城。马路旁一字排了十几个货摊，出售各类旅游产品。同行的十岁儿子幼时曾剃光头，“小秃子”的昵称沿用至今。花 8 美元买了顶绣有托托拉岛字样的遮阳帽，往他头上一扣：“你做事拖拖拉拉，这顶帽子为你定做的，‘秃拖拉’！”

首府 Road Town 通常被译成罗德城，似有抬举拔高之嫌。还是原文贴切，就那么横七竖八的几条路，充其量算个小镇。群岛的首脑机关大楼只是一座围作半圆状的两层小楼，楼前没有警卫，只有几棵椰树，迎风摇曳，充当门岗。对面的警察总署横看两扇窗，竖瞧两层楼，楼顶外墙上写着“用知识、勇气和清廉服务公众”。这集智、勇、信一身的服务究竟何等模样，不得而知，因为一整天都没见到警察的影子，莫非全是便衣？还是天下本无事，警察都睡觉？

所谓的商业主街并无高大的商厦，多为两三层的临街店铺，街面宽约三四米，人行道仅容三寸金莲，有些地段只能走在沿街人家的台阶上，甚至门槛上。当长长窄窄的敞篷游览车开过时，你得像壁虎一样贴在墙上让路。当然，你同时还得小心留意，别挡了土著壁虎出门遛弯的道。

街上有几家礼品店和杂货铺，没有招牌，无人吆喝，稀稀拉拉，懒懒散散，简朴粗陋中透出一丝自然淡定，有点大巧若拙的意味。岛上居民也神定气闲，优游自在。不少房屋涂上桃红、浅蓝、鲜黄等色，像风格疏放的画家随


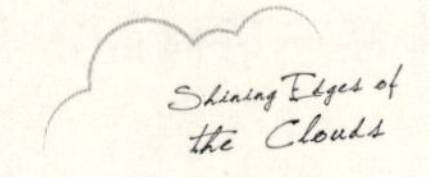

手用大色块抹成的艳丽油画。整座岛弥漫着西印度群岛独有的热烘烘、懒洋洋的悠闲气息。

逛完罗德镇，我们坐上敞篷游览车，翻山越岭从南面的游轮码头前往岛北的沙滩度假胜地。高坡幽谷之间不时闪现一座座独栋楼屋，景色之美，空间之大，用材之实，远胜国内的所谓豪华别墅，却一律面目简朴，貌似山舍。

群岛的人均 GDP 据称位列世界第十二，是加勒比地区的首富，或是无意炫富，或是刻意遮掩，显得如此低调平和，不得不令人怀疑其财路不正。

反观国内大佬的昂扬自得，这脸上的汗不知是热的，还是羞的。穷的没鞋穿的日子过去没多久，刚有钱便买双皮靴套上，还总想亮起皮靴，踹别人几脚扬扬威风。

岛的北面有几处浅浅的海湾，由东往西，一字排开连着几处白色沙滩。我们来到著名的藤园湾沙滩，穿过一家旅店的濒海酒吧，来到沙滩上。可能是涨潮了，窄窄的沙滩宽仅五六米，在阵阵海浪的拍击下，如同闻乐起舞的苗条女郎踩着节拍扭动细细的腰肢，一长排肥婆胖妞躺在沙滩边发呆，一动一静，一瘦一肥，倒也相映成趣。

返回酒吧，捧上一杯冰镇果汁，坐在高高的木制椅上闲看四周。只见穿着汗衫短裤的客人懒懒地闲坐着，细嚼慢咽，低声私语，托腮沉思，或瞪着书卷，半天不翻一页。还有两位游客模样的女子在奋笔疾书，大概在吹嘘这段远离尘嚣的美好时光，让万里之外的亲友眼红脸黑。

英属维京群岛被美国《国家地理》杂志评为全球 50 个必游之地。岛上的汽车牌照号码下方都加了一行“Virgin

Islands, the little secrets of the Nature"（维尔京群岛，大自然的小秘密）。岛民们驾着车四处转悠，顺便宣扬鼓吹本岛的“小秘密”，于是小秘密做成了大买卖。没什么令人惊艳的美景，每年却吸引了几十万游客前来休闲度假，扬帆潜水。旅游业收入占国民总产值约40%之多，是本地区的两大经济支柱之一。

另一大经济支柱美其名曰“全球金融服务业”，也就是离岸公司的注册经营平台。20世纪70年代的某个夜里，纽约一个律师给这里的金融管理署主席打了个电话。美国佬要求在群岛注册成立一个平台，提供金融服务；声称项目风险为零，可为岛国带来财源滚滚。

在国际通行的免除双重征税协议的框架下，富豪们只要在异国纳了税，美国那里就免了，潜在客户不可限量。主席先生听了半天回过神来，如醍醐灌顶，这不是无本万利的好买卖么！甚至比地方政府抬价卖地还爽，这掏的是外国赤佬的腰包，不是刮本国百姓的脂膏。

主席先生是个聪明人，好鼓不用重擂，好马不用鞭催，立即启动打造离岸金融服务平台。没几年，离岸公司如岛上的雨后野草似的疯长。美国人一看税收流失，急了眼，这不是合伙从我腰包里偷钱吗！不问青红皂白，把那个免除双重征税的协议撕成碎片，作废不认了，想借此堵住税收流失的大洞。群岛这头儿的英国人也不是吃素的，马上接招解招，能钻的法律空子一个没漏过，精心拟定了“国际业务公司法”，让避税美梦成真。又出台严格的保密法，你贩毒也罢劫货也罢，我不管，也不让人查。

平台虽好，但挡不住仿者甚众。生意渐渐流失，邻国巴拿马成了离岸金融业务的龙头老大。到了20世纪90年代，时来运转。巴拿马当时的总统诺列加得罪了美国主子。美国大兵如探囊取物一般，把诺列加拎到美国扔进黑牢。这离岸金融业务依托的就是社会安定和资金安全。这么一乱，大批离岸公司吓得作鸟兽散，纷纷另择栖身之地。巴拿马成了“罢了吧”，英属维尔京群岛却大获渔翁之利，一举取代巴拿马，成了行业老大。

岛上不用种地，也不必开厂，单靠这门吸金术就赚得笑不动了。目前在英属维尔京群岛注册的正常运营的离岸公司（不包括撤销的或休眠的）约有45万家，占全球离岸公司总数近半。一家公司每年支付的营业执照费和管理费少则几百，多则数千，这白花花的银子像加勒比海汹涌浪涛似的滚滚而来，贡献了当地GDP的60%。

那些离岸公司缴了一点小钱却省了大把的银子，在岛上搞个空壳公司，设在本国的实体企业产生的利润，缴纳企业所得税后，便一股脑儿全汇给空壳公司，股东的个人所得税一律全免。当然还可以随便立个名目，什么咨询费、品牌使用费、技术专利费什么的，钱汇到空壳公司，账却记在实体企业，逃避企业所得税。钱财到了岛上就进了自己的腰包，再往哪转？悉听尊便。

岛上大大小小的代理公司就像无数只蚂蟥趴在其他国家身上，悄悄地吸血。这钱的来路貌似合法，却有悖天理。所以刻意保持一份低调，闷声大发财，颇显英国人固有的精明世故。大英帝国于 17 世纪从西班牙手中夺得群岛后，几百年来岛国总督都由英国女王钦定，隔着虽远，也算有个靠山。

这种吸金术也算仿生学的一大发明。以前只知仿生学在科技方面的成功运用，例如飞机机翼模仿的是鸟翼等。而在经济领域竟也能一展身手，令人叹服。发明者的灵感大概来自蚊子叮人吸血的启发。首先它不是死盯着一个人下嘴，而是东吸一口，西叮一下，被咬者遍布全球，看一眼，挠挠痒，也就罢了，又不是我一人被咬。其次，它每次只取半滴血，谁也不当回事儿。人类制造的核弹能把地球炸成碎石，却懒得想个法子对付蚊子，同蚊子干仗，基本沿用老祖宗的传统武器——巴掌。基于同理，人们对离岸金融也睁只眼闭只眼，离岸公司业务也就像蚊子一样生生不息。

其实，就像蚊子应在灭杀之列，这类吸血寄生的勾当也该被禁绝。那些跨国公司口口声声说要承担社会责任，难道不应该履行赚钱纳税的基本义务？当然，说一套做一套，本是资本大佬们的习性，改也难。

不久前的一次闲谈中，有位英国商人痛贬本国的一家大银行：那帮诡计多端的家伙长袖善舞，通过各种离岸公司避税，去年只缴了 6% 的所得税，而我却不得不掏 37%。

我安慰道，您纳税多说明您对社会的贡献大。再说，缴的税款花哪儿了，怎么花的，政府都交代得明明白白。中国也定期公布预算计划和开支情况，但到了下面基层，花钱的手段五花八门。不久前有位副市长实在按捺不住自

己的春风得意，在媒体面前说漏了嘴，不打自招地供认他周游过六十多个国家。也就比七品芝麻官略大点的绿豆官，比你们英国外交大臣见的世面还多呢。

英国人笑道：那中国的纳税人至少知道一部分钱花哪儿了。我略带幸灾乐祸地说：报纸一曝光，那家伙的好日子也就到头了，再也没机会把余下的一百多个国家全走一遍了。英国人点了点头：那倒是好事，媒体的监督最有效，不能指望官员的自律，人天生就是自利的动物。

我苦笑一声说：世界永远不会完美，因为人性总有瑕疵。面对吸金的，销金的，我们都没辙，但日子还得过。

2010 年 2 月

# 玩命长滩岛

去菲律宾长滩岛旅游，先得掂量一下能否折腾得起。跟团的游客一概享用国际货运中常见的“多式联运”服务：先装上飞机，直飞或经马尼拉中转，发往卡力波，再塞进大巴，在狭窄的公路上颠簸两小时，送至码头，然后用小船驳运到海峡对岸的长滩岛。整个海陆空联运，加上原因不明的等候拖延，司机打盹发呆，耗时至少一整天。进了酒店房间，腰酸腿软，睡眼迷离，这才无悔地确信：自己真是刻不容缓地需要一个假期来恢复元气了。

当然这不是白折腾，长滩岛是当之无愧的游客天堂。小岛西侧的白沙滩由南向北蜿蜒 4 公里，在著名旅游网站 Trip Advisor 评选的世界最佳沙滩中名列亚军，同时跻身 *Travel & Leisure* 杂志推荐的 Top10 沙滩。白沙、蓝天、翡翠绿的海水，构成巨幅美景，令人心旷神怡。

入住的酒店地处景区中心 DeMall，碧海银沙，店铺集市，出门就到。庭院里粗沙石块相间的小径，两侧迎风摇曳的椰树，大堂入口的木雕神像和休息区的原木椅凳，无不散发着浓郁的南洋乡村气息。

在都市化浪潮中，旅游胜地猛刮豪奢风，长滩岛却不为所动，淡然处之，独守“天然去粉饰”的粗粝风格。走在街上，不见强力部门主导下的整齐划一，市容显得不修边幅，杂乱随意。但乱中有序，路窄车多却鲜见拥堵。每个游人聚集处的路口，有专职人员帮你招呼三轮摩的并告知价格。商业街区热闹而不喧腾，洋溢着浓郁的南亚民俗风情。

沿着长约两公里的海滨沙径漫步，一侧是观海区，饭铺、小吃店、饮料摊鳞次栉比，慵懒的食客们，头顶简陋的雨篷，隔着透明的挡风塑料棚，面对银沙碧海静坐发呆；另一侧是商业区，酒吧、饭店、旅馆连绵不断，招牌各异却一律简朴无华、价格平实，让背包客也能食宿无忧。

值得一提的是岛上的阿里巴巴海鲜市场，市场内各类鱼贝虾蟹的摊位前，看货杀价的食客熙熙攘攘。我们挑了4只大明虾、2只海蟹，生猛鲜活，足有2公斤，才2000比索，约300元人民币。提到旁边的饭店里，付了50元人民币的加工费，红烧明虾和清蒸大蟹便顷刻端上桌面。加上酒水米饭，花了不到400元，一家四口大饱口福。饭店墙上的告示板上留有某游客的感言：手撕口咬，打耳光也不肯放！

长滩岛显然是平头百姓的游乐场所。海岛北端的香格里拉大酒店也知趣地躲在园林深处，主楼大门远离公路旁的入口，客人须乘坐酒店的摆渡巴士，沿着宽阔蜿蜒的林荫大道疾驰 5 分钟才能抵达酒店大堂。一贯以奢华面世的五星级酒店，此时似乎刻意要保持一点儿隐秘感。

洁净的大堂绝无耀眼刺目之物，四面通透，就像一个遮风挡雨的巨型亭楼，酒店像似刻意蒙上了一层面纱，遮住自己贵气逼人的面容。然而酒店的工作人员谦恭的微笑，温馨的低语，如春风拂面，温润惬意。有些骨子里的东西，是装不出也遮不住的。这里无疑是富人的享乐天堂。

在长滩岛除了吃，就是玩，玩儿命似地玩。各类水上运动、游乐项目十分齐全。潜水、垂钓、滑翔伞、香蕉船、摩托快艇、海上风帆……几乎所有的项目都要先签一纸生死状。玩客们套上了救生衣跃跃欲试，面对递上的纸片不屑一顾，一到手便急找签字的空栏。其实也不用细看，密密麻麻的两页纸，一言以蔽之：死了拉倒！

菲律宾人一贯听天由命，安全管理惊人地松懈。花 10 秒钟让你大致了解哪处是油门，哪个是刹车，便让你独自跨上摩托快艇呼啸而去，或驾着卡丁车沿着弯曲的公路兜风快活去了。

岛上主要的交通工具是三轮摩的，右侧吊个车厢可塞 6 人，那铁皮车厢还不如肉罐头盒抗打击，出了事故就看谁命大了。安全设施也有，挡风玻璃下方贴了纸条：God bless our trip（上帝保佑，此行平安）。

当然上帝也不是天天保佑，玩命的把命玩掉的时有耳闻。有位侨居岛上的韩国男子，据说在岛上拥有一家旅馆，

还是本岛水上游乐世界的股东，喜好滑翔伞，也就是绑在降落伞上让摩托艇像放风筝一样高速拉升到空中。在他最后一次体验“天高任鸟飞”的翱翔时，同岸边的一棵椰树撞了个满怀。这位壮汉来自没有一棵椰树的北国，却痴情南亚的白沙滩绿椰林，最终撞在椰树上，也算死在了情人的怀中。大概也是天意。

风险虽大，但玩者甚众。一个个视死如归地穿上救生衣，如同披上盔甲的战士，在生死状或绝命书上大笔一挥签上名，雄赳赳气昂昂破浪而去。

一艘长长的白色豪华游艇静静地在远处海面上徜徉，甲板上有几个人影晃动，多半在饮酒作乐。

长滩岛没有嫌贫爱富，展开双臂笑纳各方来宾，平民百姓有寻欢的去处，富豪贵人也有享乐的天地。丰俭由人，各得其所，还多少顾及别人的感受，彼此间维持着几分尊重。难怪游人如织，笑声阵阵。

2011 年 8 月

# 巴赫的西伯利亚之旅

旅行社告知10:30会有司机来送我们去车站，但迟迟不见踪影。坐在酒店大堂的一位高大微胖的老人察觉到我的焦虑，主动过来说："昨晚接到通知改成11:15出发了。"这个西伯利亚旅游团才9人，包括我们两对夫妇。

老人叫奥森巴赫，来自哥斯达黎加。他是当地最大的建筑事务所老板，毕业于德国名校，并作为交流学者在美国深造多年，英德西语纯熟如母语，客户都是欧美公司。除了偶尔查阅回复邮件，夫妇俩旅途中优哉游哉且出手阔绰，莫斯科的普希金饭店一顿晚餐敲掉他500美元。他显然不像中国老板，拥有一份产业便如同驴子套上磨盘绳索，一刻不停地磨面至末日来临。驴子吃草，面粉与它无关。

巴赫举着手上的票，问我："你们拿到车票了？"我说："没有，导游不来送站吗？"他摇摇头，"没有送站服务，酒

店总台应该昨晚就把票送你手上的。快去问吧。”

我急忙过去查问。柜台经理愣了一下，道声对不起，从身后的抽屉里拿出一个信封，里面是我们两对夫妇的全程火车票。我怒斥道：“这么重要的事居然彻底忘了！我们错过这趟车，损失远超你的想象。下一个同样的旅行团可能要下个月呢！”

我转身再三感谢巴赫，说：“没有你的提醒，我们只能取消行程，和旅行社、酒店扯皮了，碰上俄罗斯人，扯上几个星期也不一定有结果。”

一路上我们常站在车厢过道里谈天聊地，鞑靼人的悲壮历史，蒙古族的征服世界。他太太是个热心人，一会儿送包湿巾纸一会儿递个红苹果。还送了几包哥斯达黎加的巧克力，至今余香难忘。

巴赫告诉我，他父母都是德国人。这次是沿着父亲的足迹横贯西伯利亚并游览北京。二战前夕，他父亲是拜耳公司常驻南美的医药销售经理。大战爆发后，美国在南部设立了敌侨监禁区，强迁美洲地区的德国人入内居住，条件尚可但行动受限。他不愿沦为囚民，又觉得国家在打仗自己不能置身事外，毅然决定回国效忠。

那时大西洋已实施禁航，他偷偷搭上一条从秘鲁出发的日本货轮，从南美洲到了东京。又借道伪满洲国抵达北平，最后沿西伯利亚铁路横跨欧亚荒原，辗转回到了满目疮痍的德国。全程耗费了几个月，还两次差点搭上性命。到家没几天后就应召奔赴前线。幸而二战很快结束，他没有成为炮灰。德国已是一片废墟，他又回到哥斯达黎加安顿下来。

巴赫从小听父亲讲述这段旅程中的故事和插曲，决定沿着父亲的路径也绕地球一圈，只是方向相反，先飞欧洲抵莫斯科，横跨西伯利亚至北京，最后经新西兰回家。70年已经过去了，温暖的酒店取代了冰冷的窝棚。巴赫望着车窗外人迹罕至的荒原大漠，频频摇首，喃喃自语："疯了，确实疯了。"他走在父亲走过的路上，却无法体会父辈的情怀。他是纯粹的德裔，在德国住过几年，却诉说和古板的德国人相处颇感别扭，最终还是回到了南美。

他告诉我说，他父亲其实并无明确的政治倾向，兵荒马乱中，花了整整半年时间，冲破艰难险阻，绕了大半个地球返回德国，据称只是为了"报效祖国"。若要讲政治，他大概可被划入"纳粹死硬分子"之列。但世间事，常常说不清，辨不明。一个热血青年无条件地为国尽忠，就算是愚忠或盲从，也自有一份凄美和悲壮。

不仅人如此，动物也一样。非洲角马在迁徙途中，先有几匹老马毅然跃入凶险的江河，甘做垫背，让马群踏着自己的身子奔向对岸。没有犹疑，更无畏惧，就像那句蛊惑人心的广告词：Just do it！究竟是人还残存着原始的兽性，或是动物沾染上了一丝人性？或者，干脆说人本来就是动物，只是智商高一大截而已。

抵达终点站北京，我们握手道别，像所有偶然相识的旅伴，分手即是永别。相隔70年，巴赫父子在不同的时间里完成了各自的西伯利亚之旅，二人心境意愿环境条件之迥异，可谓沧海桑田。



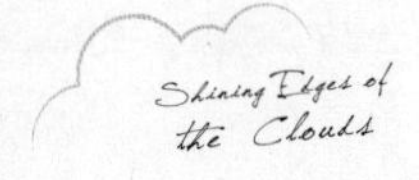

老巴赫当年历经艰险回国参战，理论上可定性为替法西斯卖命，但那股子甘为国家民族捐躯的质朴精神，还是让我深感震撼，甚至心生一丝敬意。

2013年10月

# 曼谷的美食摊

漫步曼谷街头，目及皆是餐食店铺，烹炸煮烤形形色色，刀切手卷目不暇接。食客们或坐或站，手撕口咬，心无旁骛。信佛的泰国人似乎大多专修“五脏庙”，三分之一卖吃喝，三分之一在吃喝，剩下的三分之一正琢磨着去哪吃喝。最不起眼的破店烂摊，似乎也不愁无客。当然，泰国人脸上笑容常驻，愁不愁，天知道！

去曼谷，每次都住 Pullman 酒店，房价诱人但不包早餐。不过出门左拐便是比肩接踵的饮食店，不用费神挑选，家家味道不错。

大快朵颐处大致可分四类，有空调的，无空调的，路边支个棚的，推车游动的，卫生条件依次走低。在这个万物暑天竞自由的热带地区，汤碗里仰泳的飞蝇，或米饭里卧底的爬虫，均不构成拒付的理由或白吃的借口。出门在

外唯恐肠胃暴乱，我通常只去一类店，但这次却不由在一家二类店前驻足探望。

这是一家专卖鸭肉汤面的小餐馆，店门口站着的女老板年纪四十左右，皮肤白净、凤眼明眸，显得干净利落。端给客人的面碗里薄薄六七片鸭肉呈浅棕色，配淡黄色港式蛋面，漂在红红的宽汤里，撒上一层翠绿的香菜末儿，色香诱人。于是要了一碗，在电扇的热风下慢慢品尝。鸭肉片无皮去脂，无一丝鸭腥，酽酽的红汤清爽味浓，没几滴油花。才 35 泰铢一碗，只是面偏少，多付 10 泰铢加面，总共只合人民币七八元。

泰国的工薪阶层，收入只有中国的一半，购买力貌似相近，但同样的廉价食品质量却无须顾虑重重。泰国人多半信佛，至少店主不会昧着良心用地沟油、死鸭子吧？

狭长的店堂约 30 平方米，门口支着下面的大锅、煨鸭的汤锅等，占去四分之一空间，五六张小桌能容十几个食客。女店主雇了两人，一个炉前掌勺另一个店堂打杂，自己站在门口招呼客人，下单结账，一有空隙就帮掌勺的打下手。四季炎热的泰国，整天围着炉火忙碌，可见她的辛劳和不易。

曼谷待了四天，每天都去那里吃碗鸭肉面，每次付款都给整票，特意留下零头作小费。神态矜持的女老板因此显得格外热情，她能说简单英语，每次都聊上几句，话语间还试着插一两个中文单词。

她告诉我，店原先开在街口，租金太贵才搬到这里，这么一间小店铺，每月租金也要 3 万泰铢，约 6000 元人民币。我粗粗估算一下，租金工资杂项开支等经常开支每月近 10 万泰铢，每天要卖掉 200 碗面才能保本。于是叹道：生意不好做啊！她说：都是这样的，从早忙到晚，也就维持一般的生活而已。

曼谷沿街处几乎家家开店、人人设摊，商品雷同，服务类似，竞争到这个地步反倒不争了。摊主如姜太公钓鱼般静静地坐着，好歹能混几串钱维持一家开销，没野心，无奢望。

你感觉他日子难熬，他却是笑口常开。这不也是一种活法吗？

2014 年 6 月

# 伊斯坦布尔的两张脸

出租车司机大概也算是头面人物，走出机场的游客对一个城市或国家的第一印象，惊艳或是惊慌甚至惊骇，全靠他们的这张脸。脚踏欧亚两大洲的伊斯坦布尔，是极负盛名的旅游之都，但她的脸面有时丑得骇人。

刚上车，司机便问：再上一个客人你不介意吧？我打量一下这位长相凶悍的汉子，暗想，这不是想跑一趟捞双倍的钱吗？嘴里还是应道："可以，但我只等五分钟，并且先送我去酒店。"他一声OK，跳出车外，直奔机场出口去拉客。不久无功而返，两手一摊，嘴一撇，白忙活了。

刚上高速公路，他便猛然刹车说，前面堵车了，只能绕道。没等我点头便急速倒车、掉头，直奔一条小路。我回头一看，几百米外的主干道堵成了一条小车连成的巨链，长不见头，静如铸铁。

刚回过神，又见小车冲进了一片停车场，未等我发问，车又窜回了马路，这一穿插把几十辆在我们前面的车甩到了脑后。我嘲讽道：“你开车真神啊！”他应道：“帮你省时间啦，应该多给小费！”

他得意地叼上烟，音响调到震耳，左手搭在方向盘上，右手合着音乐节奏“啪啪”地打着响指。小车忽而猛窜，忽而斜插，一路呼啸超车，我像搁在后座的一捆稻草，随着车的晃动西摇东歪，估计被甩出车外他也懒得捡回。稍有堵塞他便右掌一扬，气愤地骂骂咧咧，一遇通畅，他又快活地舞臂欢庆。喜怒尽显于色，毫无遮掩，活得爽快。

到了酒店，计价表显示 40 里拉，我递上一张 50 整票说：收 45 吧。这个草菅人命的家伙，理应赏他一巴掌！但惊魂甫定，还是加了 5 里拉小费。他掏出一叠纸币，拇指飞快地翻动了几张，说：“都是大票，没有零钱，就收 50 吧。”我一口拒绝：“不，我说了 45，小费够多了。”

他二话没说，从底部抽出一张 5 里拉塞给我，虎着脸掉头就走。为了多拿 5 里拉，他故意藏着小票不找零，这倒也罢了，养家的男人设法多捞点钱也算人之常情。但这家伙对自己的撒谎伎俩不作任何遮掩，令人惊叹。这还要脸吗？

晚上外出闲走，沿街的商铺，满地的货摊，吆喝声、喇叭声汇成一片。你必须目不斜视才能免遭骚扰，只要和店主目光一交接，便难以脱身了，就像飞虫误撞蜘蛛网，难逃缠绕。

路过一个不起眼的小店，门口的伙计软磨硬泡要我品尝他家的“完美甜品”，挣脱铁爪一看，手腕处竟留下了淤

红。夜色下的伊斯坦布尔躁动热闹，欲火炙人，我却有危机四伏的寒意。

第二天坐游船观赏海峡风光，一个七岁的女孩主动上前和我招呼，还主动载歌载舞，给我唱了一首儿歌。她们从安卡拉来此休假，妈妈是医生，英语能应付一般社交。

那位妈妈笑着解释道，女儿天生喜欢亲近中国人和日本人。我提及当地人强悍的推销术，她说：伊斯坦布尔靠旅游吃饭，商业气极浓，其他地方民风十分淳朴，对外来客人也格外友善。她特意为我们叫了热茶，又拿出一包面食点心，笑着说：也许不如中国茶，还是请品尝一下土耳其特产吧。

海风虽凉，女孩的歌舞和母亲的笑容在秋日阳光下让人倍感温馨。城市和人一样，也有两张脸。

2014 年 8 月

# 大溪地的官三代

卡罗年约六旬，站在自己的小巴旁，淡淡地说：“这里通用法语，我是这里唯一能说流利英语的导游。”一句抵千言，成交，我们一行 6 人，每人 50 美元，游程 5 小时。

这一趟环岛游耗时不足一天，卡罗净赚 300 美元。卡罗面无喜色，话语里却透出高兴的气息，“想吃中餐的话，我带你们去本岛最好的中餐厅，味道极好，价格公道，不过酒水很贵，能不点就别点。”又说，“带客人去餐厅我还能免费享用一顿套餐。”卡罗的坦诚实在让我们戒心渐退，我坐在副驾驶座上，赏景闲聊两不误。

这是法属波利尼西亚 100 多个岛屿中最大的主岛，首府所在地，岛上 18 万居民占总人口三分之二。岛名塔希提，近年音译成“大溪地”，谐音且传神，悄然取代了拗口难记的正式名称，民意完败官定。



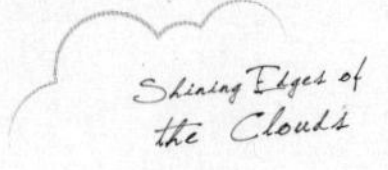

极目远眺，环岛皆浅露海面的珊瑚礁，阻急流高浪于礁外，礁与岛之间的海湾，谓之 lagoon（泄湖），碧波不兴，白沙迤逦。造物主像一个肆意炫富的土豪，倾其所有一泻至天边，羊脂白，翡翠绿，孔雀蓝……，面对绝色美景，只能屏息暗叹：至此方信天堂有。

卡罗祖上也曾阔过，他指着市中心一栋殖民风格的高大豪宅说：看，那座房子以前是我们家的。他告诉我，当年法国登报招聘一名官员派驻大溪地，他外公不战而胜一举夺魁，原因很简单，应聘者仅他一人。主考官久旱逢甘霖，还考什么？去吧，小伙子！

聪明的外公娶了当地的酋长女儿，自此土洋通吃，很快当上了殖民地政府的高官。我听了不免疑惑，“可你看上去可是血脉纯正的白人啊？”他解释道：“我母亲嫁的是美国人，给我注入了一半白种人的血脉，所以又变回白人了。”“噢，生物学上这叫返祖。”我笑道。

卡罗从小在澳洲上学，毕业于美国加利福尼亚大学。出身名门，美国留学，在这座漂浮于茫茫大洋中的小岛上也算一个人才，怎么地也该跻身精英阶层啊？我便替他惋惜，说道，他做个体导游有点屈才了。卡罗说：“我也尝试过各种项目，其实都不容易。忙了半辈子，还算有点资产了，这里有间公寓，对面的岛上还有一栋房子。老了，开着车陪游客转转玩玩，他们是休闲赏景，花不少钱；我是观看各式各样的人，不仅挺有趣，还能赚点钱。”卡罗声色平静，有点“行至水穷处，坐看云起时”的禅味。

当然，导游不是禅师，讲究腿勤手快。每到一处景点，卡罗都麻利地抢先下车，为我们拉开车门；吃完午餐时又迅即递上牙签，说：我知道，中国人没这不行。

车子飞驰在环岛公路上，烈日下的沙滩像条蜿蜒曲折的白绢，亮得令人目眩。他指着沙滩旁一栋栋花果葱茏的别墅说：“看，真正的有钱人住这儿。”当地人大致分三个阶层：上层为政府官员、企业主，华人；中层是公务员和从事旅游的专业人员；最底层是农夫和渔民。他说道，华人20世纪初来到这里，在甘蔗园做苦工，生活非常艰辛。他们没日没夜地劳作，慢慢有钱了，还是没日没夜地奔忙，中国人都是天生的工作狂。卡罗顿了一下，又说道，这钱都来自辛苦劳作，可却遭当地的土著人眼红嫉妒，这些懒惰的家伙，整天吃吃吃。这地方60%的人肥胖，40%患糖尿病。但还是吃吃吃。干活都不行，却擅长偷窃，下手时从容不迫，面带微笑。但他们绝不承认偷，说是“交换”。莫名其妙给你送上一颗芋头或两只芒果，你该明白家里某样物品已不翼而飞。“这帮诡计多端的杂种！”卡罗低声骂道，嘴角却挂着宽容的微笑。

他指着沙滩边一大片貌似鬼屋的废弃酒店说道，这样破产的高端酒店岛上有好几家。卡罗大学时主修经济，一张口就是一串数据，世界经济衰落，往年的游客人数有21万，危机爆发后，最糟时只剩10万，去年慢慢恢复到20万。但远远不够，大溪地需要32万游客才能保证充分就业。岛上25岁以下的占四分之三，失业率高达25%。

我问：“政府在忙些什么？”“那帮当官的，只知道偷偷地捞钱。法国每年都给补贴，钱哗哗地流进来，又悄悄地

流出去。”我接着问：“法国政府不管吗？”“法国佬以前要的是核试验场地，结果不少渔民生癌。于是每年扔一大笔补偿金。至于花哪儿了，他们才不操这份闲心呢。”他牢骚满腹、用词尖刻，但神态松弛、语气平和。

这个殖民地高官的第三代后裔，祖荫早已枯萎，经历了家族的由盛转衰，阅尽全球的各色人等，情感虽丰富，褒贬亦分明，却不含一丝怨恨和激愤。“你得接受生活赐予你的一切，包括好的和坏的。”他淡淡地说，面色静如车窗外波涛不兴的泄湖。

2016 年 3 月

# 松岛的天堂人

小小的松岛方圆约200平方公里，位于南太平洋，孤悬于新喀里多尼亚主岛东南100公里外的洋面上。环礁相绕，水清沙净，是潜泳者的乐园。因远离尘世而号称离天堂最近，不少游客干脆赞之为“天堂岛。”

登码头左拐不远，可见绿水白沙蜿蜒数里。松岛的沙滩白似积雪，细如面粉，赤足踏上像脚踏白糖，不是白砂糖，而是绵白糖，柔软细腻，光滑似绸缎。松岛归来不踏沙。

在法属地与人沟通难似同鸟对话，一位法国小伙因英语熟练，掌控着一批私家旅游车。在他的摆布下，我们8个游客挤上了一辆9座小巴，加上肥胖的司机女导游，三排座塞得满满的。女导游一路上既无解说，也懒得答问，像个木鱼，敲一下响一声，蹦出的几个词又全是法语。幸而坐在车中间一排的夫妇来自加拿大法语省魁北克，主动

担任翻译，否则的话，不像出游，而似出殡，阴阳相隔，一路默哀。

我右侧邻座的女士和前排的姐姐来自美国西雅图。两人年近七旬，身材臃胖。由于是最后入团的，她们上车时只剩前后两个空座。姐姐面色红润，神态倨傲，见后座狭小、进出不便，手一指让妹妹坐；妹妹素雅白净，善气迎人，笑着把手袋递给我，双手费力地拉住车座上的把手挤进后座，喃喃道："这可难不倒我。"

我揣摩姐姐可能是有钱人，包了此行的一切开支，妹妹算是贴身旅伴，免费游玩。聊了片刻方知大错，妹妹凯茜是医生，姐姐只是护士，收入天壤之别。美国的资深医师年薪动辄几十万美元，属高消费阶层，也是游轮常客。来自魁北克的游客回过头笑着插言道，他们一行共 8 人，居然 4 个是医师。我应声道，一名医生负责一个病人，绝配！

松岛不大，沿环岛公路一圈最多 1 小时。7 个部落散居岛上，7 个酋长组成一正六副的地方长官，管辖 200 多个岛民。岛上有教堂、学校、储蓄所，还有一个诊所，医师和接生婆各一人。除了游轮送来的客人和远道而来的潜水者，岛民和外界交往甚少。历史上此地是法国流放政治犯的荒岛，巴黎公社失败后，有 3000 人被遣送此地任其自生自灭。女医生凯茜手持旅游指南，不仅向我介绍了松岛的基本情况，每到一处景点前还字正腔圆地念上一段。显然是特意念给我听的，却压低嗓音貌似自读，听与不听，自便；谢或不谢，均可。待人之道精妙至此，令人暗叹。

小巴沿途停了四五处，纪念传教士登岛的耶稣雕像，关押政治犯的监狱遗址，等等。每到一处，女导游只管刹车，既不讲解，也不开门。等我们推门折椅折腾一番下了车，她才离车找熟人闲聊去了，不留片言只语。其实她就是个运客的司机，将就一下倒也罢了，未料一场冲突不期而至。

小巴停在松岛的教堂前，女导游照例躲到马路对面的树荫下聊天去了。我们三三两两在教堂四周转悠，左侧一栋主教的居所，右端一座修女的宿舍；学校和幼儿园也在近处。游荡了十几分钟后回到车旁，才发现凯茜不见了。有人说，一下车她就独自一人沿着教堂左侧的山路飞步而去，于是推测她多半去山上参观罪囚墓地了。记得凯茜读到过，墓地是历史遗迹，葬有300多具政治犯的遗骨，旁边还建有一座金字塔顶的纪念厅。但有半小时的陡峭山路，凯茜身子偏重，何苦呢？联想起她能说简单的法语，不禁揣测凯茜的先人是巴黎公社的先烈？顺道参拜祖先的墓地？

一直闷声不响的女导游虎着脸，大声抱怨凯茜耽误了时间，但无人搭理。你没有交代集合的钟点，怪谁？

凯茜回来时，气喘吁吁，满脸流汗，衣衫上隐现泥斑血迹。女导游汹汹上前，叽里呱啦一大通，显然是劈头盖脸一顿训斥。凯茜低声道歉后迅即上了车。她从包里掏出消毒纸巾清理伤口，悄悄告诉我，她怕耽误大家时间，走到一半就放弃了，返回走得太急，摔了五跤，前臂膝盖小腿都在渗血。我说："你急什么？晚到一小时，又不会引发海啸！"她食指压住嘴唇示意不要声张，低声说道：游客受伤也算事故，导游知道了会担惊受怕。那女人刚才对她如此放肆，凯茜却还是为她这般着想。



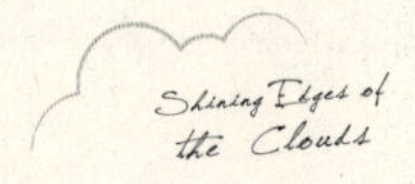

女导游懒惰怨愤，不近人情，虽住在素有天堂岛美名的松岛，她算不上天堂人。凯茜善良温润，严于律己，宽容待人。周边多一些这样的人，何须松岛？四海之内皆天堂也。

2016 年 3 月

# 萨摩亚的故居新楼

尼洛黝黑、健壮、憨厚，充任萨摩亚形象大使堪称神形兼备。该做爷爷了，可还得做导游司机，为养家糊口奔波。

尼洛驾着车先带我们游览首府阿皮亚的市容，指指点点，如数家珍，“看，这是新建的政府大厦，中国人造的；这是刚完工的医院，也是中国人造的，比旁边那座日本人建的大了好几倍呢；这是法院，同样是中国人造的。”接着是学校、工厂、商厦、体育场……所有当代建筑都是中国援建的，仅一座大教堂属本地自建，若非意识形态不接轨，中国也就一并买单了。中国一向仗义疏财，但在一个蕞尔小国这般大笔砸钱，我还是难以置信，问道：“萨摩亚政府一个子儿不掏？”尼洛说：“一毛不拔。”资金、工程技术人员都来自中国，雇用当地劳工也是他们掏钱。当然，尼洛一介草民，哪晓内情？大国谋略，也无须我等布衣妄自

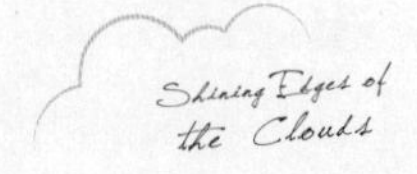

置喙。

萨摩亚除了金枪鱼没什么像样的出口产品，多年来，澳新两国、欧美和日本等发达国家和地区一直向其提供援助，投的钱多半花于教育、环保等项目上，属慢工。我们砸下的银子却立马化为一栋栋亮丽高楼，是速成。一万年太久，只争朝夕！岛民们先是目瞪口呆，继而手舞足蹈，中国人成了大救星。尼洛自豪的语气洋溢着感激。他说道，当地人对中国人普遍怀有好感，常把中国的工程人员拉到家里敬茶递烟。

首府阿皮亚仅4万居民，没几条像样的街道，除了几栋建于德国殖民时期的带长廊的老房子，整个小城貌似中国西南边陲的乏味小镇，几座中国援建的建筑成了当地耀眼的亮点。把这些当代建筑统统抹去，阿皮亚恐怕就只剩皮了，一张破旧掉毛的皮。

出了市区反倒令人精神一振，公路平整光亮，沿途两侧花丛绿林中不时闪现一栋栋新楼，楼旁还配有四周无墙的宽大长亭，尼洛说这是家族欢庆或朋友聚会的场所。岛上70%的家庭拥有汽车，尽管大多是进口的二手货。岛国至今仍是部落制，欠发达，但国民衣食无忧，夜不闭户，幸福指数远超北上广。手脚勤的，钞票也来得勤；脑子快的，钱也来得快。

按图索骥来到一处海滨奇景，临海的草地上突现一巨大圆形水坑，深达十几米，峭壁环绕，绿波粼粼，宛如野外泳池。一道木梯垂直抵达稍高水面的跳水木台，供游客下水。池水与大海有暗渠相通，池水之静和瀚海气息兼得，畅游其中，其妙难言。

门票不便宜，10 美元一人。守在门口收费的小伙子告诉我，水坑是上帝给的，主意却是他父亲拿的。门票收入存入共同账户，兄弟姐妹七个定期分享收益。以前游客不多，他妹妹在互联网上做了推广后便一传十，十传百，现在无须操心只管数钱。这不就是“互联网 +”吗，放在中国，他妹妹当属时代英豪！

世界名著《金银岛》的作者史蒂文森在萨摩亚度过了他的最后四年，他的故居大概是萨摩亚唯一能吸引游客的观光景点。高大宽敞的二层豪宅，典型的殖民风格，全木建成。地处贯穿南北的公路一侧，环山面海，宁静怡人。四周多为强国大使官邸，可见选址上也是英雄所见略同。

屋前绿草如茵，宽如球场，四周奇花异草环绕。底层的大厅中央铺着一张完整的狮皮，四周立柜、桌椅、钢琴各踞一处，形成两三个功能空间，大厅一侧是配有十张座椅的硬木长方餐桌。据说，史蒂文森晚餐时，总是西装革履，正襟危坐，依次享用仆人端上的一道道美食，细嚼慢咽，低斟浅饮。

100 多年前就在这张餐桌旁，史蒂文森屏息憋气，正在费力地打开一瓶新酒，突然大叫，“怎么了！”他问一旁的太太，“我的脸色不对吧？”随即倒地，数小时后瘫软在太太怀中，魂归苏格兰。虽是英年早逝，手持美酒死在美人怀中，不算太憋屈。

两三个讲解员分别领着一拨拨各国涌来的游客，穿堂入室，娓娓道来。有的竖着耳朵聆听，思古怀旧，回眸大



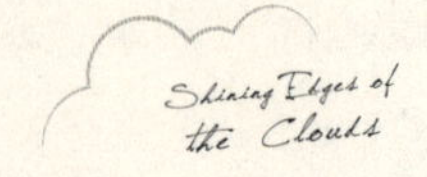

英帝国的落日余晖；有的伸着脖子探看，窥测作古名人的衣食起居，雅俗共赏，各得其所。

同狄更斯、托尔斯泰等大文豪同列，史蒂文森顿时矮了半截。但他在作品译成外文最多的世界作家中名列前茅，影响至今未衰。

风云激荡，沧海桑田，再过百年，中国援建的新楼也许已雄姿难觅，但史蒂文森的旧居大概还会屹立此处。他的传世名著属于通俗小说，不登大雅之堂，却如同一根隐形的纤绳，牵着痴迷怀旧的众人前来探访。有些东西不是用金钱就能买到的，光砸钱，没用。

2016 年 3 月

# 摩洛哥是只蚕蛹

从巴塞罗那抵达马拉喀什，视觉冲击令人头晕目眩。前者的天体海滩上，裸体美女一丝不挂，只戴墨镜；后者的大街上，黑纱女士全身裹得严严实实，仅露双眼。世界的差异之大，远超人的想象，要想全球一体，万众一心，恐怕还得过一千年。

持中国护照可以免签入境摩洛哥，通关手续 1 分钟，像刷卡入门一样简便。没人盘三问四，或索讨小费。边检官温和有礼，面带微笑，在阿拉伯地区属于例外。阿联酋算是个既开化又开放的国家，但狗仗人势，人仗财势，边检人员神态倨傲，一脸冰霜，好像游客不是来送财的，都是来借债的。

年轻时读过英国作家奥威尔的随笔集，其中的名篇《马拉喀什》值得慢慢读细细品，殖民统治下，一贫如洗的

摩洛哥，像一具瘦骨嶙峋的垂死老妇，活生生、赤裸裸地呈现在读者眼前，令人心颤不已。

此行首站便是马拉喀什。新建的车站大厅整洁典雅，弧形拱门，雕花墙饰，散发着温馨怡人的阿拉伯风情。

一出车站，画风突变。四五个壮汉围上来，搭肩、拽臂、推背，五马分尸似的将我往四处拉扯，嘴里嚷着：Taxi！Taxi！我一边挣扎一边大喊：No taxi！Red Hotel！这一声吼叫如同撤退的号角，拉客的司机松手散去。“红宾馆”就在车站右侧的马路对面，步行只需3分钟。

紧靠车站的酒店有几大好处，出行便利，餐饮集中，还不用打车。旅客集散地人多贼也多，一不留神就破财了。

到酒店安顿好，暮色渐浓，便去了旁边的意大利餐厅，窗外已亮起街灯，十字路口车来人往，井然有序。奥威尔笔下饥民遍野的贫困小镇已发展成生机勃勃的现代都市。浑身裹着黑纱的女士并不多见，低领短衫、四肢赤裸的女孩徜徉在大街上，边走边说边笑，无人侧目瞪眼。你捂你的，我露我的，自己的物件自己做主！

我好奇地问侍者小伙子：穆斯林要一天祷告五次吧，怎么没看到有人跪拜祷告？小伙子笑着说：清真寺才是祷告的地方，工作场所也就转个身背着人，嘴里咕噜几声就完事大吉了。我跟着笑了，这办法好，化繁为简。摩洛哥大概是最为开放的阿拉伯国家了。

第二天按图索骥，去了几个主要景点。旧城大广场集阿拉伯各行各业之大成，商铺、排挡、地摊，密密匝匝，熙熙攘攘；各种古老行当也无一缺席，耍猴玩蛇，算命占卜，手绘纹身……转了一圈，兴致渐退，打车去圣罗兰花园。

这原是法国植物学家精心打造的私家花园，后来由传奇时装大师圣罗兰接手。园中的仙人掌园，藤蔓长廊，竹林幽径，莲花水池等景观相映生辉，美轮美奂。园中的建筑一律蓝色，明亮夺目且庄重典雅。伦敦的皇家植物园Kew Gardens以植物种类繁多而出名，圣罗兰花园则以精致密集取胜。Kew Gardens占地广袤，一天看不完，腿累；圣罗兰花园面积不大，几小时足够，省力。在我眼中，植物粗略分为几大类，树、草、竹、花等，再要细分便傻傻地分不清了。所以后者更合我胃口。

出了花园已近黄昏，于是找车回酒店。路边几个司机开价都在50迪拉姆以上，贵得离谱。我们转身去街对面，一个小伙赶上来说：20迪拉姆。成交上了车，小伙还心有不甘，直嚷嚷：Like Japan！意即像日本人一样抠！我想回一句：你像阿拉伯人一样凶！但还是忍住了。

下车付钱时，他又说：一人20！见我脸色变了，马上笑道：开玩笑，开玩笑。收下钱，高高兴兴地一挥手，拜拜！我暗骂一声：拜你大爷去吧！心想，能要就多要，要不到就诈，诈不成就认，这也是一种聪明理性的活法。国际外交史上同样的案例多了去了。

离开马拉喀什，坐火车前往拉巴特。拉巴特是王国首都，因这两座现代都市和历史古城相映成趣而荣登联合国教科文组织的世界文化遗产名录。和古城相比，新城更吸引眼球。宽广的大街绿树成荫，阿拉伯风格的新楼争奇斗艳。据说此地是非洲大陆上最为壮观的现代都市。身临其


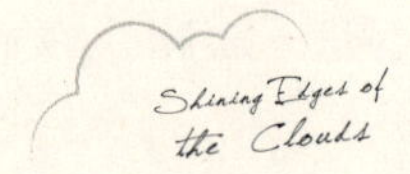

境，不由赞叹，这哪是非洲啊！

只要大把砸钱，硬件容易上去，软件提高却得慢慢来。我们入住的四星级酒店很有气派，但房间里只有一个杯子，漱口喝茶全靠它。我找到总台问道，前面那个客人是不是砸了几个杯子？前台经理再三道歉：对不起，马上送上去。又特意请求，千万别在订房网上给差评，也不要提房间只有一个杯子。我笑道：放心，我会说有 8 个杯子。

透过临街的窗子看到一栋新建的大厦，路边聚集了很多人，四周还有不少警察。不会是什么颜色革命吧？一问才知，国王穆罕默德六世要来为新建的大厦剪彩。臣民纷纷赶来一睹国王风采，警察自然到场维持秩序。

摩洛哥没有石油，不算富裕，但经济发展却排在非洲前列。在伦敦董事会上闲聊时，一位英国著名律师也私下承认，专制加明君是最好的制度，问题是，碰上昏君怎么办……话题太大，不争也罢。

但穆罕默德六世无疑是个明君，十几年前就主动发起宪法改革，宣布放弃部分王权。行政归首相负责，议会投票选举。有点貌似君主立宪制，但国王仍然掌控实权，是社会稳定的定海神针，又是社会变革的发动机。

毗邻地中海的北非五国，埃及百年困顿，利比亚国已不国，阿尔及利亚则大而无趣；突尼斯倒是待过一天，但印象模糊，只记得在迦太基遗址的废墟旁站了半小时，灼灼毒日下，汗水瞬间蒸发，只感觉炽热，却不见一滴汗，差点沦为木乃伊。

相比之下，摩洛哥值得一游，景点繁多，风情万种。

更引人注目的是，她一直在变，步履迟缓却从未驻足。

摩洛哥像一只慢慢蜕变的蚕蛹，终有一天能破茧升空。社会变革急不得，慢炖胜过急火。近邻利比亚命就不太好，赶上美国的一把猛火，一眨眼烤成了焦煳的飞蛾！

2017 年 5 月

# 游轮上的亮妇

我正费力地切割盘中炸得死硬的一块熏肉，眼角里闪入一抹橙红。抬头一看，一位高大健壮的妇人站在桌旁，笑吟吟地问：“我可以坐这儿吗？”我疑惑地扫了一眼旁边的空桌，还是微笑着招呼道：“请随意坐，船上中国人不多，幸会幸会。”她年约六旬，着一袭橙红连衣裙，把丰满的脸庞衬托得白净夺目，在一大片短裤汗衫中显得非常亮眼。

亮妇豪爽健谈，一坐下就开始抱怨：“这条破船，什么都不讲究。我昨晚穿着Gucci最新款的套装去晚餐，结果出丑出惨啰！所有人都是便装，还有只套件汗衫的，连领子都没有！我们早就预定了带阳台的船舱，可老公突然有事脱不了身，只能一个人来了，讨厌死了！”怨言中饱含自嘲，听上去还算顺耳。我笑道：“这船的等级是最低的，3.5，除了不会沉没，其他就别指望了。”她迅即换了话题，

“这游轮推销的岸上旅游贵得要死，一日游每人至少 150 欧元。”我这才明白，她搭识我们，多半是为了结伴游览。于是暗拒在先，说：“我们两人和一对华人朋友总是在码头雇辆小车，四人正好满座，想去哪去哪，跑一天才 100，省了不少钱。”她若无其事地继续自说自话，“也没法怪我老公，我们有四个公司呢，事体多得一塌糊涂啊！我们主业是做微型发动机的，客户全是欧洲的，他英文不行，死不开口，我就不让他带翻译出国，逼他说！”像是在炫富，可更像生性直率，口无遮拦。

此后几次碰面也闲谈片刻，她滔滔不绝，我嗯嗯敷衍。但她毫不在意，依然是热热乎乎问好，风风火火道别。后来晚餐时看到她固定地和一对洋人同桌，眉飞色舞高谈阔论，我才松了口气。抵达塞舌尔时，她特意跑到我们餐桌前兴冲冲地说：“那对澳洲夫妇做足了旅游攻略，下船几百米就可以搭乘 4 路公交车，直达或换车就能游玩所有景点。”她显然是个富婆，却并不掩饰省钱的习性，如清水芙蓉，不着一丝粉黛。

剧院有一场主题为毛里求斯旅游的演讲，岛上印度人过半，主讲人大谈印度教，夹了很多生僻词，又操着浓重的意大利口音，还习惯把一个长词分成两三节，吐一节，顿三秒，就像险象环生的意大利经济，你以为肯定完了，其实还没完！估计听懂一半的人不到一半，调节气氛的问答互动也鲜有回应。亮妇坐在前排，像是来救场的，频频举手响亮回应：Yeah very good！ Yeah great！风头之健不输台上的主讲。尽管她的回应有时驴唇不对马嘴，那

又何妨？又不是接吻，干吗非得唇对嘴？不就图个热闹嘛。

亮妇不仅爱喧闹，还颇狂野。马达加斯加独有的红岩保护区是此行的一大亮点，看了些照片，也就类似丹霞地貌的石林。在坑坑洼洼的土路上来回颠簸七八个小时，每人还得掏190欧元，纯属花钱买罪受。但亮妇显然既消费得起也消受得起，拍着我的胳膊坚称不可错过。晚餐结束我们等电梯回房，一声叮咚，风尘仆仆的亮妇大步跨出电梯，连声说，“太美了，太值了！”我看着她满头满身一片红，一时不解，她是穿着那件橙红长裙，还是一路滚爬沾了满身红土？

后来和来自加拿大多伦多的华人旅友闲聊时，我提起了亮妇，忍不住戏谑道：“老妇聊发少年狂，左珠黄，右金亮，跌爬滚翻，千里闯红岗！”他笑了，“知道你说的是谁了，认识，但不太熟。她早就移民到多伦多了，每年待七八个月，有股狂野豪气，哪都敢去。最险的一次是和她儿子骑摩托横穿欧洲大陆，从巴黎一路跑到伊斯坦布尔。街上碰到时，她不是胳膊吊在胸前，就是脖子上敷着纱布。有一次，特惊险，大巴停在一条很窄的公路旁，导游再三强调，这里车速极快，千万不要穿马路。可她一下车就拿着相机急着往公路对面跑，一辆小车贴着她后脑勺‘呼’的一声就不见了！她却一点感觉都没有，不知道脑袋里在想什么。”

我不由得一愣，“是吗？她说一直在上海公司和珠海工厂之间奔走啊。”朋友笑道，“确实在一直奔走，但她是在中国和加拿大之间飞来飞去。”他顿了一下，压低嗓音，

“别看她鲜衣怒马，其实一肚子苦水，她老公在珠海有个小三，吵了好多年了。”

我惊得一时无语，这要多少喧闹和狂野，才能抵消这孤寂与痛楚？

2018 年 10 月

# 在天堂打工

毛里求斯东岸的蓝湾是当地一大美景，餐厅酒店沿着海湾构成一个半环，像是张开的双臂，企图把四处涌来的游客一个不漏地揽入怀中。我们住的酒店其实离海岸有三五公里之遥，精明的店主憋出一大奇招，在临海处添置一栋房子供客人玩海赏景，配一辆穿梭巴士往来酒店蓝湾之间，俨然跻身海景酒店。

这座美其名曰 Beach House 的酒店，是栋两层别墅，二楼配有卫浴和卧室供游客冲淋小憩，底层是宽敞的客厅连着面海的露台。穿过前院入内，一幅耀眼的美景瞬间跃入眼帘，蓝天翠海，白沙黑礁，海岸线呈半椭圆形，像一张弓，远处一排长长的浅礁宛如弓上的弦，受阻的海浪在礁石上激起一阵阵雪花似的细浪，像一道白色长链在翠绿的海面上不停地飞舞。一艘白色游艇浮在不远处，在海底白沙上投射出浅黑的身影，船微微摇动，影默默相随，李白若身临其境也许会旧词新填，吟一句：“孤舟悬海天，叠影成双船。”

毛里求斯是非洲岛国，130 多万人，人均国民收入近 1 万美元，是不远处的岛国马达加斯加的 20 倍。岛民印度后裔高达六成，掌控了岛国的政商资源。英国人留下的治理体系加上印度人的精明勤奋，岛国井然有序、富饶祥和，享有非洲瑞士之美名。平坦光洁的公路网覆盖全岛，偶遇一次事故，两车相撞却像是情侣接吻，受阻的车流无人按喇叭催促或抢道绕行，一片寂静中却意味明朗，不急，慢慢来。岛国政府好像没什么豪壮的口号，但是颇有中庸治国之术，在非洲的懒怠和东亚的狂躁之间找到了平衡，既没有暴富的骄奢淫逸，也不见贫困的凋敝破败。

客厅左侧一张书桌算是前台，接待员貌似印度小伙，温文尔雅，英语字正腔圆，多半读过大学。他自我介绍叫雷。在印度，“Rai”相当于中国的“张”姓，显然，他是印人后裔。我坐在近处的咖啡桌旁和他闲聊，好奇地问，“这里的生活好得超出想象，比满目疮痍的印度强上十倍，印度人可以来打工或者定居吗？”“不行，印度公民只能拿到短期签证。”我逗他，“同胞兄弟也不给点特惠？”雷自豪地强调道，“毛里求斯是独立国家，是非洲人印度人欧洲人彼此融合的社会。这里很多人的祖先来自印度，我的父亲就是印度血统，但我们并不是印度人。”我暗想，也难怪薄情寡义，印度移民涌进来几千万，这小岛还不沉到海底！

雷继续侃侃而谈，“外国人要来定居就得投资 50 万美

元以上的房产，外加 40% 的税。有些南非富豪怕招抢劫，就在这里安家置业，飞机 4 个小时就到，不耽误打理国内的生意。”南非承蒙天赐，地大物博，有钱人却惶惶不安，借居邻国，看来人的良治胜过天的恩赐，所谓“人定胜天”大概就是这个意思吧？

我扫一眼四周，一对父子躺在露台的树荫下发呆，两三个女客在礁石沙滩间留影。这家酒店紧邻机场，主要接待来去匆匆的中转客。两侧的酒店莺歌燕舞喧闹不堪，这里却是鸦雀无声一片宁静。雷的工作相当简单，客人到了登记一下房号，落座点单，再端杯茶递块饼。粗通文墨的大妈也能对付，雷这样的大学生有点屈才了。我略带安慰地感叹道：“你这份工作天下第一，美国文豪马克·吐温的那句话怎么说来着？“雷应道，“所有的旅游资料上都有这句名言：天堂就是仿照毛里求斯建造而成的。”我说：“所以你是在天堂里打工啊，住豪宅赏美景，还领一份薪水，吃穿不愁。”他露齿一笑，“这又不是我的房子，我只是个打工仔而已。”我狡辩道：“房子当然属于老板的，可他哪有什么闲空来享受这天堂美景，他每天得费心费力地打理酒店，还抓耳挠腮地琢磨赚更多的钱。一年能来一回坐个半晌吗？而你却不用费那个鸟神儿，除了回家睡觉，大部分时间都在这豪宅里优哉游哉。他拥有房子所有权，你却独揽享用权。这豪宅的真正主人究竟是谁呢？”

雷大概觉得我这种歪理不值一驳，嘿嘿了之。

2018 年 10 月

# 托托车主的高明圈套

游轮停靠在马达加斯加的北部港口。此地号称岛国的海运枢纽，但只管运货，懒得运客，没有大巴，也不见出租，除了双腿，交通主要依靠个体托托车。

托托车在东南亚一带属散兵游勇，各自觅食，在此地却是大兵团出击，气势抢眼。码头外，托托车呈一字长龙，蜿蜒数百米。每辆车都标着大字编号，供游客对号入座。拿到了游轮巨量订单的显然是当地的旅游业霸主，组织能力远超当地政府。

我们径直往外走，里面揽客的车主都是掏钱打点才能进入码头的，越往外越便宜。去二十几公里外的海滩，外围的一个车主来回只要 50 欧元，他手机招来一个朋友，我们四人分乘两车，总共才 100 欧元。

托托车（Tuk-Tuk）大概是个象声词，马达一开，突突高吼。在坑坑洼洼的马路上蹦蹦跳跳地猛窜，叮叮咣咣，

轰轰隆隆，堪比交响乐。主道上有大坑，一不留神陷进去有坠崖般的惊悚感。因此车子常在崎岖不平的路沿上跳跃前行，形同逃命的袋鼠。我们双手死死攥住铁条护栏，身子仍像野孩子疯跑时兜里的玻璃球，上下震荡左右碰撞。倒也爽了一把，狂野刺激。

20 世纪 50 年代起，非洲大陆风起云涌，国家要独立，民族要解放。法国殖民政府撤离前，煞费苦心地打造了所谓民主制度，多党竞争，一人一票。这莫非是老谋深算的英法政客故意埋下的祸根？远眺祸灾连连的昔日领地，他们手持香槟，心情大悦：怎么样，还不如老子当年管得好吧！

游轮绕着马岛停靠了三个景区，视线所及，一片赤贫，没有工地厂房，也不见成片的农田，沿街多为铁皮胶木板撑起的窝棚。女子裸着上身当街喂奶，小孩手里举着根攀着蜥蜴的树枝，四处找游客合影，混几个铜板充饥。上学这事得靠边，活着才是硬道理。望着炎日下各自觅食的民众，不觉怀疑，这里有没有政府管治？有，还真有。

驶出码头不远，几个警察站在停靠路边的警车前，举手示意停车。司机变戏法似的不知从哪里掏出一卷纸，下车递给警察。那是厚厚一叠证书表格之类的文件，托托车上路竟然需要那么多的官方许可，看来找碴儿寻租的头头脑脑还真不少。那位警察一张张慢慢看，不时瞥我们一眼，窥探我们的反应，乌黑的脸上找不到任何中非友好情谊的蛛丝马迹。耗了半天，司机过来嘟囔了几句，搓搓手指。听不懂但看明白了，要塞钱才能过。我心里不爽，手比画着作急流勇退状，不让过？那就回头吧，不去了！司机顿时傻了。迟疑片刻，又跑回警察那头，像是说情求饶。约10 分钟后警察终于挥手放行了。

司机只会几个英文单词，到了海滩边，找到一位懂英语的当地导游才问出实情，两个司机最终给了警察 8 欧元才通过关卡。我慷慨地递给了司机一张 10 欧元的票子，悲天悯人地说，“拿着吧，都得养家糊口，警察也一样啊。”

在海滩耗了 2 小时，再突突返回。朋友坐的车不知何故绝尘而去。我们抵达码头时朋友早已上了船，但那个司机还蹲在树荫下等他的伙伴。我推测朋友肯定结清了他俩的车费，于是递给上一张 50 欧元作为我们两人的车费，问了一声，“OK？”两人连连点头。

晚餐时碰到朋友才知道，他们下车时就结清了我们四个人两辆车的全部车费，整整 100 欧元。想起车主离去时诡异的笑容，我这才明白这是个高明的圈套，既不是哄骗，也不算勒索，成功的几率随游客马大哈指数正相浮动。可见小人爱财，取之也有方。

我苦笑道，“非偷非抢，自己主动给的，怨谁？”妻子嘲了一句，“被斩了一刀吧。”“这也算挨宰吗，”我高声争辩道，“你想想，两个司机弄到一笔意外之财，一路哼着小调儿回家，告诉老婆后举家欢腾，晚餐加个菜再庆祝一番。这 50 欧元花得太值了！”

自慰的味道很浓，齉鼻子也闻得出，但说嗨了，还真信了呢！

2018 年 10 月

# 毛里求斯的阿米特太太

要领略印度风情又忌惮环境脏乱，不妨舍近求远，去印度洋上的非洲岛国毛里求斯一游。岛上印度人占国民总人口约70%，人均GDP1.1万美元，昂首跨入了高收入国家行列。大概正是因为挣脱了穷困，印度人善良温和的天性得以率性舒展，印度本土常见的纷乱喧嚣，就像尾巴着火的毛猴跳入一池春水，渐入安宁。金沙翠谷，蓝天碧海，美国讽刺作家马克·吐温看什么都不顺眼，一辈子骂街损人，却忍不住改口赞叹：天堂是上帝仿照毛里求斯的模样建造而成的。

阿米特太太三十左右，和大多数印裔的毛里求斯人一样，黝黑的肤色模糊了五官特征。相处了一整天，还是记不住她的面容，但她的鲜明性格却令人难忘。

阿米特夫妇在岛上经营民宿，兼做导游。朋友夫妇俩不久前去住了一周，赞不绝口。除了驱车全岛游览，阿米特还带他们去鱼市场砍价，下厨房做菜，体验原汁原味的本地生活。我们下了游轮后还是入住酒店，从朋友处要了电话，提前预约了一日全岛游。

阿米特太太驾车驶出首府路易港，一边交代了一日行程。先沿东海岸到北端山顶俯瞰海景，再沿西海岸一路向南，绕过南端，驶入毛岛腹地游览几个主要景点，最后返回路易港。她解释到，首都游览放在最后可以节省停车费，入城处的停车场 4 点后免费。停车费之类的杂项开支按惯例由游客掏钱，她这是用心节省我们的开支。不少导游是属蚂蟥的，沾上游客身子便不停吸血，阿太心善，也心细，显然是个另类。

路过一家茶叶厂，我想买点岛上的红茶送朋友。阿太说："茶厂专门接待团队游客，价格高得离谱，导游要拿走一半儿作为回扣。我带你们去岛上最大的超市，东西一样，价格一半。"

路过一家山坡上门面气派的餐厅，我建议停车午餐。她说："这里主要接待游客，我们还是去本地人的餐馆吧。"下坡拐弯不到 2 公里，我们坐进一家临街的餐厅露台上。点了色拉、例汤，主食是炒饭。掌勺的老板是马来西亚华人，炒饭金灿灿油汪汪的，带点咖喱味，既不是扬州的，也不像婆罗洲的，味道倒还不错。我问："卫生没问题吧？"阿太答："绝对干净，我来过很多次了。知道吗？这里的价格是山上那家的三分之一，味道却更好。"

毛里求斯的七色土据说是全球仅有的罕见奇景，火山

爆发喷出的泥土形成带有波纹的土丘群，阳光下呈神奇的七彩美色。阿太说：“你们去看看，拍拍照，自然景观不需要讲解，我就不进去了，省一张门票钱。”阿太为我们省钱称得上处处用心、事事盘算。

岛上到处可见猴子，身材瘦小，仅一尺多高，在林中上蹿下跳，有的顽童似的缠着游客讨吃要喝，有的看着人脸在琢磨，你来这里干吗？人看景，猴看人，各得其乐。阿太悄悄说：“猴子也是这里的出口商品。世界各地的实验室和医院买去用于科研或解剖，所以还要挑体格健壮的，真可怜啊！”我“嘿”了一声说：“人也一样，上前线的士兵不也是挑年轻健壮的吗？”

车驶离环岛公路，沿山间公路蜿蜒前往位于毛岛腹地的圣水湖。阿太介绍说：“这里就像穆斯林的圣地麦加，每年到了印度教的湿婆神节，全岛的教徒倾巢而出，从四面八方涌来，车流像首尾不见的钢铁长蛇，在公路上慢慢蠕动。平时一个多小时的车程，下午从家里出发，到了湖边常常已是半夜。接着是通宵达旦的庆典。”阿太说着无奈地叹口气，这是她一年中最最劳累的一天。我应道：“累就累点吧，一年也就一次。想想穆斯林每天都得祷告五次呢。”阿太笑道：“那是有点走火入魔了，但也是一种信仰啊！”

湖边矗立着色彩艳丽的印度教诸神，阿太滔滔不绝逐一介绍。印度教是多神教，各路神仙多如乱麻。国内寺庙里的四大天王八大金刚，我都傻傻地分不清。一听到印度教里的这神那神，就像站在孟买的盛夏毒日下炙烤，脑袋发晕。于是提议早点去路易港逛逛吧。

阿太在停车场入口处领了电子小票，刚过4点，免费。我们在高楼林立的市中心逛了一圈，又去熙熙攘攘的本地市场挤了半天。阿太还特意带我们去看了几个华人开设的店铺。一位华人老板见到同胞，开怀大笑，一抹斜阳直射他的前额，脑门上金光耀眼，不经意间揭示了海外华人成功的秘诀，脑子里别无他求，只要金钱。

回到停车场，阿太找不到电子小票了。丢了记载入场时间的小票就只能支付停车费400毛币，约80元人民币。我看她在手包里翻来覆去，便让她把包里的物品倾囊清空，再逐一放回。小票确实不见了。她抿着双唇迟疑几秒，说："对不起，请给我几分钟。我刚才去过厕所，也许掉在那里了。"

几分钟后阿太无果返回。呆立片刻，说："对不起，我要再争取一下。"转身走进管理室。不知是软磨还是硬缠或兼而施之，她出来时笑容灿烂，"他们答应查看探头录像，让我后天再来，如果车确实是4点后进场的，他们把款退还我。"没错，有些成功只属于不肯罢休的人。

回酒店的路上，阿太聊起家里的民宿生意，一脸愁云。丈夫的祖父做茶叶生意发了大财，但五六个儿子一分，二三十个孙子再一分，大池塘就变成了几十个小水坑。阿米特在英国学的是法律，回国后兴冲冲地做离岸金融，见无利可图便改行做民宿。订单时多时少，心里惶惶然。本来是阿米特自己开车陪游的，这几天忙着在院子里搞一个泳池，无法脱身，只能让太太代劳。

投资和赌钱类似，输多赢少，只是成功故事更夺人眼球，引诱众人前赴后继。做民宿是条不错的生计，又何必

砸钱添个泳池呢？毛岛到处都是供人戏水的天然海湾，高端酒店都配置了豪华泳池。谁会到你自家院子的水坑里扑腾？还是养鸭子吧！

我不忍明说，却不禁替他们捏了把汗。但愿屡败屡战的阿米特，有这位善良坚韧的太太并肩奋斗，终有出头的一天。

2018年11月

# 曼德勒的托克

曼德勒，缅甸古都，顶着联合国教科文组织世界文化遗产的桂冠，可煌煌桂冠下的面容却衰老憔悴得不忍直视。主街两侧的人行道断断续续高高低低坑坑洼洼，夜间行走如履薄冰。有些深沟上覆盖着水泥板，板面破洞之大，42码的脚可贯穿无阻。俯身细看，黑不见底，就像缅甸的未来，不知通向何方。

在木讷迟缓的缅人中，酒店的前台小伙显然是个另类，二十多岁，双目如炬，热情敏捷。他自我介绍叫托克，拿出地图点出主要景点所在，并说第二天轮休，可以陪我们转转。他的报价相当低廉，便欣然同意。他特意强调带好护照。

第二天一早托克驾车来接，指着副驾驶座上的小伙介绍说：我的朋友，车是他的。看来这是合伙经营的雏形，托克负责揽客驾车，属劳方，朋友只提供汽车，诸事不管，



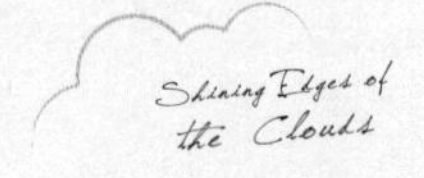

算资方。

行程是上午坐船去 11 公里外的敏贡古城，下午 1 点左右返回，游览曼德勒。到了码头，雨大风骤，寒意逼人，望着通往渡船的泥泞湿滑的陡坡，我暗想，这是出游还是逃难？托克似察觉到我的犹疑，从后备厢里拿出两把雨伞，又和朋友一起脱下外套递上，说："都带上，敏贡不需要导游，跟着人群走就行了。1 点钟在船边接你们。"他备伞借衣，可见其思虑周密。

没想到坐船还得登记姓名和证件号码。我忙说："对不起，护照都忘在酒店了！"心里如释重负，正好，不去了。托克神态自若地点拨道，随便写。转脸和负责登记的女孩嘀咕了几句，女孩点了点头。我留下一串自忖七成正确的护照号码，无奈登船。

后来购票参观曼德勒皇宫也需要出示证件，托克拿着朋友和自己的身份证去购票，悄悄塞给我们入内，神定气闲地玩了一出狸猫换太子。应变能力之强令人暗叹。

返回码头，托克早已等在渡船边。先去品尝当地的"高级缅甸大餐"：一汤一饭一菜，可选肉、鱼、蔬菜。皱眉一尝，味道尚可。托克近乎专注地看着我们，没能从我们脸上捕捉到惊艳的表情，神色一暗，似乎有点失望。他显然还是很在乎客人的体验和感受的。

托克开着车带我们四处转悠，最后到了全城北端的曼德勒山顶。俯瞰远近，一处处金顶佛寺隐现在烟雨朦胧中。欲望淡寡的缅人在朗朗佛经袅袅青烟中打发时光，忙什么，来世再说。

闲聊中托克说，他想进修英文，还打算考导游证。我突发奇想，托克欲求旺盛，在缅甸算是稀有生物，大概有着华人的血脉吧？细看，还真有点像。

2018 年 12 月

# 巴西疫囧

客服经理脸上的笑容渐显僵硬，我的心也慢慢发毛。这是巴西桑托斯游轮码头，MSC 接待大厅里人头攒动，两万公里外的新冠病毒疫情气势汹汹，在此却了无声息，只是女经理手上的一纸疫情查询表透出一丝不祥。

查询表上三个选项第一条便是："你以往 30 天是否去过中国？"我们是 12 天前出国的，敢打马虎眼吗？以利己为目的的谎言在国内无人较真，拆穿了只需嘿嘿一笑。但 MSC 可是美国公司，嘴巴一歪长臂一伸，以欺瞒且潜在危及公共安全罪把你投入黑牢，那就惨过孟晚舟了！

女经理盯着查询表上的打钩处沉吟片刻，说要请示上级。半小时后过来问我已经托运的行李箱颜色，显然是要退还行李了。明知登船无望，我还是语气平和地争辩，我们之间有合同，在没有不可抗力的情况下你们无权单方面终止合同。她煞有介事地哄道：“别急，我们还在积极争取满意的结果。”

我不由暗叹游轮公司的精妙策略，查询表谎称 30 日内去过中国者仍可能登船，只需医生复查；已经寻找退还行李箱了，却胡编还在和船长协商。前者预防有人隐瞒不报，后者避免过激反应。为避免局面恶化，隐瞒真相有时也是无奈之举。当然，说谎也得推敲字眼，you may（仍可能登船），而不是 you can（可以登船），给足盼头却不留把柄。我问有几人被拒，她答，就你们两位。我冷笑一声，呵呵，好歹也算中了“头彩”。

气虽不顺，理性犹在。钻石公主号游轮因疫情困在日本港湾，母公司股票市值瞬间蒸发百亿。游轮公司闻风丧胆，换谁都不会手软，宁可错杀，绝不漏网。疫情蔓延至此，游轮若不落实对策，一旦出事，大批游客追究其 due diligence（勤勉尽责）之过，面临的赔偿罚款怕是个天文数字了。

我仔细看了一遍女经理递上的拒绝登船告知书，匆匆签字确认收悉。她不停地叨叨：Very sorry！却面无愧疚之色。“你只是奉命行事，无须道歉。”说罢，我拉着行李箱往外疾走。游轮大厅夹在一大片海运码头中间，既无公交也没出租。拦下最后一辆送完登船客准备离港的出租车，吩咐司机往市区开，同时手机打开携程网立即订房。

入住酒店松了口气，再喝口水定定神，开始为 10 天之后的第二段旅程发愁。在巴西语言不通，安全堪忧，因此预定了旅游公司的跟团游，包括伊瓜苏瀑布和亚马孙雨林。

念及魔鬼，魔鬼驾到。美国销售代理紧急邮件告知，

母公司顶层下令，凡来自或过境中国不足 21 日者不予参团。掐指一算，至启程日 2 月 15 号我们出国整 20 天，少了一天。祸不单行，这下成双了，反倒踏实。略做思考便当即回电：“15 日除接机和入住酒店并无任何活动，不妨变通一下，我们另订酒店自行入住，16 日上午再入团。既不违反禁令，也不影响行程。”代理回复既快又硬：“合同约定 15 日启程，不是 16 日，歉难确认。”合同规定经双方同意可以更改呀，真是一根筋啊！

一怒之下言语中便夹枪带棒：“高度赞赏贵司严守合同的契约精神。我们既不想强求合同变更，也不愿引起团友不安，更不肯花大钱换白眼黑脸。但公司禁令不是国家法规，不属于不可抗力，旅游公司单方面撤约，须全额退款并酌情补偿。”

触及利益时美国人一向不傻，周一中午旅游公司欣然确认，同意我们自行订房入住，16 日入团，退还 15 日一晚房费 180 美元。这几乎是实际房费的两倍，安抚求和意愿彰显。

我这头得了便宜还不卖乖，借机一泄多日积怨：“谢谢邮件，同意贵司提议。我三天前的提议贵司未能第一时间确认，在我花钱耗时另做安排之后才姗姗接受，令人沮丧！”代理小姐忙作辩解：“对不起，请原谅，这场疫情来得太猛，平生第一遭啊，公司上下全都晕了！”

是啊，疫情猝不及防，类似突发的战争。借列宁之妙喻，两个人在打架，你能分得清哪一拳是对的哪一拳是错的？慢出拳可哀，出错拳可谅，多一点宽容就能少一些焦灼。

2020 年 2 月

# 亚马孙河上的嘴仗

不同于浩瀚大海上的国际邮轮，动辄几千人，亚马孙河上的 Iberostar 号五星游轮上，仅有七十几个舱房，载客不到 200 人。三日之旅如同缓缓展开的一幅奇妙画卷，慢慢看，细细品，感触万千。行程结束后，脑海里偶尔浮现的不是水上风光、密林穿行，也不是探访土著民、垂钓食人鱼，而是和一对澳洲夫妇之间一场唇枪舌剑的嘴仗。

老头六十出头，面色红润，神情凛然。夫唱妇随，太太也是一脸冷傲，操一口 BBC 英语，抑扬顿挫，吐字清晰。初次见面，我以为他们来自英国，便问："二位是伦敦人吗？"她嘴角浮起一丝自得，"澳大利亚人，在英国 Surrey 大学读的硕士，我们两人都是大学教授。"我不由暗笑，几十年了，还能保住这口伦敦腔，也算是煞费苦心了。

船上的游客大多是巴西本地人，说英语的外国游客仅

八人，两对澳洲夫妇。一对德国夫妇，以及我和妻子。于是编成一个英语组，坐同一条汽艇离船游览。男导游三十多岁，温和细心，博学多识。他来自英属圭亚那，不仅英语纯熟，对亚马孙雨林的风土人情、动物植物无所不知，堪称“两条腿的亚马孙雨林百科全书”。游客随意一指身边的一丛草或一棵树：这是什么？他便说出当地土名、英文单词和拉丁学名，能否入口，有无毒性，以及土著人用来治什么病，等等，如数家珍，意趣盎然。

亚马孙雨林约550多万平方公里，面积超过整个欧洲，河水茫茫，密林莽莽，前来探访的游客都在亚马孙州府玛瑙斯登船。游轮沿河来回航行，东西不足100公里。三日之旅可谓弱水三千取饮一瓢。虽说是匆匆一瞥，也得以窥测全貌。

登陆穿行亚马孙原始雨林其实无路可循，满地的枯枝残叶，浅可没脚，深能及膝。导游前行引路，在茂密的树林草丛中蹚出狭窄的空间穿行，那对澳洲教授夫妇紧随其后频频提问，将其他团员一概堵在身后，导游的应答讲解由他俩独霸专享。老头说他是大学商学院的，专攻市场营销。果然擅长审时度势精准卡位，三步并作两步抢先紧贴导游，太太则拖后两三米，置众人于八尺开外。

提问恰当倒也罢了，但书呆子老头儿常常一张嘴便令人喷饭。我们跟着导游进入一栋土著居民的住处，门外两个瘦小矫健的女孩在飞速地荡秋千，幅度之大、动作之险令人叹奇。这显然是当地旅游部门特意布置安排的景点，让游客一瞥雨林居民的日常生活。卧室厨房，电灯电视，十分简朴却一应俱全。

澳洲老头一开口便是高大上的提问：当地的社会阶层流动性如何？导游温和地笑道，“雨林地区的居民习惯了悠闲淡泊的生活，厌恶城镇都市的压力和辛劳，个别考上大学的年轻人在城里工作半年一载，最终还是回到雨林。河里有鱼，树上长果子，不用劳神费力就能温饱，所以没有向上攀爬的欲望。”老头还不罢休，越问越蠢，越蠢越问，“那这里的居民的社会价值观是什么？用财富衡量，还是品德为重？”导游又笑了，“这里的居民很多住船屋，四处游动，雨季发大水的时候还得迁移到高处，退潮了再回来，没什么财产。彼此也没太多交往，大家都平平淡淡过日子，从不相互攀比，也不知道价值观为何物。”老头听了眉头一皱，嘴角下撇，满脸的不屑。我忍不住半带玩笑地说，“本地人的阶层流动还是相当频繁的，发大水时往山坡高处流动，退潮了再往河边低处流动。”老头瞪了我一眼，没搭腔，一脸的“夏虫不可语冰”。

亚马孙河里的食人鱼有许多骇人的传闻。邮轮安排的重点节目便是垂钓食人鱼，报名前往者甚众。小船驶入一片芦苇环绕的安静水域，大家坐在船舷边，接过导游递上的钓竿，钓钩按上一块肉丁抛入水中，一旦感知咬钩便猛提钓竿，不过三竿，必获一条。凶残可怕的食人鱼一眨眼手到擒来，哄得众人欢呼阵阵。和鲨鱼相比，食人鱼似乎不值一搏，长不盈尺，貌无凶相。导游抓住鱼头、捏开鱼嘴，两排锋利的尖齿才透出一丝杀机。凡有斩获，导游便抓住死命挣扎的鱼身，捏紧鱼头取出钓钩，再把鱼扔回河里放生。这里显然是游轮选定的垂钓水域，食人鱼也不傻，



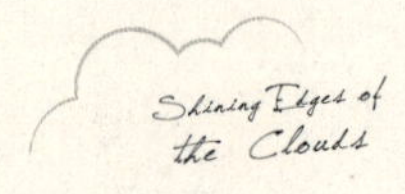

渐渐明白了，一口叼走鱼饵便是美味，不幸沦为猎物也不会丧命，大赚小赔。难怪这里聚集了鱼群，垂钓容易得手。

钓鱼尽兴后，小船飞速返回游轮，导游提醒我们，第二天一早上甲板观赏亚马孙一大奇观，两道水色迥异的支流汇合亚马孙干流，河面一半青黑一半黄，绵绵十几公里。我告诉他，中国有句成语：泾渭分明。

顺着话题便聊到了自然环境，我问："雨林大火烧了近半年了，巴西政府最近采取了什么措施？亚马孙雨林号称'地球之肺'，为人类提供三分之一的氧气，雨林被毁会给整个世界带来灾难啊！"他语气平和地解释道："放火毁林都在一些偏僻地区，亚马孙州完全没有。很多政府高官在雨林拥有大量土地，放火开荒才能挣钱发财，怎么可能真心实意地去阻止？都是嘴上说说罢了。"又略带激愤地说："农民很苦，也想过好日子，凭什么不让开荒种地？地球上氧气不够关他们屁事！"

我觉得这话有点道理，便顺着杆子爬，用戏谑的口吻附和道："没错，那些发达国家捂着钱袋子，不肯帮助这里的穷人，还嚷嚷着不许他们开荒自救，凭什么！医院急救室给病人输氧不也收费吗？巴西应该在联合国高呼：要氧气，拿钱来！"导游听罢笑了起来。

游轮每张餐桌八个座椅，游客随意组合。那位德国太太特意过来说："我们那桌都说英语，还有两个空位，过来一起聊聊吧。"我们欣然相随，走近一看，悔之晚矣！空座右侧紧挨着那对宝货教授，左侧也是一对澳洲夫妇，老公专门从事中国生意。我点头招呼一声，挨着教授落座，暗想，左侧的那对澳洲人怎么不和同胞坐一起，是躲着这老头吧？这哪是填空档，是垫刀头嘛。果然，刀子慢慢举起来了。

老头儿开打前先施拱手礼，面带微笑说："我去过北京和广东，当地的官员都受过良好的教育，能力也很强，比澳洲的强。""是吗？"我应道，"中国的官员都有压力，不出成绩就升迁无望。"他迫不及待地掏出了刀子，"但是我见过的官员没有一个愿意谈论政治话题，看上去都十分压抑。"我说，"他们都受党纪的约束，这是中国的国情，纵向比较，中国的言论自由和几十年前相比已有天壤之别。经济发展也推动改善了治理模式。……"老头儿打断了我的话，"但是环境污染导致的生态灾难呢？还有千百万农民工离家背井所承受的巨大牺牲呢？"

这个傲慢偏执的老头儿无视矗立的大树，只看投下的阴影，无法讲道理，看来一场嘴仗是躲不过去了。我一字一顿地说："没错，中国人多地少，资源匮乏，我们没有澳洲那么走运，地底下挖挖掏掏就能财源滚滚。为了过上像样的日子，只能拼命苦干，还不得不忍受污染，中国为经济腾飞付出了巨大的代价。"

老头儿举起一只手，"OK，OK"。听话听音，他不是赞同，而是嫌烦。这一刀没见血，换个部位再捅，"你知道 20 世纪 60 年代的大饥荒中国饿死了多少人？"我答道："我不知道确切数据，确实死了很多人。"他说："那就是专制制度的产物，二战后整个欧洲满目废墟，但没有一人饿死。"

我顿了一下，回道，"一个学生曾经考试老不及格，但现在连续考出优良成绩，为什么还老是批评他的过去，而

不赞扬他的现在？欧美的制度无疑有不少优势，但失败的所谓民主国家也比比皆是。且不提非洲拉美，就说欧洲吧。希腊不算最糟的，我去过几次，和酒店前台、出租车司机聊过，他们个个大骂，选举上台的都是贼，没有一个真心为老百姓谋利益的。工薪阶层的月收入才 1000 欧元左右。”

他摇摇头问道：“你和几个人聊过？”我答：“3 个，我是游客，不是做社会调查的。”他板着脸说：“希腊人口 1000 多万，你才聊了 3 个，就能做出结论？”我忍不住挖苦道：“以你的高见，我要和多少人聊过才能形成自己的判断，100 万？”

他避而不答，却固执地说：“根据统计数据，希腊人的工资是 2000 欧元。”我笑了，“那大概是平均工资，包括富豪在内。我有朋友在西班牙开工厂，一般员工只拿 1000，非法的外劳最低的才 600，希腊还不如西班牙，尽管都属 PIGS（‘欧洲四猪’，葡、意、希、西）。”

老头默默地呷了一口酒，一脸冰霜，貌似不值一驳。我沉默片刻，语气平和地说：“欧美的制度当然有值得中国人学习的东西，西方也不妨看看中国的治理成效，大家都应该互相借鉴学习。”顿了一下又说：“有机会去上海看看，繁华整洁，井然有序，生活的便利程度更是超乎想象，已率先进入无货币时代，地摊儿卖菜的老太也是用手机收钱。”

老头儿像是不再恋战，一声不吭。旁边的老太却拍马赶到，狠声恶气地说：“我们没去过，也不想去。上海的空气污染太可怕了，去了我们肯定会呛死的！”

我脸色一沉，“别去，千万别去！小命要紧，老命也要紧！”她的脸顿时垮了下来，瞬间老了五岁。过了片刻才缓过劲，低声招呼老头儿，“九点了，我们上去看演出吧。”老头起身离席，略侧身，微点头，“聊得很有趣，晚安。”

我一时无法从嘴仗中走出来，放下刀叉，有点发愣。坐在左侧的澳洲商人轻轻拍了一下我的手臂，“你顶的好！”又劝解道，“别往心里去，他们是象牙塔里的书呆子，还特别固执。以前也一起参团旅游过几次，见面点点头，不怎么啰唆。我在上海有合伙人，也经常去，生活太便利了。”

我们聊了一会儿轻松的话题，可内心的歉疚沮丧还是无法释然。我这是怎么了？他一脸傲慢，我满腔自大，对老太的狠话简直几近歹毒。傲慢和偏见如同晚期癌症，无药可治，何不一笑了之？随它去又何妨，非得针尖对麦芒？

2020 年 3 月

# 品味人与事

大智者识人断事，弹指一挥间，常人难及；品味人与事却是所有人的日常功课，至死方休。见仁见智，不求一致。细嚼慢咽，方得真味。

珍宝或赝品，
一锤定音，无人异议。
(参阅357页)

侠商老汪，老当益壮。(参阅273页)

夜已深，情正浓，
一笔一划表谢意。
(参阅291页)

高先生神情阴郁，
高超医术暖人无数。
(参阅304页)

九龙潭，梦幻境。(参阅336页)

# 洪大勋！到！

上世纪80年代我在爱建公司国际咨询部工作了几年，遇见过的奇人就像一组京昆戏剧的脸谱，形形色色，各具特征。最令人难忘的便是洪大勋，尖嘴猴腮，目光躲闪，年逾七旬，动作依然异常敏捷。形象气质近似昆剧《十五贯》里的丑角娄阿鼠。

国门初开，登门谈项目的外商络绎不绝，咨询部里聚集了一批懂外语的散兵游勇。不知哪位从哪个旮旯挖到了洪老，据称精通法语。办公室里十几人，两张桌子并成一组，洪老坐我对面，凑成英法联军。

我们之间横着半个世纪的岁月，性相拧，话不多，成天面面相觑。我偶尔问他几个法文单词，他时而让我润饰英语电文，除此之外交流不多。

最初我像年轻同事一样，每天到了公司便招呼一声：

洪老早。有一天来了几个法国客人，主管外事的老总让他参与会谈，担任翻译。一见面洪老便裂开缺了半口牙的瘪嘴，叽里咕噜地说了一通，法国人也嗯嗯哈哈地做了回应。但一进入正题，洪老便嗫嗫嚅嚅不知所云了。他说的法语对方只能揣摩个大概，法国人说的话，他则目瞪口呆。老总见状，立即示意我切换成英语。并朝他点了点头，意即没他什么事了。洪老急忙起身，道一声“au revoir”，疾步退场。

会谈结束后我回到办公室，洪老脸上既无歉疚，也没有羞愧。后来才明白，他的羞耻感和自尊心，如果曾有过的话，也被劳改岁月抹得一干二净了。他感觉有必要做些解释，便断断续续吐露了自己过去的经历。大概就从那天起，没人称他洪老了，一律老洪。

老洪解放前是法租界巡捕房头目，手下有十几个巡警。有一天国民党谍报人员手持公文找到法租界当局，说几个共产党高层要在法租界秘密聚会，并提供了确切的时间地点和与会者名单，请求协助抓捕。国民党谍报部门当时无权进入法国人管辖的租界抓人，只能派出特务陪同前往。老洪接到指令，带了十几个便衣前去执行任务。

那是一座石库门房子，老洪布置手下守住几个出口，交代说不许打草惊蛇，他先进去察看情况，没有他的命令不许行动。说着只身入内，随手关上了大门。他走进厅堂，对正在开会的几个人轻声喝道：快点跑，别出声！并指了指临街的窗子。他拖了几分钟才转身出去，两手一摊，嘿，哪有人开会啊，早就跑了。



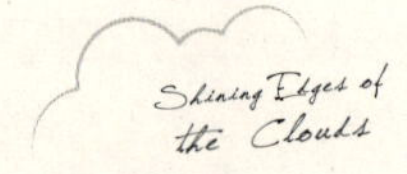

他一手遮天地放走了人，却牢牢记住了抓捕对象的姓名。他说，当时就感觉国民党快垮台了，放走共产党是为了留条后路。

我问，巡捕房的法国人没有调查追究？他笑着说，啥事都没有，我跟法国赤佬关系很铁的。还掀开右侧衣襟，拍了拍腰部说，当年啥人敢欺负我，腰里别着枪呢。那一瞬间，老洪平时的恭顺一扫而光，闪现出一丝霸气。

上海解放后老洪锒铛入狱，虽然没有血案，但无疑应归入“一切反动派”，细分一下，当属“死心塌地的帝国主义走狗”。第一次过堂，他就说某年某月某日曾经冒死救过共产党领导人，其中一位 1949 年后已在北京身居高位。过了一个月，他被释放了。北京的大人物显然确认了他当年的立功表现。

但躲过了初一躲不过十五。几年后一场“肃反”运动暴风又把他刮进了大牢。他故伎重演，却没人喝彩了。不知道办案的人懒得去核实，还是该领导人的秘书没有请示，或者在政治运动的暴风骤雨中，那位身居要职的大领导觉得不便一而再、再而三地出面干预了。何况你放过我一次，我也救了你一回，扯平了吧。

老洪在破旧的车厢里晃荡了不知多少天，押送到了青海劳改农场。如同一只蟑螂被扔到了寸草不生的荒漠，没人指望他能活着爬出来。

出乎预料的是，老洪求生能力极强，“文革”结束后又回到了上海。有人私下传说，在三年严重困难时期的青海劳改农场，为了换取一口饭苟延残喘，老洪隔三差五地去报告犯人的种种不轨言行。很多是凭空捏造，害了不少人。

我忍不住问他，真的有这些事吗？老洪苦笑着摇摇头，没办法呀，人都想活下去啊。我好奇地又问，那个北京的大人物是谁？他低声说，那是绝对不能说的。历经磨难的老洪当然明白，不该说的，千万不能说。

老洪的法语是上个世纪在法租界当差时练出来的，和当代法语已有差异，国际贸易的专用词语更是一概不知。难怪那天与会的法国人看他的眼神都是怪怪的，这老头儿是法国大革命时从巴士底狱逃出来的吧？到法国餐厅里做个跑堂还凑合，怎么还能参加国际谈判？国门打开时，这样的笑话当年并不少见。

咨询部经理是个大资本家的公子，西装革履，而且都是国外定制的，腔调十足。但什么都不会，只会一样，把你写的通顺流畅的英文函件改得狗屁不通。但他知道人尽其才、物尽其用，把老洪当跑腿的吆来喝去，既不称他洪老，也不叫他老洪，而是直呼其名。下楼取报纸，对门买香烟，都威严地从经理室里大喝一声：洪大勋！

老洪闻声便如惊弓之鸟似的跳将起来，双脚并拢，中指贴着裤缝，身子挺直，脑袋微垂，大声应道：到！

“洪大勋！”“到！”一呼一应，声震半个楼面。我有时责怪他：老洪，经理叫你，你过去就行了，何必大喊一声“到”？吓我一跳！老洪摸摸下巴，咧嘴笑道：哎，习惯了，改不了。

老洪一辈子大概没做过什么善事，为了活命还昧着良心陷害他人。有过滋润得意的日子，但更多的是艰辛磨难，

更没有一丝尊严可言。到了晚年一听有人直呼其名，便跳起来喊一声“到”！劳改农场落下的病根，这辈子怕是没治了，大概也算是报应。细想起来，可恶之人其实也有可怜之处。

平心而论，人皆有自利之心，为了自己活命，不惜让他人蒙难受罪，大概还够不上大罪大恶。活在一个动荡的年代或战乱的国家，狰狞凶狠的人性之恶必然会膨胀凸显。战场上杀得兴起，手起刀落，管你是老妈的心头肉还是老婆的梦中人！

古人感叹，宁为太平犬，不做乱世人，很有道理。生活在太平盛世，幸莫大焉。

2011年5月

# 逝去的国祥

昨天闲聊时妹妹告诉我："知道吗？你的同学韩国祥死了，大概两三个星期前。胃癌还是肝癌吧，不太清楚。"我心头一阵惊悸和悲怆，他和我同龄，才55岁啊！

我问了才知道，他一直住在我岳母家旁边，和我的一个连襟上下层、一门进出。我内心又掠过一阵震颤，虽然住得很远，但近二十年来，去那里也不下几十次了，居然完全不知少年时朝夕相伴的好友就居住在头顶上方、咫尺之间。我从来没有问起过他，也从来没人谈起过他，可见韩国祥卑微至不足外人道也。走了就走了，没有讣闻，没有电话，只是在他去世后几周的闲谈中才偶尔被提及，且是在话题穷尽时。

国祥中学时的绰号叫"饼干"。他父亲长年病残卧床，但也没怎么闲着，一口气鼓捣出三子三女。半寡的母亲全

靠一个人、两只手把六个孩子拉扯大，日子显然不像拨弄六弦琴那般美妙。有一天，国祥吃了同学给的饼干，回味无穷，兴冲冲跑到门口对妈妈说："妈妈，买饼干。"穷困窘迫的母亲正在摊晒破烂，抬起憔悴的脸一声狮吼："买屎给你吃！"从此他有了"饼干"的绰号。嬉闹时每闻此号，他都拔拳相向，但只是轻轻捶一下。对同学好友他一向忠勇相护，不畏凶险。

有一次，我从二楼走廊向下吐了一口唾沫，高年级的一个小霸王恰巧走过，王颜大怒，直冲而上。国祥上前一步挡在我身前。他个子很高，生性虽善，在当时学生中新街帮里，却是颇有威名的悍将。对方看了一眼国祥高大壮实的身板，撂下一句狠话"放学再说"，便悻悻而退。果然放学刚出校门，一帮人拿着棍棒汹汹而来。国祥见寡不敌众，急忙拉着我夺路而逃。霎时砖石如雨点儿般从身后飞来，国祥护在我身后推着我一路狂奔。在这场飞石战中，我是众矢之的，只顾逃命，国祥是人肉盾牌，贴身护送。另一个同学，瘦小凶悍的罗开文，在马路对面不断抓起路边一切可投之物，拖把扫帚、水桶木凳等等，一路投掷阻击，有效地延缓了追击者的步伐。结果我毫发无损，国祥手臂却有两处淤血。

还有一次，为了迎合当年备战备荒运动，学校组织学生到郊外野营拉练，恰逢大雨。我一向身瘦体弱、手脚笨拙，背着大包战战兢兢地走在泥泞狭窄的田埂上，三步一滑，五步一歪。若不是紧跟身后的国祥屡屡出手扶住，我肯定摔成了泥人，倘若放到当年红极一时的"收租院"泥塑展厅里客串一个佃农的儿子，基本无须斧正。

虽然忠勇可嘉，但国祥的智力不如体力，成绩不好，口拙寡言。除了群架斗殴时以一当十的勇猛雄姿，平时很少有人注目他。毕业后，韩国祥参军去了，这差不多是当时最为令人羡慕的荣耀，街坊热议之炽，不亚于今日中了头彩。

他暗恋一个长相秀丽的女同学，却从未透出过半字，出发前他特意去女同学家告别时，我们才知道这份情缘。那位女生也审时度势地显示出难得的热情。我们也不断怂恿这位准军嫂不要错过好人，于是两人通了几次信。

但这段情缘延续不多时，便以梦碎告终。国祥的部队驻扎在江西清江，军队的生活想必是枯燥清苦的。但那段岁月大概是他不长的生涯中最为灿烂的篇章，因为他空前绝后地受人关注、羡慕、尊崇。

复员后，他回上海进了一家大厂，好像是上钢三厂。后来渐渐不再往来，最后失去了音讯，直至噩耗传来。听说他从就医确诊到撒手人寰，只有短短两三个月。

他父亲给他取名“国祥”，应是期盼国家祥和，严丝合缝地符合当前建立的和谐社会的国策。国祥默默地来到这个世界，默默地辛劳一生，默默地逝去，就像路边一棵小草。

正是国祥这样的亿万大众的默然坚忍和辛勤劳作，才造就了中国今日的繁荣祥和。国祥一代将陆续逝去，下一代呢？只能拭目以待了。

2013 年 11 月

# 城南狗事

几年前，举家迁入了本市西南角的新建小区，花红树绿层层叠叠，翠竹青松密密匝匝。我暗自得意：别墅区，就是不一样！随着四周高邻的高歌入住，夜以继日的乔迁鞭炮震得头皮一阵阵发麻，那份洋洋自得渐渐化为淡淡隐忧，这真是宜居之地吗？

有些住户把自家的车库改建成房间，车呢？公共道路空地不用白不用；有些人家大概是伐木工出身，把房前院后的树木竹篱斩尽挖绝。呵呵，这不就多出几尺空地了吗。两侧茂密的树篱也砍得七零八落，有养鸡的，也有种菜的，更多的是养狗的，农牧业全面火旺。国家在发展城市化，我们小区却从高端小区蜕变成“城中村”。没多久，双向车道停满了小车，只容单行；碰上个停车横的，堵得死死的，只让行人侧身通过。但令人最为难忍的不是人和车，而是狗。

前院后园的，不养狗实在亏了。狗，可看家护院，能长脸显威，狗的珍稀品种还能彰显主人的富贵。我对狗的认知，大概还不如狗对人的了解。固执地认定，体形巨大者都不是善类，对貌似猛兽的藏獒尤为惧怕。

一位近邻恰好养着条凶相的藏獒，和面善的主人形成鲜明对照，看看狗脸再瞧瞧人面，一张一弛，五味杂陈。藏獒只认其主，他人皆为仇敌，以忠诚扬名。其实，藏獒异常愚笨，脑容量内存极小，只能存储一张脸，且时间有限。有一次，近邻外出几周后回到家，蠢狗看了半晌，似曾相识又无法确信，于是狂吠不已。主人竟一时不敢入门。

小区的花园大道算是一大景观，草坪花丛相间，鸟鸣蝶舞相伴。这原是徜徉散步的绝好去处，未料到两旁的犬类早已达成默契，分包成若干看守禁地，不许生人越雷池半步。狗是尽职的动物，有人路过前门后院，它恨不得飞跃栅栏把你撕成碎片，并沿着栅栏内侧对着你一路狂吠，作猛虎扑食状。万一哪扇院门没关紧，路过的邻居就只能“以身相许”了。想去那里散步，你得具备武松上景阳冈的勇气。

有一次，我在浓荫蔽日的小道上漫步，一拐弯，迎面撞上一只半人高的狗。那条黑背狼犬显然也吃了一惊，低声吼叫着猛扑上来。牵狗的女人双手拉着狗链拼命往后拽，高喊：你快走啊！狗链子攥在我手里呢，我不会松的。我顾不上谢她救命之恩，转身快步离去，心想，你攥的哪是条链子，你攥着的是我这条命呢！

这显然超出侵犯公共权益的范畴，而是危及公众安全



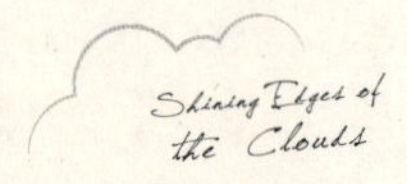

了。但狗主对侵扰他人生活和狗一样满不在乎，咬着你了吗？我不是套着项圈拽着链子么！

国人多的是亲情义气，为亲朋好友可两肋插刀，却浑然不知公德为何物。居委会的大妈似乎也上门柔声相劝过，但也只是例行公事。上海早有禁养烈犬的法规，但有关部门就像消防队，无人报警概不出门。不咬伤人，没人太当回事。

躲在屋里倒是安全，但并不能完全免除狗类的骚扰。高邻中也有冤大头，花大钱买了条蠢狗，悟性和判别能力低劣，风吹草木动，月照花枝摇，一概疑为外贼入侵而狂吠不止。夜半惊醒时常犯迷惑，我这是和人共居还是与狗为邻？

房子好坏自然重要，关键还得看邻人。孟母三迁的故事，值得重温。

2014 年 4 月

# 空中遇极品

国际航班的机舱是个奇特的场所，不同种族、背景、品性的陌生人在狭小的空间里挤成一团但默不作声，同生死共命运，厮守长久却彼此一无所知。当然也有例外，比如，恰逢某个同胞偶尔露峥嵘，留下惊鸿一瞥。

在荷兰航空的一个航班上，一个珠光宝气的年轻女子把手中的水瓶扬了一下，对空姐冷冰冰地下令：拿走！忙着回收餐具的空姐或是听不懂中文，或是手推车满了放不下，看了她一眼，推车继续往前。

那女子一脸怒色，玉臂一挥，水瓶像枚导弹般，划出一道弧线，直飞空姐的后脑，幸无精确制导，“啪”的一声砸在我右侧的椅背上。空姐这才明白是怎么回事，气红了脸对我说：“先生，请你告诉她，这种粗鲁行为绝对不可接受！”

作为中国人我感到羞愧难堪，起身走过去对那女子说：

“你今天运气，换上一个较真的，她可以让机长向机场报警！”她一脸不屑，“丫环婢女，砸一下多大点儿事儿？”继续汹汹争辩道，“让她把水瓶拿走，她竟敢不理我！”

我倒不是危言耸听，英国火车上都有警示牌，乘务人员的尊严不容冒犯，凡有恶言谩骂、暴力倾向，应立即报警。这还剩半瓶水的瓶子万一砸中要害，确有可能造成伤害，问她个故意伤害未遂罪，拘禁或遣返，就全看法官心情了。

那是经济舱中上演的一幕，公务舱乘客非贵即富，当属谦逊有礼之辈吧，仓廪实而知礼节嘛。其实不然。

不久前，乘坐俄罗斯航班从莫斯科飞往上海，和我隔着过道的两位乘客并不相识，但相谈甚欢。中年妇女带英国口音，旁边的中国男子四十左右，英语发音生硬但相当流畅，显然是久居英伦的华人。见女子肥胖不便，他还特意把靠过道的座位和她对换，方便她起落进出。男子脸上架着 D&G 眼镜，一身宽松的旅行便装，比起一些坐飞机也西装革履的国人，显得随意而洋气。

飞机刚停，男子便提着箱包早早走到了舱门口。中年以上的国人曾饱受短缺之苦，养成的旧习深入骨髓，凡事得快得抢，晚了就没了。航班一人一座，登机时还是争先恐后；下机后要等行李，早下并不能早走，还是直往前挤。此公虽久居西洋，但积习难易，倒也情有可原。

一位金发空姐走过来，温和地说：“对不起，先生。请您退后，让公务舱的客人先下。”男子闻言大怒，像是遭到了极大的侮辱，嚷道：“我就是公务舱的乘客！你难道不记得吗？”空姐忙说：“非常抱歉，我不知道，我是负责经济舱的。”男子气得脸色发白，五官都挪了位，厉声喝道：“你应该记住每一个公务舱贵宾的面孔！”

表面温文尔雅的君子，刹那间变得张牙舞爪，一脸狰狞，我目瞪口呆。见空姐还在不停地道歉，我按捺不住汹涌翻腾的厌恶，便装作抚慰空姐，高声说道：“小姐，请别太介意，其实你并没有犯错。外国人要记住中国人的脸太难了，除非丑得让人过目不忘。何况您在经济舱，无幸侍候公务舱的 VIP，有脸的和不要脸的都不认识，可以理解哦。”

男子听了一脸错愕，狠狠瞪了我一眼，见舱门打开了，便怒气冲天地大步跨出机舱。

见过膨胀的，但膨胀至此，堪称极品。

2015 年 2 月

# 侠商老汪

老汪和我有二十多年的交情，每次路过上海都给我捎来上等蜂蜜，叮嘱说：留着自己吃，这是最好的成熟蜜。年近七旬，却不顾舟车劳顿，亲手提着沉甸甸的两桶蜜送我，这桶里盛满的哪是蜜，是情义。

老汪中学毕业时碰上“文革”风暴，他没去造反闹革命，而是上山做了蜂农。改革开放后投资建立了蜂蜜厂，精明勤奋，豪爽仗义，业内无人不知。

20 世纪 90 年代初，南方某国营外贸公司的一位经理帮老汪出口了几千吨蜜，开口要了一大笔钱，说是犒劳手下的几员干将。老汪信以为真，暗想：国营企业管得太死，不知变通，应该论功行赏啊！于是二话没说，把款打到了他私人账户。

不久，那位经理不知何故得罪了老总。军人出身的老总杀性依旧，派出几路人马到各地厂家收集回扣罪证，意欲置之死地而后快。按当年的司法惯例，赃款凑到百万整数，便可买到一颗花生米送他上黄泉路。为此，那位老总亲自和老汪通话，慷慨允诺，只要老汪配合，日后定有厚报。

老汪见势不妙，遣心腹连夜驱车南下，带回一张签字盖章的借据。那位登门查账的副检察长晃着银行提供的汇款凭证，以为这无疑就是棺材盖上的最后一根铁钉了。看了老汪出示的私人借据，如同挨了当头一棒，恼羞成怒地说：“这么大一笔钱，你就随随便便借给他了，不是给的回扣？那你能不能也借点儿给我？”老汪脖子一梗，嗓门更大，“可以啊，只要你也帮我出口几千吨货，要多少借多少！”他事后告诉我，拿钱是犯法，但够不上死罪，他才三十出头，一家老小的命根子啊！

此人的一条命是老汪担着风险救下的。如古时的大侠，老汪在危急关头不依法，只随心，侠肝义胆，巍然大丈夫，非趋利避害的庸碌商人可比。

有一年行情不好，老汪积压了千吨库存，银行不敢续贷，现金断流，危机突现。经商的玩家都明白，最要命的并非公司不赚钱，而是资金断流。库存出不去，货款收不回，就像五脏健全，血管里的血却日渐枯竭。账本上大有盈余，企业却活不下去了。

老汪不好意思直接找我，托我手下主管蜂蜜业务的人传达险情。我立即把手中所有的存款现金凑齐 80 万元，次日就汇给了老汪。当年这笔钱可以在上海添置几套房，心虽虚，嘴还硬，“老汪，别放心上，不约还期，不计利息，

还得起就还，还不起就算了。”老汪激动地大声回道：“我汪宗德砸锅卖铁也得还，一分不少！”即便是求借，仍是豪气冲天。我在这头也喊，“千万别砸锅，留得铁锅在，不怕没米烧！”果然，半年后全款归还。

中国蜂蜜出口几十年来质量风波不断，杀虫脒退潮，抗生素登场，最严重的危机是普遍掺假，遭欧盟裁定为不适合人类食用，入关的销毁，途中的退回。当年我们是全球最大的蜂蜜经销商，几千吨货要退回并索讨货款，噩讯传来，一夜无眠。天刚亮我拨通了老汪的电话，这是最难谈的，因为是铁杆朋友。老汪没等我开口就嚷道：“你根本不该找我谈，浪费你宝贵时间，这么多厂家够你烦的了，赶快找别人谈去。我这头你怎么说我怎么办，绝无半个不字！”侠气豪言，掷地有声。掺假事件导致欧盟禁运，中国蜂业鬼哭狼嚎。

未料想，掺假风竟然又卷土重来，且手段神奇，各种检测纯属瞎忙。于是有了一个委婉词“指标蜜”，意即符合质检指标却未必是真蜜。当一个加工厂进千吨原蜜却销售高达万吨时，脑袋不是蜜罐的人都能悟出点门道。但无人介意，产供销全线火旺。在这片神奇的土地上，你面临两个选择，跟风下水，或淘汰出局。听说老汪因拒绝跟风而郁郁不得志，于是挑了一个周末专程去湖北麻城探望叙旧。

老汪领着我参观他的新工厂，投资数千万，产能万吨。他坦言：“我进的原料都是真蜜，成本高，出口价格无法和别人竞争，以前一年出六七千吨，现在才千把吨。幸好有家法国客户说我的蜜口味胜过别家，愿意出高价，其实刚够保本。我还得养几十号人，这几年都不赚钱，但我扛得住。”我说：“趁别人忙着出口赚钱，你不妨以内销为重。质量优良的蜂蜜终会有人愿出高价。”他说：“是的，已经针对国内市场建立了网上店铺直销了。”他感慨道：“连老外都买中国的低价货，掺些本地蜜再卖回来。也常有人劝我随大流，但我都六十多了，一辈子没做亏心事。别人怎么做我管不着，我坚守我的底线。”

老汪说的是真话，他是当地名人，农业部优秀企业家，省特等劳模。江泽民和俞正声都曾亲临视察，并挥笔题词。他不能辜负荣誉、玷污名声，坚持只卖真蜜。侠商老汪坚守着，孤独地坚守着自己的底线。

2015 年 5 月

# 人狗情未了

上周去黄山西麓深处探望老友，虫鸣溪流声中住了两宿。经商多年的朋友耳闻目睹众生怪相，对尘世渐生厌意，两年前在此将一座农宅改建后，携妻入住，潜心修佛。方圆几百米的绿坡上、山洼里，散布着十几座同类的屋宅，离城索居者占半。秀峰环绕，清泉临门，像是陶渊明笔下芳草鲜美的桃花源，其实也是个杂物丛生的浑水潭，不时还泛几个臭气泡。

为了抵御野兽的侵扰，朋友宠爱的德国狼犬黑龙平时盘踞门前长廊。不久前，天亮起床后才发现，黑龙静静地匍匐在长廊一端，脖颈处血肉模糊。显然夜里有过一场殊死恶斗，从黑龙的伤口深度判断，来犯者多半是头野猪。虽然黑龙受制于颈链只有几尺空间，石阶上的斑斑血迹提示，野猪负伤而逃。黑龙高大威猛，直立时可与主人勾肩搭背；肉搏时无声无息，勇胜后若无其事，超然淡定，不像人，爱嚷嚷。黑龙忠勇可嘉且善解人意，人前引路从不离十米之外，身后跟随决不逾主人半步。林中野外有猛犬相伴，既威风又安全。朋友领着黑龙满山乱窜，比挽着美女林中漫步感觉还好！

黑龙因伤留置兽医处治疗几天，我们去县城购物顺道探望。黑龙蜷缩在铁笼里静如雕塑，一见主人，顿时浑身一颤，狂歌劲舞般欢叫跳跃，场面堪比人类久别重逢，涕泗滂沱。黑龙接着冲向自家的小车，欢快地飞旋转圈，渴求立即随主人回家。我一向厌狗，第一次目睹人犬如此情深，狗的形象在我心中立马蹿高几尺。

黑龙挡得住野兽侵扰，但挡不住尘世纷扰。不远处的一栋农宅扩建成了农家乐，上有客房下配餐厅，供气郁心闷的城里人前来小住几日，洗肺散心。主人一心忙着接客赚钱，家里原有的一条小黄狗守着餐厅却饿得皮包骨，于是常来分食黑龙的盘中餐。小黄狗聪明伶俐，讨人怜爱，只是饿极了便忘了蹭饭的身份，恨不得连盘子一口吞下。几次惹得黑龙大怒，一爪撂倒，咬住脖颈。当然，黑龙掌握分寸，仅仅管束一下小黄狗的吃相而已，只是虚咬，并不用力。但凡此时，小黄狗便立即仰天袒腹，低声哀叫。狗的腹部是最柔弱部位，袒胸露腹如同人类屈膝下跪。每当黑龙瞪眼龇牙，小黄狗便亮出这一媚态，示弱讨饶，化险为夷。虽为犬类，其审时度势、以柔克刚，常人恐不及。比如，菲律宾的阿基诺总统就不知自身斤两，一味死扛硬顶。有幸再次来华，应来黄山一趟，和小黄狗切磋一下生存要义。

朋友对小黄狗的聪明赞叹不已。每次前来蹭饭，都先在门口不远处察言观色，主人面色不快，便装作只是路过，穿过门前的台阶讪讪离去；主人面色和缓，则巴结地摇着尾巴拾级而上，慢慢凑近黑龙的餐盘。

闲谈间，一辆摩托轰鸣而至，骑车的是个中年汉子，车前车后挂着各种食材。他是受山坡下作坊之托，捎来几块臭豆腐。黑红的脸膛紧绷着，透出骄横之色，像个可随时翻脸之人。交代几句，便轰然而去。朋友说：这就是经营农家乐的老板，小黄狗的主人。我说：不像个善人。朋友赞叹：有眼力。原来，这栋房产是他家几个姨妈合资买下供休假养老的，他说服长辈经营农家乐，自掏腰包扩建后独自经营。攀上了一个旅行社老板，生意日渐红火。但几个姨妈不仅分文不得，连偶尔过来小住都受他阻拦。“不行不行，我这客人住满了，哪天有空房再来。”不等回话他就挂了电话。烧香的赶走了和尚！

亲姨妈都成了榨油的黄豆，黄狗还不是被剁了吃的下酒菜？去年秋天闲聊时，狗主看小黄狗靠蹭饭养出了一点肉，有了来钱的主意，说：蛮壮实的了，今年冬天客人多时就宰了。但没等到入冬，小狗不留痕迹地消失了。狗主人推己及人地一口咬定是被附近的农民偷偷套去做狗肉火锅了，痛悔自己下手晚了，到手的钞票刮走了。

谁知道呢？也许，极具灵性的小狗从主人的言语神色中嗅出了杀机，于是三十六计走为上？大概还学徐志摩那样边走边吟：悄悄的，我走了，正如我悄悄的来，摇一摇尾巴，不带走一片菜叶……狗踪无处觅，只在此山中。哪天旧主迁离此地，小黄狗兴许还会回来，毕竟这家人待她不薄。再和黑龙嬉闹一番，顺便蹭顿饭，续一段人狗情未了。念及此，心暗笑，人情薄如纸，竟然指望狗了！

2015 年 5 月


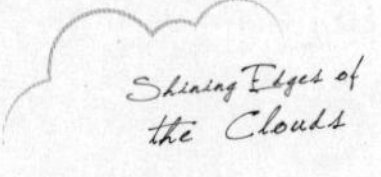

# 土豪的酒庄之旅

旅居德国的吴先生曾通过朋友问起我有无兴趣投资葡萄酒庄，答曰：饮酒，卖酒，酿酒，饮者为上，人与酒的关系还是限定在餐桌上为妙。当然，这话违逆潮流。当今国人投资酒庄热潮滚滚，去年有位大佬在法国空中俯瞰酒庄，坠机身亡，以悲剧告终。但吴先生讲述的土豪酒庄之旅却是一出喜剧，笑点连连。

主角是一位温州土豪，联系了几次便石沉大海。以为不再露脸了，却突然从威尼斯来电说："那个酒庄我要了，明天就去看看，相中了就马上签约。"

吴先生方寸大乱，在欧洲凡事都得提前预约的，不是上厕所，想去就去啊！看在中介佣金的面上，吴先生还是好说歹说，让酒庄主同意了次日接待，并花了一大笔钱雇了专车，连夜从法兰克福赶到威尼斯，接了土财主便直奔米兰。

酒庄在意大利西北地区，靠近法国和摩纳哥，离米兰仅100多公里。庄主是一对德国老人，20世纪90年代收购了酒庄，精心打理了20多年，拥有稳定的客户群。由于年事渐高，有意出让，到手的钱不留子孙，而是去做慈善。

酒庄占地20公顷，状态完美，酒品优异，报价约合人民币6000万元，包含所有设备和建筑。作为出让条件之一，德国老人要求担任经营顾问，分文不取。老人显然不是想拿钱走人，而是尽力确保新庄主能正常经营。就像亲生的孩子，虽然过继给了人家，感情难以割舍。

庄主特意询问买家接手后如何经营。土豪说：搞个农家乐，组织中国游客来喝酒吃烤肉，顺便观赏葡萄园。庄主不知道农家乐为何物，一想到一拨拨人潮汹涌而来，鸡飞狗跳地喝酒吃肉四处乱窜，心里顿时凉了半截。

谈完一场，土豪上街进了一家古董店，相中一块古董名表，标价23万欧元。他二话没说，“哗”地在柜台上撒出20张信用卡，得意地说：国内银行一张卡只有8万元额度，我就搞个几十张，还能堵住我花钱？意大利店主大概也见惯了，行，一张张刷吧。

当夜无话，庄主安排客人留宿。夜深月明时，土豪起身外出打探，旋即喜滋滋地从邻家瓜园里抱回个大西瓜。浴缸放满水洗净泥土，铁掌击破，呼啸下肚。

庄主早上过来一看，顿时愣住了。他自然不知土豪在浴缸里洗过连藤带泥的西瓜，中国客人怎会这么脏？洗把澡弄出一缸泥浆水！进了卧室更是目瞪口呆，悬挂在墙上的几幅祖先画像都摘下堆在了地板上。唤来吴先生一问才

知，土豪昨夜把画像从墙上拽了下来，说就是想看看画框后面有无藏匿珍宝的暗洞！老人吓呆了，这哪是洽谈买卖，这是开门揖盗啊。

土豪点着烟，抖着腿，面无愧色。老人惊魂未定地查看了卧室物件，床单上烧了一个黑洞。没等张口查问，已被晾在一边。土豪以攻为守地转换话题，掏出昨天买的古董表质问吴先生："这破表只走了一夜怎么就停了？"吴先生冷冷地说："你上过发条吗？这是机械表，不是电子表，每天都要上发条的。"

看到庄主铁青的脸色，吴先生忍不住批评了几句。土豪不乐意了，"嗳嗳，你别说我啊，你要多少钱才能闭嘴，100万？打不住？给200万怎么样？哎呀呀，你这种人苦就苦在没钱啊！"

滑稽戏演到此，结局再无悬念。土豪一听德国人不肯卖给他，真急了。"嗳嗳，怎么不卖啦？我加10%，不行？加20%还不行吗？"

吴先生自然不想白跑一趟，把庄主拉到一边苦苦相劝，"这么好的价，机会难得啊！"德国老人答道："这不是钱的问题，我把酒庄卖给这种人，对不起四周的邻居呀！"

土豪还不甘心，打了一连串电话，请到一位在中国混饭的德国律师居中斡旋沟通。最后德国律师泄了气，操着还算熟练的中文说："没戏了，人家不肯卖给你的。回中国吧，那是唯一适合你的地方。"

到了机场，吴先生请他结清这两天的实际开支。土豪拉下脸说："生意又没谈成，我怎么还要付你费用？"

这堪称经典嘴脸，占有欲膨胀，一掷千金；劣根性作祟，一毛不拔。斧头砍没感觉，戳一针喊救命。他可以撒百万巨资买一块不会用的表，却舍不得支付为他开销的小额费用。

吴先生也不是吃素的，指着土豪的拉杆箱说："这是准备付酒庄定金的钱吧，大概有 14 万欧元呢！你不付清开支，我马上报警。你知道欧盟限制现金出入境吗？超出 1 万全部没收，还得罚款！"

土豪呆了几秒，瞬间换了一张笑脸，"兄弟，别较真嘛，我是开开玩笑的。我们能碰上也算是有缘分的啊……"

何止是缘分，能遇上这种奇人，简直算福气了。

2015 年 6 月

# 淮海路上的暗坑

很久以前，在虚荣和虚勇的双重裹挟下，破财买了一块名表百达翡丽，作为送给妻子的生日礼物。此物一直屈居箱底，十几年间偶见天日，不足一月。憋屈久了自然要发作，换了电池后还是走走停停，最后，两根指针四仰八叉赖着不动了。于是送到淮海路上一家“名表维修中心”求诊，这才发现，大上海的著名商街竟也藏有暗坑。

店堂的前排柜台坐着三位钟表匠，后面玻璃房里也是一排三人，像是严阵以待的伏兵。招呼我们的师傅年近六旬，地道的上海口音，令人感到几分信赖。他瞥了一眼递上的表，作惊艳失色状，“啊呀，百达翡丽，世界第一块牌子，我没这个本事，要请阿拉北京来的大师为侬提供服务。”我看了柜台上的亨得利的店铺名片，不免疑惑，修表不是宰牛，上海的百年老店怎么还要请北方壮汉来撑台面？

京城来的匠师身材短小，铁板着的方脸冷硬瘆人，放在古代，直接拿去做一片铠甲，可物尽其用。他用塑料套上刀具，轻轻打开金表后盖。上海师傅敲边鼓赞道，“看，套上一层塑料，就不会留下任何擦痕。”又说，“这表的壳子带子都是玫瑰金，至少值 20 万元，到哪都能抵押出一捆钞票。”事后我才明白，这是故意给客人戴高帽子，20 万的表，付个几万修理费才般配嘛。

铠甲脸慢慢地卸下几个半粒芝麻大的零件，夹出电子芯片反复细看，耳语般地嗫嚅道，“振荡器大概坏了，芯片难说。”说罢丢下一堆拆散的零件，退回后台。上海师傅开立收据说，“8000 元包括修理清洗，统统搞定。”又加上一句，“芯片大概没问题，如果有，阿拉再讲。”这漫不经心的一句话，其实是为下一步挖坑做个铺垫。

两天后果然来电称，仔细检测后发现芯片坏了。“换一只多少钱？”“三万五。”我一口回绝，“不用修理了，太贵了。”定神回想，这套宰客的欺诈伎俩至此已马脚毕露。明知芯片坏了却隐瞒不说，开个低价套住顾客留下手表；再揣摩合计这一刀下去的轻重深浅。一步步精心布局，一个个角色分明。不由人怒从心头起，恶向胆边生，我用 iPad 下载了录音 App，准备登门发难、取证、告发。

跨进店堂，我拿出 iPad 按下录音键，盯着涉嫌欺诈的软肋连连出击。上海师傅则斟酌字句，力避正面回答，施太极拳脚且战且退。铠甲脸见状从里面悄悄地出来，神色忧郁地倚在墙上，双手托臂，静静旁观。

我问：“我看到柜台上亨得利的商店名片才敢把表留下

的，你们和南京路的国营老店是一家吗？”答曰：“当然啰，品牌一样的，但现在都是独立核算。”

“你们北京请来的这位大师反复检查了足足 15 分钟，居然没有发现芯片有问题？”“阿拉也没讲肯定没问题啊。”

“换块芯片要三万五，你们收费有依据吗？”“公司总部确定的，比如，芯片价格两万，我们就开这个价。”

“芯片的官方价格有两万吗？”“确实蛮贵的，你不愿接受我们也能理解，所以完璧归赵，分文不取。”

网上正在热议，青岛的景区餐厅 38 元一只虾，不掏钱？大棒伺候！相比之下，这家修表行是君子动嘴不动手，显然不敢强行胡来，可见上海的法制远胜外地，并非纸上谈兵。

对手的谦恭退让令我顿失斗志。欺诈嫌疑虽存，但举证不易。你皮未破，血没流，还想告人持刀行凶？罢了。

上海师傅还想挽回生意，说，“还有一条省钱的路子，芯片动动手术。”我笑笑，“不劳大驾了。”

出门径直赶往南京路上的亨达利老店。国营店铺一般不会欺诈宰客，也算是一俊遮百丑。

店里的老师傅操着纯熟的沪语，嘲叽叽地说：“这种顶级名牌是有钞票的人买来拗造型用咯。”一个“拗”字，勾画出有钱人直拗显摆的蠢相。

他用刀轻轻一拨掀开后盖，“侬看，贵得要死，防水却一塌糊涂。”看了半分钟便说：“芯片坏了，要到瑞士总部订购一只。”他翻开厚厚一本价目表，指着一栏说：“8000 到 1 万元，以最终的芯片型号为准。”相比三万五，这才四分之一。

我试探地问："上海哪来这么多亨得利钟表店？"他叹道："阿拉是正宗的亨达利，其他人家傍名牌，冒牌的到处冒出来，有的叫亨得利，哪里管得过来。不少是福建人开的，以前大概是修锁配钥匙的，现在行业升级，维修世界名表了！"

看来，那个扛着京城大师头衔的，多半也是福建老板，阴郁凝重的神情说明日子相当难挨。一个小众市场哪里养得起这么多店铺！认输关门？还是宰客苟存？两难。

市场竞争在中国更显惨烈，贪欲强，理性弱，一窝蜂汹涌而上。借用一句入土的沪语老话：轧煞老娘有饭吃！当然，轧不死老娘大家抢饭吃。强者胜，弱者败，优胜劣汰确实惨烈，但正是王道。时间久了，人才会慢慢定下神来，多一份理性，少一点癫狂。盼着吧！

2015 年 8 月

# 东京的炒米花

东京美食遍地，既有昂贵的北海道蟹肉大餐，也有几百日元一碗的地道拉面，前者令人接过账单倒吸一口凉气，后者让人酣畅淋漓地喝完最后一口汤，脑门渗出一层热汗。但最为令人难以忘怀者，还是炒米花。

抵达当晚，在东京谋生的侄子文文无法按时下班，请日本女友赶到银座的酒店陪我们去涩谷的蟹道乐餐厅。女孩汉语不算熟练，发音却极为纯正。一见面就笑着自我介绍，“大家好！我的日文名字是早弥花，不过中国同学都叫我炒米花。”没错，本文提到的“炒米花”，不是美食，而是早稻田大学的大四学生，清纯秀丽，笑颜灿烂。

来到人头攒动的地铁站，她拿出一打儿预先买好的车票分发给我们，省去了排队的时间和购票的麻烦。细致周到，尽显东洋近邻无微不至的行事风格。

文文在一家游戏软件公司工作，像硬闯京广沪的外地打工者一样，过着从手到口的紧巴日子。讷于言，也非敏于行，书生气久久不褪。这日本名校的优秀女生莫非看走了眼？我半开玩笑地试探道，“文文是不是有点傻傻的？”“傻傻的是什么意思？”她不解。“就是木讷，不够灵敏。”我见她不理解，赶紧换了个常用词，“也就是不够聪明。”这种戳心窝的昏话炒米花哪肯苟同，急忙辩护，“他很聪明的。他的日语比我这个日本人还好，真的，我一直不明白他怎么会不是日本人哎。”闲谈中她告诉我们，她家在横滨，每天来回坐车三小时来东京上课，“东京太贵了，住不起啊！”她和文文都非常忙，只有周末约会，看场电影，吃顿简餐。文文每次都坚持送她回到横滨再返回东京。日本男人除了上班就是喝酒，有那份情也没这份空。看来，尘世间的情缘都自有缘由。

蟹道乐是一家专做北海道巨蟹的名店，来东京前三天便预定了座位。点的套餐有七八道菜，巨蟹的各个部位，或刺身、烧烤、清蒸，或做汤、蒸饭、入菜。炒米花显然来自平民家庭，坦然地说：从来没有来过蟹道乐，味道太美了。文文举起手机给满盘的蟹肉拍照，炒米花赶紧挑只大蟹钳凑过去，拍完再夹回盘中，喃喃道一声，“欢迎回来哦。”

炒米花学的是日本历史，战争话题显然不适合佐餐，于是问她毕业论文是什么题目。她说，关于三十年代在中国经营的日本书店，有个日本书店老板和鲁迅是很好的朋友。我说道，没错，内山完造先生，他的书店是上海虹口的文化遗址。不过现在那里成了一家银行，完成了从文化

到金钱的华丽转身。她一脸迷茫，“我中文不好，不懂哎。”我摆摆手，“我们也不懂啊！”

第二天，我们约她去筑地海鲜市场午餐，她犹豫着说：“连着吃，不好意思哎。”听说需要她带路，才应承下来。著名的筑地海鲜市场离银座仅一箭之遥，货摊排档密密匝匝，四海吃客熙熙攘攘。我们挑了一家相对雅静的餐厅，各点了一份海鲜饭。半碗米饭上堆满了七种鲜鱼刺身，柔软的原味鱼肉蘸点芥末酱油，送入口中，肥美鲜嫩。吃完抬头一看，炒米花碗里还有一半。她略带羞涩地说：“实在太好吃了，我要慢慢吃。”

好吃就说好吃，开心真的开心，绝无一丝端着的矜持，也不见半点撑起的淡漠，更没有欲擒故纵的虚假抢单，炒米花纯真的笑容和纯朴的话语烘托出一个纯净的灵魂，如同清澈见底的一潭净水。

告别时，她递上预备的茶点礼品，特意关照，袋里有她写给我们的信函。上了飞机，打开炒米花昨晚趴在桌上一笔一画写下的临别赠言：谢谢你们款待我们，我从来没吃过那么多那么好吃的螃蟹，太感动了，太幸福了！我明年毕业上班，一定会认真工作。然后，有一天我做三倍的款待大家哦！

外国人的中文常带点孩童般的稚嫩，还难免有语病。但一份真诚力透纸背，绝非感恩节有口无心的应时套话。其实，那些惊天地泣鬼神的伟人壮举我们常人无缘亲历，即便为之感动，也是他人鼓吹的结果，真正打动我们的，往往是一个灿烂的笑容，一声由衷的道谢，甚至是默默的眼神。炒米花的感人言语，悄然穿透紧紧裹着人心的层层厚茧，直达深处，轻轻触动松弛已久的心弦。怅然间，那种久违的感觉，让人欲说还休。

2016 年 1 月

# 冰火签证关

办妥新西兰签证后，妻子的护照已几无空白页。南太平洋的游轮从奥克兰出发，停靠七八个岛国，这一路上出境入关的图章，不能盖在脸上吧？于是申领了一本新的。根据经验，新旧护照绑在一起即可。

打理完行装，却莫名地惴惴不安。于是拿起了电话，签证中心小姐的回答如同一桶凉水劈头倾下：必须把签证转移到新护照上，否则你上不了飞机。问：转移签证要多久？答：按规定，两周。可是，离我们登船只剩五天了！

心急如焚地赶到签证中心，年轻的女经理听完缘由，微笑着说：我们无法保证，但一定尽全力争取让你赶上登船。听到这般暖心的承诺，不由想起三十年前英国使馆签证处难忘的一幕。

那时，英国签证只能在北京大使馆申请，商务签证上午递交申请，下午三点就能取回护照。我通常提前一天抵京，使馆附近住一晚，次日一早去递交申请，下午取回护照奔机场，当晚返沪。

当年的外国使馆签证处如同鬼门关，申请者唯恐拒签，大多心情紧张，神色凝重。痴迷赴美留学的青年，跨入美领馆像是重刑犯等判决，获签如无罪释放四肢狂舞，拒签像坠入黑牢五脏俱焚。

那天，递交申请的队伍排得特别长。窗口里外，像银行防盗一样隔着厚重的玻璃墙，申请材料只能从窗口下方狭缝递上，对话则通过麦克风进行。排在我前面的老先生教授模样，气质儒雅，哆哆嗦嗦走上前，战战兢兢地把装着申请材料的文件夹放在窗台上。

窗口负责初审的英国胖婆像是一夜失眠，眼圈乌黑，神色墨黑，离临爆点只差 0.5 度。一位胖乎乎的冷脸女孩在旁边充作翻译。胖婆肥妞先后张嘴说了一通，只传出轻微的嗡嗡声，不像人话，更似猪哼。神情紧张的老先生完全听不清，木桩似的戳在窗前，张口结舌，场面一片死寂。

我身后的一位高挑女孩发现了障碍所在，高喊："哎呀，堵住喇叭了！"一个箭步上前，玉臂一挥，将覆盖在麦克风上的文件夹"哗"地推到了一边。麦克风里骤然爆出胖婆签证官的尖利狂吼："你怎么可以对老人如此粗暴！滚出去！你被拒签了！"

这显然是场误会。我如果上前略做解释，那个暴躁的洋婆多半会认错道歉，英国人多半还是讲理的。但所有在场的国人高度一致，事不关己，绝不吭声。女孩双唇哆嗦

却说不出话来。若是申请留学签证，她的人生轨迹将因此转向。直到她一扭身摔门而去，我才咬牙暗骂自己的胆怯懦弱。事后反省，其实并非出于畏惧，而是国人根深蒂固的漠然。

老先生顺利递交了文件，道谢离去。签证官不知何故也离开了。我上前刚拿出材料，那个肥妞翻译凶神恶煞般地嚷道："统统出去，下午再来！"说罢"哗"地扯下窗帘。

我压抑已久的怒火终于爆发了，咚咚猛敲两下玻璃，"等等，别走！"女孩拉起窗帘，一脸惊愕，反了不成！我放开嗓门说："排队等了两个多小时，白白浪费一个半天，你以为我们的时间一文不值吗？'下午再来'，那我明天才能拿到签证，今晚的机票你赔吗？你以为我要去啊？给我盖个拒签章，我给总部的英国人一个交代，也免了这趟苦差。请你们的头儿过来！"

一个英国小伙闻声过来，"安静，安静，怎么回事？"我放缓语气解释了一番，补充道，"我每次签证都是上午递交下午取件的，晚上必须赶回上海，第二天还有满满的日程安排。"小伙子飞快翻了一下材料说，"我收下了，下午来取吧。"我回头看了一眼身后七八个难友，又转向英国人。他一耸肩，"抱歉，午餐时间了。"众人叹口气，悻悻离去。

新西兰签证转移手续特事特办，只花了两天。我接过护照，再三道谢，女经理笑道："不用谢，不能让你们既破财又扫兴啊！"

墙上的警示标牌赫然醒目：恳请大家对受理申请的人员以礼相待，不得喧闹，禁止谩骂。这大概不是空穴来风吧？中国的旅游大军，钱多、人霸，气势凶悍，一腔从奴隶到将军的豪气。签证大厅里人头攒动，气氛炽热，往日的冰窟变成了火炉。真是风水轮流转，冰火两重天。

2016 年 3 月

# 过日子的态度

上海滩的德兴馆是老字号，路过福建路路口并且恰逢餐时，我常会挤进去要一碗红双喜宽汤面煞煞馋。苏锡风味，熏鱼香浓，焖蹄酥软，一碗才十几元。

店堂里站着等座的比坐着吃的多，几乎每个坐着的食客身后都有人等座，有着浓浓的市井气和耐看的众生相。用餐时，食客五官蠕动、贪相难掩，当属非礼勿视，但你看别人，别人也看你，就像裸身进澡堂，何羞之有？

有一次，站在一位胖男身后恭候落座。食客衣着邋遢，五官紧贴面碗，时而大口嚼面，时而举碗喝汤，咂咂有声，呼噜发响，一脸的满足不逊于米其林餐厅里刀叉并举迎战六道大菜的豪客。

苦等了半天，他碗里竟还有大半，再瞄一眼，这位仁兄面相疑似智力欠佳，汤面不停往嘴巴里灌，鼻涕不断朝碗里流，口、鼻、碗三位一体，构成一个完整的封闭循环系统。其运转之流畅，令三权分立、你堵我卡的美国政府相形见绌。

我估摸再等个半小时也未必轮到落座，何况一看那副食相，早已没有了胃口，于是悻然离去。回头一想，鼻涕兄虽智力欠佳，却随天意尽人事，把日子舒展滋润到了极致，足以称道。

不久前又到德兴馆，紧挨着落座的有两位老人。其中一个是经典款的牢骚公，还没坐定便朝服务员直嚷：快点快点，地方尬小，热煞人了！另一位却谦和宽让：不急不急，越急越出汗。

服务员过来接单，牢骚公一一叮嘱：我这碗不要店里的汤，给我白开水，绝对不能放糖，记牢啦？一道金牌，廉价的大众面点立马升级成度身定制的特供产品。汤面端上桌才尝了一口，便“当”地放下，“喂喂，这面是生的，咬起来粘牙齿，哪能吃？”服务员一言不发端回厨房。几分钟后端了回来，也回敬一声“当”，面汤差点溅了牢骚公一脸。

他轻声嘟囔道，“啥个态度！”又一脸疑云地问，“你们怎么弄的？又放到锅里煮了一会？”服务员大声答道，“前面那碗倒泔脚缸里喂猪去了，给你重新下了一碗！”

牢骚公还是一脸疑惑，用筷子将一根面条挑到半空，像观察一条长虫似的细看了一会，皱着眉头说，“不对不对，这面条怎么像橡皮筋一样？如果全是面粉，筷子一拉就会断的，侬看，弹性十足！肯定加过什么添加剂之类的，连老字号德兴馆也开始糊弄老百姓了！”

他边说便目光四处扫了一圈，寻求同仇敌忾者，见大家只顾埋头吃面无人呼应，便歪过脸凑向我，“师傅，侬讲我的话有道理伐？添加剂太多要吃煞人的呀！”我恨不得回他一句，“吃煞了好，死了就不受这个罪了嘛。”但还是忍住了，何必呢？看他一眼，不吱声，扔下面碗，败兴而去。

牢骚公的智商不低，一碗面能找出一连串岔子并为之肝火熊旺，叽叽歪歪吵吵嚷嚷一辈子，还能撑到今天，也实属不易。回想起鼻涕兄，同样一碗面，尽管夹带了不少可疑的私货，却吃得风生水起，有滋有味。可见，日子过得快活还是痛苦，和能力或金钱关系不大，主要靠态度。

2016年4月

# 贵宾的遭遇

八月的东京之行，全程用的是国内的大牌网站，并非戆劲发作支持国货，而是被荣幸册封为星级贵宾了。还犹豫什么？给你脸就得识相啊！

我中午就抵达了东京成田机场，妻子的航班因上海雷雨延误至晚上才起飞。见天色渐黑，决定当晚住机场。当即上网订房付费，日航机场酒店离机场一箭之遥，坐穿梭巴士仅 10 分钟便抵达酒店。入住时，向前台出示手机上的确认单，这才注意到，支付的费用比预订时显示的房价多了 45 元，此时一条短信随着一声清脆铃声翩然而至，恭喜我“订房取消险已生效”。

我顿时有种遭抢的感觉，钱不多，气难平。酒店都有价格优惠却带有不得取消的限制条款，如果入住日期较远，投了预订取消险，万一行程有变可以获赔。可我订房时已

是晚上九点，完成订房时已抵近酒店大堂，哪儿会取消？这家网站却在我不知情的状态下替我做了主，打勾选购投保取消预订险，下单扣款，一气呵成。

其实这并非初次，预订机票时，他们也是不动声色地给我预订了贵宾候机厅。发现扣款总额不对，我去电查询，训练有素的客服小姐软软地说：先生，您可能稍不留神预订了这项服务。我冷笑一声，“我有机场贵宾厅 Priority Pass，可以免费使用，怎么还会花钱预订？再不留神，也不会在穿了袜子的脚上再套上一双袜子吧？”

我奉行“挨宰就认”的不对抗原则，有此遭遇也就认倒霉。毕竟是国内最大的旅行网站，服务质量有保障，出门无忧。未料到，贵宾礼遇持续延伸中。

东京返沪，网站提供的机票行程单显示的出发地点是“I 号航站楼”。于是赶到 1 号航站楼。查看半天如坠五里雾中。幸亏一位日航小姐指点迷津，“您应该去国际航站楼，这个是英文字母 I，不是数字 1。”日航小姐笑道，“搞错的旅客很多很多的。”我一看表，转身狂奔。

候机时打开新闻网页，苍天有眼，这家大佬公司终于惹上了官司，被法院判定欺诈罪成立，赔偿受害人 1150 元。阅罢无语，只能嘿嘿。

被告若是个贩卖有毒食品的村妇，这千元赔款会让她痛彻心肺，但对这等庞然大物的公司，这点儿赔款连挠痒痒都算不上。据说美国的法院在此类案件上会痛下狠手，判罚一个天文数字，目的就是让作恶的大公司痛至骨髓，再也不敢胡来。

公司要捞钱就像歹徒想打劫，天性使然。倘若违规被抓到了，惩治罚款只是挠痒痒，名为惩罚，其实已几近怂恿了。难怪恶行迭出，且越大越恶。某些行业巨头和电商霸主，头顶民族品牌的桂冠，大到业内再无对手，甚至不服管控，平民百姓便沦为霸王巨头肆意乱剁的俎上肉了。

说句公道话，人家既没有明抢，也并非暗偷，拿了你的钱毕竟给你东西了。但订房订票，还须防贼似的多加小心，稍不留神，钱就到别人口袋了。

2016 年 8 月

# 良医高先生

中医日渐式微，三甲医院的主任医师高先生每周开诊仅半日，总部容不下，只能屈就于偏僻的浦东分院，境况如龙困浅滩。

初陷商海时，我四处奔忙，常需依赖安眠药小睡半宿才得以应付日常事务。自感身虚体弱，每到夏季手脚发热，炽气淤脑。西医无策，一推了之：亚健康，多休息。西医治百病，却不屑一顾大病降临前的亚健康，就像消防局对冒烟并不过问，要等到大火冲天才会出动救火。于是转求中医，上海滩有名的中医门诊逐家拜求，医师的口径却像事先串通好似的完全一致，阴虚阳盛，伴有气虚。于是百草齐下滋阴抑阳，膏方土方一一尝遍，但疗效甚微。于是渐渐信服鲁迅断言，中医不过是有意或无意的骗子！

直到九年前，在朋友的强力鼓动下幸遇高先生，才顿开茅塞，中医之精深玄妙，绝非常人能悟，吃不死治不好的药方似漫天飞舞的蝗虫，深得中医精髓而药到病除的高人却寥若晨星。庸医无能，药材衰退，中医成了西下夕阳，取缔的声浪如同黑夜，随时可能将其吞没。

高先生神情阴郁，不苟言笑，望闻问切之后一声叹息："吃了这么多年药，却全吃错了，你哪是阳盛阴虚？依我看你是表象阴虚，实质阳虚。"一句轻言如炸雷震耳，我一时无语。误诊常有，中西皆难免，可一长串头顶光环的名医竟然一致误诊，可见误命郎中远超治病良医。吃了半辈子错药竟然还活着，庆幸之余，不禁哀叹庸医之成事不足，败事也不足！

高先生沉吟片刻，举起墨水钢笔，时而凝神推敲，时而轻叩桌面，用工整的楷书开出方子。选药繁杂且用量骇人，有几味远超药书规定的最大限度。我试探道，"高医生真是艺高胆大，用药这么大量？"他淡淡地回道，"现在的药材质量低劣，药力远不如以前了，药书上定的量跟不上这个世道了。"尽信书不如无书，高先生非书呆子可比肩。

失眠顽症死缠我多年，服药三日，奇效渐显。首日安心，次日安体，第三日一觉安睡至天亮。通体舒畅，神清气爽。奇妙的是，方子里少有助眠药材，阴阳失调得以缓解，身心机体趋于正常，安眠不请自来。

高先生生性孤傲，但对病人认真细致。求诊的老人几个问题常常颠来倒去好几遍，他都能耐心解答却又不失分寸。有位耳背的阿婆，闲着也是闲着，指着药方逐一盘问药性疗效，高先生立马一言封喉，"你就回去熬了药放心喝就行了，其他的就不用费神了。"排队候诊的众人吁出一口闷气。

问诊之余，我们也聊一些闲话。他提起有位被西医判定活不过三个月的脑瘤患者，在他用药调理之后，肿瘤慢慢萎缩直至消失痊愈。我有位西医朋友，听了嗤之以鼻，再治几个看看？科学的疗效必须具备可重复性。但我还是确信不疑。癌症晚期药石不灵，高医生并无起死回生之术，但个别病人在高先生精准调理下去邪归正，抵抗力渐增，确有可能驱除病魔。

孤傲之人在国营体制内难以舒展手脚，我问他是否考虑过脱身开个私人诊所，他说，有人找过我，但是，古人云：父母在，不远行。说罢，摇了摇头。

和高先生相识多年却未有深交，近来已有两年未见。上周听妹妹说起尿路感染已有数月，换了几家医院症状依旧，尿检红细胞和蛋白高达4+，医生也皱着眉头两手一摊："你失眠严重，免疫力太低，抗生素根本不起作用。"此病久治不愈便会危及肾脏，预后不妙。于是我赶紧联系高先生，安排次日求诊。

服药一周后，数月顽疾顿消。头晕腰酸不再，尿检所有指标正常。妹妹像换了个人似的，病容顿消，精神大振。

高先生医术神奇，但当今世界"神人""大腕"像乌鸦一般，飞走了一拨，又来一拨，称其为神医反会惹人疑、招人嫌，"良医"二字虽不足彰其神功，却与其低沉性情暗合。念及高先生的境况，蓦然间脑海里冒出一行意境凄美的俳句，"一明一灭一尺间"，重重黑夜里，咫尺间一只闪亮的流萤，也能给人以光明和暖意。

2017年2月

## 披着白大褂的商人

成人去医院，就像孩子上学校，怕去，又不得不去。大医院等同好学校，招牌倒是亮丽，但一进门便陷入磨难。上月我扭伤了右脚，肿痛不退，便去了附近的社区医院。小病不劳大神。

挂号拍片，相馆拍照似的轻松快捷，一刻钟就拿到了影像报告，右脚外侧骨折。虽是一道小裂缝，沉重的石膏像脚镣一样，让人日不能行、夜无安眠。熬了几天还是决定去大医院，自费更换新型的轻便固定材料。

虽说只需医生开张单子去更换固定材料，并且挂了高价特需门诊，却还是等了半个多小时。见号入内，只见中年医师四肢舒展地仰坐在皮椅上，对着面前的老太和颜悦色地谆谆开导：那确实会明显改善你的生活质量，当然，价格也是蛮贵的。站在老太身后的孝子忙不迭地表态，只

要老人少受点苦，多花点钱没有问题。

医生闻言欠起身子，从白大褂口袋里掏出两只手机，大概是内外有别，看一眼才挑出一只，开始拨号。这位男医师，正值壮年，衣似白雪面如桃花，呈春风得意状。从通话内容可以听出对方是某种康复器材的销售经理，且交情不浅。医生挂完电话，写了联系电话递给老太，欲擒故纵地怂恿道：试着用用吧，确实不喜欢反正可以退给他的嘛。这句话就像在病人身后砌了堵墙，要想退却也没门了。何况母子二人哪有退意，像鸡啄米似的，一个频频点头，一个连连作揖。一桩有利可图的买卖在治病救人的诊室里堂而皇之地一锤敲定。

送走老太，医师转过身，满面春风即刻化为一脸冰霜，此公显然是个明白人，知道丢芝麻捡西瓜。一副绑带能榨出什么油水？

我拿出X光片，识相地长话短说："就一道微小的骨裂，想换个新型的固定材料。"他眼皮都没抬一下，便撕了一张单子边写边说："去急诊室换高分子材料。"我知趣地立即起身，问"骨折部位是在脚面，脚跟稍用点力支撑一下没事吧？""不行，一星期后再过来拍片复查。"

主任医师竟然说出这样的昏话，可算是大象嘴里吐出了狗牙。开放性骨折或骨头错位，手术复位固定后应随访复查以确保没有二次偏移。但轻度的骨裂，固定后自会慢慢愈合，短短一周几无变化，为何还要再来复查？有理发师剃好头让你过几天再去复查长势如何的吗？不由得一股郁愤涌上心头。

一瘸一拐来到底楼的石膏室，主治医师年近七旬，精神矍铄，眼快手快嘴也快，看了一下X光片说：“这属于轻度的，有些外地民工懒得来医院，慢慢也能愈合。”想起楼上主任医师的禁令，我问：“脚跟着地不碍吧？”“完全可以，不要整天躺着，在家里虚着脚拖着慢慢走动。”老先生做了个示范动作，“看，就这样，不碍事的。”我举着拍片单又问：“要我一周后拍片复查，可以不来吗？”他斩钉截铁地说：“你来做啥？你骨头又没有错位，让它慢慢愈合就行了。这里拍片要排队至少三个钟头！加上路上来回和门诊排队，你一整天没了。”我又问：“单子开了怎么办？”“撕了扔掉！”

他安排副手拆去我脚上的石膏，又解释道：“这种老式石膏又重又容易碎，也要100多，开裂了还得换一次，加起来不比高分子材料便宜，病人还多受罪。高分子材料不能进医保，需要自费，你买一副320的就行了，也有800多1000多的，没啥意思。”

亦医亦商也是中国特色，狠一点的三分医七分商，善一点的七分医三分商。眼前这位清高脱俗的老医师称得上出淤泥而不染，可敬可佩，堪为楷模。但楷模永远是另类个例，无法批量生产。红尘漫漫，人皆叹利薄，谁不见钱亲？欧美的医生收入丰厚，尽可道貌岸然。中国的医生工作忙、责任重、收入低，属劳碌工薪族。于是各种生财之道应运而生。

医院的大夫就像餐厅的厨子，得好好养着，不能处处防着。提防厨子偷嘴不容易，禁止半饥半不饱的厨子偷嘴

不仅难有胜算，道义上底气何在？那位披着白大褂的医商良知虽欠缺，却远非恶人。看似恶人，其实是坏制度诱人作恶。想到此，叹口气，气也消了大半。

2017年3月

# 米其林大厨的巨石阵

为了助兴，晚会请来了著名大厨一展风采。聚光灯下一张料理台铺着耀眼的白布，上置电炉和厨具。一老一少，一个动口一个动手，一派大师风范。

担任讲解的老者是西班牙米其林三星餐厅的大厨，所谓三星，是值得坐飞机专程前往享用的顶级餐馆。表演之后，他们还为今晚的正餐掌勺。四周观看的宾客半张着嘴，呈垂涎欲滴状。

年少的厨师舞刀弄叉地忙碌着，年长的大厨拿着话筒，不时指着身旁的显示屏幕，滔滔不绝地演示解说。食不厌精，但再好的菜也会让人犯腻，他自豪地声称，他手下的创新团队，每年推出 50 道新菜。今天演示的这道首次亮相的新菜叫“巨石阵”，取名于英国的史前遗址。土豆泥作原料，配料是一种名贵的黑松露，只产于墨西哥。这道新作

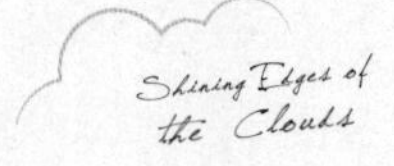

也是今晚的第一道主菜。

表演结束后，大厨拿着酒杯过来招呼熟人。朋友出于礼仪介绍引见，胖胖的主厨年近六旬，匆匆摸了一下我伸出的手，没等我开口恭维便转脸和另一位相识的来客聊了起来，用西语立即屏蔽了我的参与。我倒也毫不介意，这位明星大腕场面上见过的人比他砧板上剁过的肉还多，见了，剁了，也就罢了，哪有心思多费神！

晚宴的头盘用完后，侍者把佐餐酒换成白葡萄酒，奉上宾客期盼的“巨石阵”。这道菜造型像个石柱，以土豆泥为主料炸成薄薄一层的圆锥体，油炸至金黄，顶上撒满了细细一层黑色粉末，不知何物。配有黑松露的糊状内馅从底部塞入，上菜时侍者特意关照要用勺子兜底操起送入口中。一口咬去，极薄，微脆，包裹着糊状菌菇内馅，口感类似上海街头小贩一块钱一个的油墩子，味道也就那么回事。

我大概是猪八戒吃人参果，糟蹋了珍品，但扫一眼四周，也没哪位有惊艳之状或称赞之声。即便有，多半也是装的。接下来两道菜，葡萄酒炖乳鸽，鮟鱇鱼排，味道也不过尔尔。听同桌说，这位大师开设的餐厅价格相当昂贵，正餐每人至少得掏200欧元。当然还得早早预定慢慢等待，年纪太大的尽管订了位，能否挨到那天吃上一顿，还得看天意。

坐在身旁的西语翻译是位举止优雅的上海女孩，在此侨居多年，西语纯熟。我说：“菜量太大了，你不妨分享一半。”她笑着婉拒，“不用了，按行规翻译只能喝，不许吃。”她告诉说，她也有机会品尝过著名餐厅的美食，但西班牙真正好吃的是一道家常主食，鸡蛋土豆煎饼。擅长厨艺的主妇都有各自的私家配方，味道鲜美，常吃不厌。

我应道：家常菜就是吃不厌。米其林的味道其实也不过如此。这道米其林大厨的“巨石阵”，名气很大，味道和土豆饼差不多。就像名牌包包之类的所谓奢侈品，材质和大路货差不多，制作质量也相近，唯一不同的是品牌。顾客掏的银子多半花在了浮华虚名上。

她举了举手中一只巴掌大的精致坤包，笑道：“我也把钱花在浮名上了。但在我们这个行业混，你不得不添置几件行头，才能和这样的场合不显得违和。”

我不由点头称是，也是身不由己哦，理解理解，凡是存在的，都有其合理性。老是挑毛病，怪这事不合理，那人太粗俗，貌似高人一截，其实还是无知。

2017 年 3 月

# 斗牛士的倾诉

马德里的酒宴上，一位西班牙男子坐在我的右侧，三十多岁，矜持文雅。出于礼节，我们不咸不淡地闲聊着，直到一位女郎过来请他签名留念，我才知道他是西班牙著名斗牛士，常在时尚杂志上露脸。手刃蛮牛的帅哥在当地备受仰慕尊崇，风头盖过席卷千军的将帅。再一打量，眼前这位斗牛明星身材不高，白面书生貌，和血刃蛮牛的壮汉形象相去甚远。可见斗牛凭借的是敏捷，而非蛮力。

我疑惑地又细看了一眼他的名片，好奇地问，“您是在这家慈善机构吗？”他微笑着点点头，“是的，我已经退出斗牛场了。”我半开玩笑地说：“退出斗牛改行做慈善，正如佛经上说的‘放下屠刀，立地成佛’。”他浅浅一笑，未置可否，却把话题切换到媒体的头条热点上。当时全球阻击埃博拉病毒疫情，西班牙一位护士感染病毒后，法院怀疑其宠物狗也已感染，遂下令处以安乐死，结果爱狗人士如丧考妣，抗议政府滥杀无辜，几个城市爆发警民间的激烈冲突。我说：“无法理解，不就一个畜生吗？”谈吐优雅的斗牛士突然激愤起来，“伪善，彻头彻尾的伪善！和公众健康安全相比，一条狗命算什么？”

他随即把话题转到斗牛上，愤愤地说：“那些以反对血腥的名义抵制斗牛的人，其实也是伪善！你知道吗？以前公牛可以犁地拉车，现代农业完全机械化了，公牛丧失了经济价值。根本没人愿意养。没有斗牛项目，这些公牛就只能立即送到屠宰场。斗牛行业让它们的生命得到了延长，还享受了一段被人精心照料的时光。取消斗牛，那些伪善的家伙会把公牛弄回去当宠物养吗？他们只会嚼着牛排大谈救牛！”我应和道：“都一样，那些台上的老爷们猛吸民脂民膏，怕喝太急呛着，也不时停顿一下大谈公平。”

他拿去酒杯猛喝一口，继续说道：“斗牛不仅是西班牙的传统国粹，也是民众喜爱的观赏项目。马德里最大的斗牛场能容纳两三万观众。”我附和道：“看过一份报道，斗牛每年给西班牙带来几亿欧元的收入，国家税收就有几千万。”

他对国家捞多少钱并无兴趣，继续倾诉一腔郁闷，“观众只看到我在场上杀牛，没人知道我其实非常爱牛，我经常陪伴它们。它们勇猛无畏，令人尊重。公牛其实是我的舞伴，我们共同演出，让观众如痴如狂。”

我举起酒杯略带调侃地劝慰道：“这世界上什么样的人都有，有伪善的，也有装崇高的，还有青红皂白分不清却

破口大骂的。不是有句伟人名言：走自己的路，让别人说去吧！来吧，斗你的牛，让别人说去吧！”

2017 年 8 月

# 老王是只模子

上周在香港办完事，想起多年不见的朋友老王。便坐气垫船去澳门，约他在葡京酒店会面聊聊，英文叫catch-up，意即叙旧刷新。情谊如同一壶茶，长时间不添热水，就凉了。

老王在澳门定居二十多年了，乡音未改，仍操着一口纯正而老派的上海口音。

老王做过多年的“搭马仔”，帮赌场揽客，鞍前马后地侍奉贵客。有了稳定的客户群，这是个旱涝保收的饭碗，赌场那里有提成，客人赢了钱有赏赐。偶有豪客赢了一大笔，几万元一桌的宴席也有他一双筷子。声色犬马中浸染久了，人难免会生出各种邪念，老王却是个例外。

有个邱姓的贵宾有一次手气晦霉，洗牌声如同狂风呼啸，一晚上哗哗地刮走了几百万。看着剩下的十几万筹码，

如见风即逝的几片残叶，铁青着脸吩咐道：“老王，你来替我玩几把，我抽支烟去。”

老王一上桌，风向倒转，不到半小时竟然刮回来九十多万。一旁巡视的王太太是赌场筹码柜台的主管，那些赢到手的筹码可以换成现金悄然落袋。再黑一点，道一声：不好意思，都输了。那余下的十几万赌资也可纳入私囊。她在老王耳边嘀咕了几句，但老王不依，做人哪能可以这样！王太太七窍生烟，大骂：侬脑子被枪打过啦！全世界找不到侬这种戆棺材！邱先生回到赌台，老王报喜，手气转了，赢了九十多万。邱一脸迷惑地望着老王，摇摇头，叹口气，一时无言相对。

男女三观不同，可以苟且同床，却难以同屋一生。王太太最终绝情离去。老王并不后悔，酒后私下说：数字太大我不晓得，但300万肯定打不倒我。淡淡的语气透出浓浓的高傲。

常年浸泡在赌场中，老王也难敌诱惑。积了点钱就试试手气，输多赢少。几十年来两袖清风，两兜也只剩清风。澳门的养老金不足糊口，老王去年到了退休年龄，也只能继续为酒店赌场开巴士。

聊起上海的房价，老王叹口气说：“我是回不去了，太贵了。”他淡淡地告诉我，风烛残年的老母在上海倒是有套房子，为了帮儿子一把，决定撇开女儿，把产权转到老王名下。这笔财产可确保老王衣食无忧。但他坚持和姐姐各得一半。对老母谎称：“我是澳门人，法律不允许持有大陆的房产，还是转到姐姐名下吧，以后卖了再把钱给我。”君子爱财取之有道，这就是老王的底线。

老王见多识广，长得也俊朗，言谈举止貌似教授，人品则令无数教授闻之汗颜（不少文人师爷如今只知道美颜，哪晓得汗颜），因此很有女人缘。虽三婚三离，年过六旬，还有位澳洲华人女老板缠着他去澳洲共度余生。老王晃了一下手里的佛经，笑道："别耽误人家，不折腾了，修行养性才是正道。"

澳门是个弹丸之地，也是个魔幻之城。能一阵风把人吹上云端，也能一巴掌把人打下深渊。老王在此地扑腾半生，了无建树，虽无权无势，但有品有德，无财无产，却有情有义。借用一句上海俗话：老王确实是只模子（模范）。

2019 年 2 月



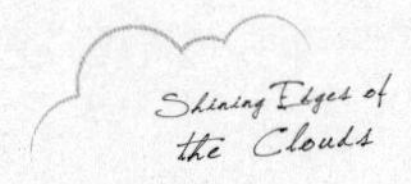

# 性情中人周师傅

跟着旅游大巴在西班牙飞驰七天，四处打卡后，弟弟回到马德里，只字不提名胜景点（早已搅成一锅粥了），却不停地叨叨：你投资的项目不是要找大厨吗，见见周师傅，日式餐厅的大厨，真真的性情中人。

性情中人率性而为，不藏，不装，不太计较得失，属濒临灭绝的物种，值得一见。于是约了在西班牙广场东侧的香港厨房茶餐厅一起午餐，据说马德里只有在这家餐厅能喝到真材实料的奶茶，配得上周师傅。

周师傅个子不高，身板结实，经西班牙灿烂阳光的多年滋润，肤色黝黑。果然是性情中人，一开口便超凡脱俗，“我烧的菜谈不上好吃，出国前连煮饭熬粥都不会，也从来没有拜过师傅。最初跑到荷兰打工，厨房里什么活都干过。完全靠仔细观察，慢慢琢磨。三脚猫，样样会，全是偷来的。”

周师傅是上海人，年近六旬，全身无一丝赘肉，精干麻利，快人快语。他年轻时在上海足球乙级队踢球，淘汰出局后做了几年列车员，20 世纪 90 年代初跟几个朋友闯荡欧洲，荷兰无法定居，付了 6000 欧元办妥了西班牙居留，才得以安顿下来。

他笑道：“做了几年炉头，以为自己本事大了，开了一家餐厅，没想到碰上经济危机，生意一塌糊涂，赔了 400 万人民币。怎么办？只好再回厨房打工。”周师傅的语气风轻云淡，好像亏了钱的是八竿子打不着的阿拉伯酋长。

周师傅也没忘了推销自己，说：“我会做中餐，也会日料，铁板、烧烤、寿司都行，日本老板把厨房交给我负责，要对得起人家也要对得起工资，做事体我绝对不捣糨糊的。”

踢球，跑车，漂洋，掌勺，做过老板，又回归厨房，周师傅大半生跌宕起伏，经历过风雨，也梦见过彩虹。既有拼搏向上的狠劲，也有认赌服输的气度，仰不负天，俯不愧人，胜过无数苟且慵懒之辈。个子虽不高，也算个大丈夫。

我说：“有位上海游客和我弟弟同团旅游，一路上念叨你人品好，重情义。这次来西班牙玩了四十多天，费用全是你掏的，连路上吃的都塞了一大包。”周师傅解释道：“他以前是列车长，我在他手下工作，得到不少关照，几十年的老朋友了。人要讲良心嘛，所以这次他来玩，吃住都在我家里。我还要挤时间陪他到处走走，餐厅又忙得眼皮都没空眨，这一个月我瘦掉了四斤肉。”

我还是满腹狐疑，友情无价，但钱包有限啊。便试探


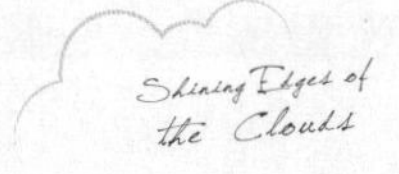

着问:“这么为朋友大把花钱,家里没意见?”周师傅神色骤然一黯,轻声说:“老婆那头摆平了。我这位朋友得癌症了,再不来好好玩一次,或许再也没机会了。”

哦,我瞬间全明白了。

2019 年 6 月

## 善良与锋芒

不久前，有西安女车主被情势所迫撒泼维权，跳上车顶怒斥车行，闹得沸沸扬扬，震动全国。五味杂陈扼腕叹息之余，想起旧事一桩。

二十多年前，从北京机场飞济南，我和伦敦总部大老板陪同法国化工巨头高管去洽谈项目。法国人是我们的大客户，全球独家生产高级工程塑料，所需的工业油料一大半从我们公司购买。所以来了位采购部经理，日理万机的大老板特意从伦敦赶来亲自陪伴，一路精心照料，不敢有丝毫怠慢，晚餐拿起酒单，总是皱着眉问餐厅经理：没有更好的了？大家都明白，送礼绝对不行，好酒必须痛饮。

直到站在机场办理登机的柜台前，翻遍周身，我才发现，身份证不见了！惊魂甫定，想起前晚入住昆仑饭店时，前台复印了身份证后没有归还。立即电话联系，前台小伙

答曰：稍等，马上查找。不到五秒即告，没有任何遗留证件。寻找过程至少耗费两三分钟吧，匆匆回绝太可疑了！我当即断定小伙子拉开抽屉一眼就看到了身份证，恐不及送达，遂一推了之。一股热血直冲脑门，我放开嗓门厉声断喝："放屁！你们昨晚绝对没有归还，完全是你们的疏漏，我有两位同行的英法朋友愿意在任何场合作证。马上派车送到，山东省副省长在机场等我们去洽谈合作项目，耽误了大事法庭上见，你们吃不了兜着走！"音量之大，引来无数目光利如箭。但奇迹发生了，对方立即改口，"对不起，我们再仔细找找。"半分钟后确认，找到了，飞车即送。

英国老板这么多年来从没见过我这副蛮横嘴脸，一脸惊慌，抓住我的胳膊结结巴巴地问："柏，柏，发发生了什么事？"在法国贵客面前斯文扫地、狂呼猛吼，他显然非常尴尬。我安慰道："化险为夷，没事了，我待会儿解释。"柜台听取了情况介绍后，先打印好登机牌，身份证送达验明无误后放行。

一边等着绝尘飞来的身份证，一边对陪着等待的洋人细细道来。泼皮可分两类，一类是天性蛮横，爹妈给的，常常撒泼；另一类是情势所迫，社会逼的，偶露狰狞。他们听了像似明白了，但还是一脸茫然。我最后只能引用一句英语谚语：到了罗马就该像罗马人一样行事。在中国，你不怒吼，没人搭理！他们终于点点头，至少赞同了前半句中的西方谚语。

酒店在京城西北，离机场约半小时车程，证件送达及时，化解了一堆麻烦。开心吗？不开心。

这么多年过去了，场景依然历历在目。悟出一个道理，本性善良，仍须兼备锋芒。否则，活得太憋屈。

2019年10月

# 沦为城中村的别墅区

推门的一刹那，门上的拉手让我微微一震，非金非木，而是一条脏兮兮的抹布，被拧成条状，穿过门框上的破洞，供人拉门出入。这不是穷困山区的草屋，也不是野外工地的窝棚，而是上海高端别墅小区的门卫室。门面都不要了，物业公司显然是死猪不怕开水烫。

相关法规明确规定，业主入住满两年，应通过投票启动物业公司的竞聘，并择优签约入驻。但开发商下属的物业公司凭借势力一霸十多年，竟无人吭声。物业公司除了收钱，百事不管。于是，胆大的砍树毁绿，胆小的养鸡种菜，小区内猛犬狂吠，蚊蝇疯舞，园景怡人的别墅区日渐破败，眼睁睁成了乱哄哄的城中村。

物业去留的投票表决终于破冰启程。居委会摆出的姿态也颇为明朗，还送来了投票箱，业主投票透明公平，物业去留百姓做主。但是生财之道，哪怕是不义之财，有谁肯轻易放弃呢？果然，黑爪子悄悄伸了出来。

各类议事规则大同小异，但投票表决的主要条款如出一辙，弃权者视为赞同投票者多数，确保少数服从多数的公平原则不被篡改。小区的业委会主任是个装修公司的老板，平时一声不吭百事不管，这次却异常热心，独揽了选票的设计和印制。

我顿觉蹊跷，仔细一看，发现选票底端有一行小字：放弃投票的业主一律视为反对更换物业。别墅小区的业主非富即贵，不少人都忙得无暇顾及投票。没投票的都算作反对更换物业，这场选战还没打响，物业公司已锁定胜局。一股热血直冲脑门，我在业主群里大喊：有人篡改规则，捉贼！

我见过这位主任，言少面善，模样温和。但从未搭过话，只知道他是做装修工程的。他为何篡改议事规则，无人知晓，也不便揣测。但大家都明白，工程装修和房产开发属同一产业链，财大气粗的开发商牙缝里剔出一点肉渣，就够一个小老板撑饱肚子了。

为了谋生，每个人都是卖家，自己的东西都可以卖，劳力，技术，知识，才智。但为了自己发财，出卖他人利益，不算善类；再搭上自己的良心，就只能归为败类了。

喊一声抓贼，引起众人警觉，在一片附和声中，贼手缩回，规则更正。投票终于按时启动。

票箱放在门卫室，我套上印有志愿者标识的橙色马甲，暗想，我哪是什么热心公益的志愿者，自身利益受损奋力抗争而已，类似遭遇抢匪舍命一搏，财奴一个！

不少前来投票的业主借机发泄怨气：业主请的装修公司不孝敬几千块休想进门，太黑了！上门维修不给发票，还说看着给，你敢少给吗？砍树扒墙的，占地搭建的，塞钱就行！……七嘴八舌，真假莫辨，但是连门拉手坏了只用块抹布凑合，钱都去哪了？窟窿之多，恐怕千手观音也堵不过来。

一位弥勒佛似的胖大姐，怀揣弥勒佛般的慈悲心肠，一进门就叨叨：不可以的，换了物业这几十个员工就失业了，影响家庭生活，对社会就业也有负面影响啊！

这女人是缺常识，还是有猫腻？业主支付物业费，究竟是购买等值服务还是为了提供就业？何况岗位都在，即便走几个也还会来几个，哪来的负面影响？

我正在琢磨找个注射器往她僵硬的脑壳里注入一点常识，业主群里传来一声猛喝：新公司来了收费翻倍，坚决反对更换物业！这完全是凭空捏造，误导业主了。但可知，有股势力在暗中搅局，频频发力，荷欲静而浪不停。

欣慰的是，前来投票者多过预期，居民的权利意识明显增强。瞥一眼就知道，投入票箱的选票绝大多数赞成另选物业，对开发商物业不抱希望。监票的同伴担心地问：会不会有人见势不妙夜里来偷票箱？或者找个借口不让开箱检票？我宽慰道：大上海日月昭昭乾坤朗朗，有人用诡计，没人敢胡来，毕竟民意不可逆啊！

门卫室冰窟似的寒冷，木桌龇牙，铁椅瘸腿，与工棚无异。说实话，开发商老板原是条好汉，建房没有偷工减料，园林可谓一掷千金；却交给一帮沾亲带故的庸人蠢材胡乱糟蹋，硬生生毁了小区的姣好面容，也毁了自己的骄人声誉。可见，英雄不仅难过美人关，同样难过亲人关。人性的卑劣一面，人皆有之，罕有例外。

2019 年 11 月

# 价值上亿的乌纱帽

走进会议室的刹那间，我心头一凛。长长的会议桌两侧壁垒分明，居委会的书记领衔几个街道干部坐在一侧，业主代表坐在另一侧。蹊跷的是，业委会两位主任却没和业主坐一起，而是坐在了对面。人的下意识行为常常不经意间暴露出自己隐晦的内心。

不久前，小区业主就是否续约物业举行了耗时两周的投票表决，开箱计票，高达 78% 的业主反对和现在的物业公司续约。这毫无悬念，这家开发商旗下的物业公司一霸 13 年，烟雨润物细无声，蠹虫噬木寂有痕，桃花源慢慢蜕变成了城中村。业主代表们今天赶来，听取居委会对表决结果的官方认定。

本是件喜事，气氛却莫名地凝重。果然，业主对面的权势人物粉墨亮相，一唱一和。先是居委会的女书记高声宣布："投票程序有瑕疵，表决无效！"接着，街道负责物业纠纷的男子厉言呵斥："不要自以为是！""所有的事都必须接受政府的指导，所有的人都必须接受党的领导。不管什么事，还是我们说了算！"

借用上海人常用的一个词，这番话叫作"妄怼"，完全不讲逻辑。你一个党员，哪怕是个党员干部，怎么可以和整个共产党画等号？反对某个党员胡作非为，难道就是反党？揭露某个党员的恶行，就被判为抹黑党和政府？

我有个暗病，情绪一坏就内急，此时却不敢造次，我是拉裤子里，还是去趟厕所？是否也得请求党员大人指导一下？

业主代表兴冲冲赶来，原以为是来庆贺小区新生的，结果却成了悲愤送葬。对面的一干人等正在挥舞着铁锹，有挖坑的，有填土的，忙着埋葬业主争取小区翻身的美梦。

业主忍不住发问："程序究竟有什么瑕疵呢？"这时业委会主任拍马赶到，"开发商有很多产权，也有投票权，但我忘了把选票送去了，是我的错！"哇，这真是一招毙命，剥夺投票权确实是重大程序瑕疵。这位主任本是业主一边的主力，交锋时刻当场反水，把众多业主的殷切期盼和努力成果一脚踹到了爪哇岛。这让人想起西方的一句老话：每个人都是有价格的。意即出价到位了，就能搞定。黑风骤起，云谲波诡，这多半是预埋的地雷，怎一个"忘"字了得！

内奸不除，贻害无穷。一腔怨怒的业主代表也不得不扯破脸皮，当场发问，"主任的房子把美式乡村风格的砖

石外墙换成了欧式古典风格的大理石，又在车库上扩建阳台，严重违章，怎么可以违规进入业委会？”对面一笑了之，“都是审核通过的，没有违章。”果然，政府官员说了算，说你不违就不违，违也不违。

我扫了一眼两侧的业主代表，个个神情凝重、怒上眉梢，暗想，官商勾结鱼肉百姓的事在偏远乡村也越来越少了，在乾坤朗朗的大上海怎么可能得逞？果然，我左侧的女业主拍案而起，“这次表决明确表明了广大业主要求选聘优质物业的强烈愿望，程序瑕疵也许影响表决的有效性，但 78% 的民意的真实性不容否定！你们罔顾民意，不尊重民众的选择权，不维护百姓的合法权益，这事没完，我们坚决抗争到底！”说完愤然离场。

女业主是某高校学院的党委书记，党龄近 40 年，上海市评选的优秀党员，果然不负美誉，正气凛然。深受鼓舞的业主纷纷发言，“开发商的物业经理是从工地上调来的，连物业管理上岗资格都没有，你们监管指导了吗？”“业主的遮阳棚被迫从物业指定的公司购买，价格贵两三倍，已经有涉黑嫌疑了，你们出面制止了吗？”“习主席再三强调，共产党把为民办事、为民造福作为最重要的政绩，把为老百姓做了多少好事实事作为检验政绩的重要标准，你们身为党员干部照办了吗？”“小区衰败，造成每户业主房产贬值几百万，整个小区蒙受上亿的损失，你们坐视不管，还有一点良知吗？”

走出会场，大家群情激昂，纷纷表示，相信上海法制十分健全，这种瞒上欺下的干部绝对是一小撮。只要坚持抗争，一定能够重建美好家园。

正热议着如何应对，手机收到一个邻居的微信，据坊间传闻，开发商老板给居委会的书记打过电话，威胁说，不许把他的物业赶走，否则撤资迁走，这会影响书记的政绩。我恍然大悟，书记自己的乌纱帽重如泰山，业主上亿的损失却轻若鸿毛，一顶副科级乌纱帽竟然价值上亿啊！为了煮熟自己的一只鸡蛋，不惜点燃邻家的房子！

人都有自利的本性，女书记当然要做出政绩才能上一个台阶。开发商老板下海前是本区某局的局长，和各级领导有盘根错节的关系。上面私下交代下来，岂敢不从？身在官场，身不由己，本在情理之中。但是，若真有良知，不妨虚与委蛇，也可手下留情。可这位女书记为了取悦上级，无所不用其极，上下其手，阴险毒辣。千夫所指，面无愧色，可谓丧尽天良。

北大有位著名教授给这类货挂了个新标签，“精致的利己主义者”。特征是高智商，精明老道，两面派，表面热情，内心冷酷，善于利用体制达到自己的目。并据此断言，这种人危害极大，一旦大权在握，比贪官污吏更可怕！

遇见这位精致利己主义的典范，用句俗话，叫作开了眼了；跟着沾点精致味，谓之三生有幸。这番折腾，值了！

2019 年 12 月

# 病毒咫尺间

莫斯科飞上海的俄航爆满，邻座的华人一家三口，如全副武装的防化兵，雨披手套口罩护目镜，裹得严严实实男女莫辨。“从哪里过来转机的？”我问。“意大利。”微弱的嗓音细如游丝，莫非已经感染了？我心头一颤，第一次真切感受到新冠病毒的威胁。

海外六周，时时关注国内的汹涌疫情，毫无切身感受，也就毫无戒备。妻子却紧张兮兮，主张除了呼吸一概暂停。我嗤之以鼻，14 亿人的泱泱大国，病毒导致的死亡人数两个月 3000，概率太小了！中国死于交通事故的人每天有好几百，大家不照样出门？转身一想，不对，车辆相撞都是偶发的孤立事件，不会一撞二，二撞四……成几何级无限增长啊。将疫情与事故相比，犯了最常见的逻辑错误，false analogy，类比不当。

道理容易明白，行为难以改变，我出门仍然拒戴口罩。驴子似的套个布罩，气都透不过来，憋死不如病死！弟弟电话里说，上海的理发店关门很久了，照镜子觉得越来越像爱因斯坦了。于是我不顾妻子劝阻，出发前一天执意上街剪发，和理发师面对面嘴靠嘴地聊得挺欢。自量不属蠢笨一族，但国人超强的侥幸心理，我不逊他人。哪有那么巧！勿搭界格！

预定的马德里飞上海的直航被取消了，于是早早订了俄罗斯航班，经莫斯科转机返沪。暗想，疫情暴发后，飞中国的航班上没几个人，四座相连的经济舱等同公务舱，赚大了。出发前几天情势突变，疫情击溃中国，转身突袭欧美，多国瞬间沦陷。网上说欧洲各地飞上海的航班骤然爆满，我这才开始紧张。马上登录俄航网站，又在电话上和俄航客服中心耗了半天，一阵忙乱后，终于成功升至公务舱，间隔空间大，安全系数高，花钱保命，捷足先登。结果一场空欢喜，抵达莫斯科直奔中转柜台换取登机牌，客服经理两手一摊：公务舱全满，升舱请求被撤销了，坐豪华经济舱吧，便宜很多啊。再迟疑恐怕豪华经济舱都没了。这哪是旅行，是逃难啊！

坐在我前排的是个二十多岁的女孩，帽子眼镜口罩遮掩了容貌神情，却莫名地令我不快。果然，用餐时峥嵘毕露。送餐的空姐问："鸡肉还是鱼肉？"她问："配什么？"空姐答："都是配 pasta。"她要了鱼，扯去铝箔盒盖一看，冷冷地说："不是说配 pasta 吗？"她显然把意大利词 pasta（面食）误解为长长的面条了。看到配餐是块状的小面团，便认定空姐说错了。空姐解释道："你要的就是鱼配面食啊。""不，我不

喜欢，换。”空姐无奈，拿回鱼肉，给她鸡肉。我不安地紧盯着，这盒退回的鱼肉已经揭去了盒盖，很可能沾上了女孩说话时溅出的唾沫星，万一她是病毒携带者呢？

餐车接着停在我们坐的16排，妻子要了鱼肉配餐，空姐端上了那份刚刚被退回的鱼肉餐。我张了张嘴，却欲言又止，我不愿让空姐再添不快，中国人怎么全是这鸟样！貌似缘于自己太要面子，其实，骨子里还是侥幸心理在作祟。不会轮到我倒霉吧，勿搭界格！妻子夹给我的两块鱼肉，我神态自若地入口下肚，只字不提，免得她担惊受怕。

浦东机场森严壁垒，场面令人震撼。我们就像价值不菲的快递包裹，一路转手交接，严丝合缝，不容闪失，直至跨入家门，开始14天居家隔离。欧美疫情蒸蒸日上，全球股市飞流直下，谣言甚嚣尘上，故事催人泪下。正感叹生活从未如此令人目不暇接，手机铃声骤起。两小时后，我们被救护车送往青浦金泽镇的一处疗养院定点隔离。

原来，那个挑食的女孩被确诊了，她坐15排G，我是16排G，仅隔一个椅背。更令人心悬的是那份鱼肉餐，可能沾上了她携带病毒的唾沫，却被我们吃得不剩丁点肉末。

抢到豪华经济舱时心情大悦，还痛快麻利地付了一笔不菲的升舱费，浑然不知，忙碌半天的结果却是花钱买凶杀自己！

病毒如同隐形游弋的恶魔，远在天边仍寒胆，近在咫尺却不察。隔离期还剩四天，逃过这一劫今后还敢心怀侥幸吗？我喝口热茶，略一定神，勿搭界格！

2020年3月

# 静心之旅

酒店大堂的大门正中，三男两女人手一支烟，哇哩哇啦，唾星横飞，烟雾直升。室内禁烟，门外风寒，于是半个身子在外，半个身子在内，在禁令和放纵间来回晃荡。客人只能憋住呼吸，在五个矗立的“烟囱”间穿行进出。

这次闽北泰宁旅游团中，团员多半是年过五旬的上海人，泰然自若，循规蹈矩，近乎“从心所欲不逾矩”。唯有这“五根烟囱”，略显任性轻狂，令人时有不爽。

幸而泰宁之美令人惊艳。九龙潭，大峡谷，自然景观美不胜收；明清馆，尚书第，人文古迹保存完善。一反景区哗众取宠的通病，当地的宣传册上“清新福建，静心泰宁”八个字散发着平和内敛之美。可惜配上的英文却相形见绌，“清新”译为 refreshing，还算贴切，“静心”却被翻成 meditation，词不达意。我兴冲冲地和导游说：请你



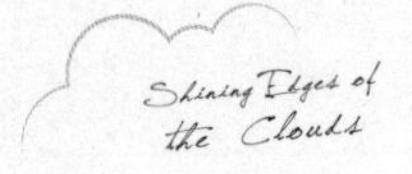

们领导向旅游部门提个意见，Meditation 的词义是冥想，和静心是因果关系，但却是完全不同的概念，一定要改。又借机卖弄道：改成 relaxing 吧，和 refreshing 前后呼应，头韵和尾韵完全一致，朗朗上口，绝配！她点着头应道：好的。她显然只是敷衍一下，我暗叹一声：对牛弹琴啊！悻悻作罢。

旅行社预订的高铁回程票，把我和太太拆在座位的前后两排，还是左右对角。那个烟瘾最大的男子是我的邻座，见此状，他忽地起身，大声招呼道："让你老婆过来坐吧，我到前排去，我们有五个座位，调剂一下很方便的。"

妻子对烟味极度敏感，闻烟味即皱眉，见烟客直瞪眼，一路上没少絮叨：素质太差，坍上海人的台！此刻她却大为感动，幡然猛醒道："他们其实都是好人，就是有抽烟的毛病。也是没办法，老烟鬼不吸烟的话人会胖出一大圈。"我嗤笑道："所以，抽烟不是危害健康，而是在控制体重，保持健康。"

妻子嗔道："别那么嘲叽叽的。他们还是相当自律的。进峡谷景区时我忍不住提醒那个女的，景区内严禁吸烟的。她说，没事的，你看这垃圾箱里有很多烟头，抽烟的多的是。我又说，万一烧起来，那可不得了。她说，不用担心，我们都会把烟头掐灭了放在口袋里，带出去再扔垃圾箱的。所以还是蛮自觉的。他们也感觉到有人对他们抽烟很反感。但他们没有一丝抵触情绪，算是通情达理了，总比吵起来好吧？"

我应道："那当然，你看那么多老人，他们一点都不介意，神定气宁。出门在外，条件很重要，关键还是心态。”多一分宽容，五内俱安，看谁都冒火，七窍生烟。

2020年11月

# 舍远谋近享泰宁

鼠年岁末，《新民周刊》约我以旅游为题写篇新春特稿。疫情又起，全民驻足，此时空谈旅游，如面对饥民侈谈美食，似乎有点不识时务吧？但周刊编辑一味坚持：可以写今年的游历，或推荐某个景点，写旅行题材你是不二人选。于是宠惊不如从命，遂有此篇。

2020 年过去了，全球疫情，美国骚乱，沧海横流，青山仍矗立。一场浩劫，也是一出好戏。感慨之余，不由想起丘吉尔在二战至暗时刻的不朽名言：其他我无可奉献，唯有 blood（鲜血），toil（劳累），tears（热泪），sweat（汗水）。特朗普和一代名相也有得一拼，把 toil 延展成 turmoil（骚乱），不就齐了？

向往已久的南美之行在 2019 年就早早预订了，航班、酒店、游轮的费用也已全额支付。2020年初新冠疫情骤然暴发，全国风声鹤唳惶惶然。一旦行程受阻，大笔预付款就有去无回了。我当机立断，更改航班，于大年初三携妻飞离上海，抵达相距最远的巴西圣保罗。

当时中国正在呻吟，南美却在欢歌。万里之外的新冠疫情，就像千年之前的黑死病，只是巴西人酒后茶余的轻松话题。却未料，风水轮流转，才几个月，全球疫情便彻底暴发，太平洋两岸西边凉了，东边却突然热了。

南美行程的第一段是七日游轮，停靠巴西、阿根廷和乌拉圭三国。因来自疫区，我们登船遭拒。幸而后面的伊瓜苏瀑布和亚马孙雨林之旅未有麻烦。名列世界第二的伊瓜苏瀑布位于两国中间，巴西这边是仰望，阿根廷那边是俯瞰。相比之下，从阿根廷这边观赏瀑布更为壮观。瀑布连绵四公里，一条栈道直插最佳观景点，此处以“魔鬼咽喉”著称，咆哮的水流轰然而下，激起漫天的细微水雾，近观者衣衫尽湿。

游览原始雨林，在亚马孙州首府玛瑙斯坐游船是绝大多数游客的选项。三晚四日包括徒步穿行雨林、垂钓食人鱼、探访土著居民。那是当今世界的一处奇异区域，浩瀚广袤，大过整个欧洲，却又隐蔽，诱人前往窥探。游览结束后，深感不虚此行。

我们去南美并非为了逃避疫情，但不是出逃也得“坐牢”，一到上海便被收监隔离14天。定神回想，借一句上海土话：真是额骨头碰到了天花板。国内疫情凶险时去了太平无事的南美，南美疫情汹涌时，又逃回全球罕有的安

全福地。

旅游是人类的高层级欲望。在欧洲中世纪马车代步的年代，年轻的王公贵族痴迷grand tour（欧洲巡游），走走停停，经年累月，恨不得“少小离家老大回”；进入20世纪，年迈的豪翁富婆则钟情global cruise（环球邮轮），叩舷独啸，管它今夕何夕！

面对一波接一波的汹涌疫情，一茬连一茬的变异病毒，不用翻看黄历就知道，忌出行！但在家待久了，脚底还是犯痒。不久，政府终于憋出了大招，大力提倡内循环。顿开茅塞，国内美景遍地，旅游何须出国？于是报名参团泰宁四日游。

去过山东的泰安和江苏的泰州，福建泰宁闻所未闻。看到旅游宣传册上的八字标语“清新福建，静心泰宁”，暗想，大概不好玩，所以客少，客少而得以静心。没想到却是一次惊艳之旅。泰宁有着“汉唐古镇、两宋名城”的美称，坐拥丹霞山水，存有明清古宅，集自然景观和人文古迹于一身。

高铁直达福建南平站，转大巴抵达武夷山南麓的泰宁古城。稍事休息便用晚餐，然后夜游九龙潭。沿着激光投射下的艳丽花路走到码头，乘坐橡皮艇，观赏投资过千万的水上灯光秀。光影音响与山水自然景观相融合，构成如幻似梦的迷人世界。这些通常用来哄孩子的玩意儿，竟然也让我为之叫好，可见当地旅游部门不仅砸了一大笔钱，还费了不少心。

次日乘坐宽体游船泛舟大金湖，观赏两岸的丹霞地质风貌，幽幽碧水映照着红红山石，构成一幅宁静的山水画。导游自豪地强调，泰宁同时拥有两块联合国教科文组织颁发的金字招牌，世界地质公园和世界自然遗产，整个中国仅此一处。游船停靠两三个码头，游客可登岸穿行大峡谷，参观甘露寺等热门景点。

返回古城，导游领着游客们前往尚书巷，一条古韵犹存的老街。泰宁自古就是书香之城，有着“一门四进士，隔河两状元，一巷九举人”的昔日荣耀。老街的核心建筑是著名的尚书第，明朝兵部尚书李春烨的府宅，俗称五福堂，始建于1621年。尚书府邸坐西朝东，南北长87米，东西宽60米，占地面积约5220多平方米。见过古宅无数，保持维护至如此完美的堪称罕见。据称，这是我国江南地区保存最完好的明代民居建筑群真品。

第三天参观明清馆，徽派老宅原汁原味，木雕精品琳琅满目，展示的明清古建筑和木雕艺术品令人惊叹。

泰宁景点繁多，但集中且成群，相距不过几公里，三日游览都在观景，而非赶路。不用早起，也不会夜归。悠然漫游，心静神怡。

一转眼已是2021新年，辞旧迎新，但新冠病毒疫情影响下，前景却不太明朗。“2021年”英文是“Two thousand and twenty one”，有惊魂未定者说，也可读成“Two thousand and twenty won”，2020年又赢了，意即病毒还将继续肆虐……

谁知道呢？与其自己吓自己，不如借句古话吉言：舍远谋近者，逸而有终。疫情当下，出门旅游还当舍远求近，



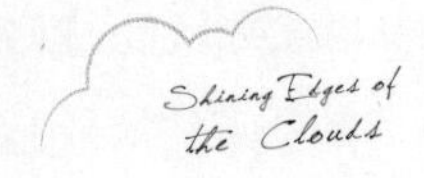

同时细心做好防护，才能真正安逸。也不妨去泰宁玩玩，至少讨个口彩，康泰安宁。

2021年1月

# 北疆的吴导

北疆之旅，八日驰骋千里，堪比急行军。人间仙境喀纳斯，空中牧场那拉提，湖光山色赛里木……一幅幅美景依次映入眼帘，随着时光流逝再慢慢隐去。唯有导游老吴沧桑的面容和迷茫的神情，还不时浮现眼前。

老吴，西北大汉，黑红脸膛，双颊微垂，嗓门高，浓眉翘。车窗内外，剑眉与尘土齐飞，苍颜共荒野一色，没有一丝违和感。他自我介绍说：我是私家导游，自驾游，专接小团。带大团还是第一次，照顾不周请多包涵。老吴自豪地告诉团友，他是军人出身，在驻疆部队服役多年。

果然，举手投足间透出浓浓的军人气质，年过半百依然手脚敏捷，行似风，声如钟。也有着军人惯有的粗线条，一件暗红格子绒布衬衫是他的主要行头，不记得是否换过。当然，带团不是相亲，更不是时装秀，蔽体即可，何须

盛装?

老吴性格耿直，说话常含讥讽。在禾木村景区一位大妈问：按照行程晚上还要去看日落吧？吴导指着满天的乌云说：“看看这天，你说还能看日落吗?”嘴角浮起的一丝冷笑，出门旅游只带钱袋没带脑袋吧?

大妈木讷，并不以为忤，还接着问：“明天一大早去看日出你带路吧?”吴反问道：“我有时间去吗？还要和餐厅协调早餐座位呢!”但第二天他还是起了个大早，欢声笑语地领着大家去看日出了。

车抵服务区，老吴刚想交代几句，车尾处有人粗声打断。老吴愣了一秒，把话筒一扔：“算了，不说了!”到了集体合影处，又自掏腰包买了一箱冰水，笑着招呼：“天太热了，大家解解暑。”途中还不时说句笑话，活跃气氛，缓和关系。

不难看出，老吴在率性和理性之间一路挣扎，此一时出言不逊，下一刻又笑脸相迎。一路上虽然纰漏连连，但总体还是尽心尽责了。

老吴其实是个资深导游，擅长带小团自驾游，大新疆在他眼里只是小菜一碟。他的口碑也不错，接待过的游客常会把他推荐给朋友。因此一路上不时有游客的电话，咨询求助，老吴都热情解答。不管这游客是来自天山南北，还是四面八方，他一概应答如流，且侠气轩昂：“继续往前六公里左右，丁字路口左拐，三公里后再左拐，右侧不远就有一家餐厅。找马老板，就报我的名字，管保你吃的心满意足!”

他刚送走上海东亚银行担任高管的一对夫妇，应人手短缺的旅行社急邀，马不停蹄地赶来救场。我们这个大团的30个游客都来自上海，大多理性宽容。但林子大了什么鸟都有，个别鼻孔朝天的豪横爷和打了鸡血的喧嚣婆，以为付了钱便是人上人了，稍不顺心便嚷嚷。

老吴既无经验，也欠准备，集合的时间一天三变，汇合的地点常语焉不详。弄得大家懵懵懂懂，只能跟着感觉走，到哪算哪。救场如救火，可老吴没带水龙头，倒拿了个拨火棍，越搅越旺。

几天下来，餐桌上叽叽咕咕，怨言四起：狗屁导游，污搞百叶结！混饭吃的！甚至有人断言：肯定是故意跟阿拉过不去！我几次插话打圆场：吴导其实为人不错，就是缺乏带大团的经验，说话又太冲。这种性格在任何单位里都很难上台阶，一把年纪了，还在外面奔波，都不容易，大家担待一点吧。众人的怨气貌似慢慢平息了，其实一堆干柴已备齐，只等一粒火星了。

大巴进入奎屯市，司机老马绕着预定的餐厅转了三圈，找不到足够大的停车位，一不留神还碾压了双黄线。老吴拧着浓眉，叹道："这下闯祸了！旅游大巴管得很严，扣了一分，学习三天，老马这下半个月不能动了。"

司机和老吴一商量，决定先去酒店入住后再来餐厅吃晚饭。安顿好行李，大家出了酒店，餐厅老板迎上来问，有将近两公里路，要不叫几辆出租车？老吴大手一挥：不用了，走着去。

刚在餐厅落座，一位年过七旬的老先生打通了老吴的

手机：“噶远的路，哪能走得动！”老吴直往外走，阴沉着脸去想法儿补救。不一会，老先生到了餐厅。大家以为这事就过去了。没想到刚吃完晚饭，老吴从大厅走进餐厅，一脸怒气，大声宣布：“公司打电话给我了，我被投诉了！”众人无语，说什么好呢？真可谓：各有幽怨暗恨生，此时无声胜有声。

车停在服务区，大家下了车。我看到老吴和司机没跟着，便好奇地返身上车。见两人闷坐在车上，一个遭到投诉，一个吃了罚单，一对难兄难弟，相顾无言，唯有愁满面。

老吴眼神呆滞，一脸迷茫，像是在闭门思过，自己究竟哪里错了。我不禁心弦一颤。从口袋里掏出100元钱，塞到他手里。老吴再三推辞，我劝道：“吴导，请务必收下。这不是奖赏你的小费，而是一份心意，请一定收下。这一路你尽心尽力了，我只是想借此表达谢意。有些人说的气话，也是有口无心，不必往心里去，宽容他人其实就是宽待自己。”

见马师傅闻声回头，我也硬塞给他一张钞票：“一路上辛苦了，还被扣了分，我贡献一点补偿吧。”

国内付小费不多见，甚至有点另类。孔夫子早有断言，君子喻于义，小人喻于利。给人小钱等同于骂人非君子！我也算不上仁人义士，国内的募捐活动，不管是打着救灾的旗号还是顶着公益的桂冠，一概敬而远之。这些捐赠的钱，最终怎么花的，给谁花了，永远是个谜。但出门遇见热情周到、令人愉悦的服务者，我非常乐意掏钱，这钱花得明白。主要图自己开心，同时也是对好人的鼓励。

当然，数额也需拿捏得当。此行八天，我们夫妇两人给司机和导游各 100 元，也就日均每人 10 元多一点。借用孔乙己的一句话，多乎哉？不多也！

很多年前，在英国湖区旅行，同团的六七个日本女孩一起凑了十几个硬币，下车时作为“集资小费”放到司机兼导游手里。英国老头展掌一看，像受了侮辱似的，哗的一下倒还在女孩手里：Don’t bother！（省省吧！）意思很明白，扔几个铜板，打发叫花子啊！日本女孩一脸尴尬，只能嘿嘿傻笑。

行程接近尾声时，我们因故临时决定提前一天离团，乌鲁木齐住一夜，改乘次日中午的直达航班返回。道别时老吴紧紧握着我的手说：“把你们的航班号和起飞时间告诉我。你一路上对我和老马的宽容和关照，我们都看在眼里了。我也向公司汇报了，老板很感动，特意安排专车明天送你们去机场，聊表谢意。”

我推辞说：“不用麻烦了，我们打车去机场，没几个钱。”但老吴固执地一再坚持：“这跟钱没有关系，这是我们的一片心意，请务必接受。”

这不就是我昨天说的话吗？他把原话又完整地还给了我，语气诚挚，目光温馨。我胸中不由涌上一丝暖意。真心换真心未必容易，善意获善意却时常可见。哪怕未获善意回报，至少还能哄自己，赠人玫瑰，手有余香啊！

2021 年 6 月

# 蒙古包外的对换

这篇文章，名字听上去似乎令人生疑，莫非说的是蒙古荒原上偷换外币的勾当？其实，“对换”和“兑换”两个词，同音不同义，前者是以物换物的意思，后者才是指两种货币的交换。

北疆之行中，旅行社突发奇想，安排在巴音布鲁克的蒙古包山庄住一宿，美其名曰，请大家体验一下蒙古族的风情。结果却是整团驴友瞬间沦为荒郊乱窜的惊驴，切身领略了一把“月黑风高夜，旷野胆颤天”。

大巴抵达住处时已近午夜，在远处一盏弱灯的照射下，司机手脚麻利地卸着行李。我们的行李箱尺寸大，容易辨识。司机将我们的行李箱一把推过来，我顺手一接，一转身就快步跟上前来引路的酒店前台小姐，一头扎进夜色深处。

四周一片漆黑，只见远处影影绰绰散布着一些圆顶状物体，想必就是今晚入住的蒙古包了。脚下坑坑洼洼，箱子无法拖行，我们只能费力地拎在手上，紧紧跟着拿着手电的引路女孩往前直奔。

30位游客全都来自上海，大多是老人，空手逛马路无碍，负重闯荒野哪行？稀稀拉拉，跌跌撞撞，一路上骂骂咧咧，这哪是入住酒店，明明是夜袭匪巢嘛！倘或有哪个人掼一跤，脚骨断脱，事体就搞大了！这也算旅游？是逃难嘛！

蒙古包的分配方式是先到先得，我也顾不上装斯文了，抢先几步，指着不远处的一座，大声说：我们就住这个吧！女孩翻出钥匙递上，迅即离开，领着一长列哼哼唧唧的团友，消失在夜幕中。

领路的女孩健步如飞，如脱缰野马，随后的老人气喘吁吁，已举步维艰。

我暗自庆幸抢先落实了房间，离停车处也近。越往里走就越远，崴脚跌跤的几率也越大。这荒郊野外弄个折胳膊断腿的，想起来就后怕。

跨进蒙古包打开灯，我猛然发现，箱子拿错了！这才想起，另一位团友也是同款的“新秀丽”行李箱，但那只箱子是纯银灰色的，我们的是银灰色融入了一点浅棕色。大小一样，式样相同，黑灯瞎火的，拿错了并不意外。我立即给拿错的行李箱拍了照，发到旅游团微信群，再三道歉，报了房号，请求那位也拿错同款箱子的团友立即联系我。

过了五分钟，群里毫无回应，只听到微信群里一位女孩

的语音留言哀号：我们在寒风中发抖，根本不知道往哪走！冻出病来发高烧，整个团谁都上不了飞机，休想回上海！

已经过了半夜12点了，箱子不能换回，无法洗漱更衣。我把箱子直立起来，查看有无行李牌，果然，箱子顶部拉手上挂着一个行李牌，还是皮质的。翻开一看，用英文写着姓名和手机号。刚一拨通，那头传来了熟悉的嗓音："喂，哪一位啊？有啥事体？"

我心里略微一沉，团里的这老先生我从未搭过话，但印象不佳。他身着豆绿色的精品夹克，浅黄的薄型羽绒衫，肤色红润，一头乌发，显然属富贵一族，也有标配的挑剔和冷傲。前几天他从餐厅的这一头慢慢走到另一头，嘴里不停地抱怨指责，这个不对，那个不行。

我先道歉，再说原委。最后说："如果不介意的话，也许大家可以克服一晚，明天再交换？"他说："阿拉还勿晓得箱子拿错了，不过肯定要马上换的，所有东西都在箱子里。"顿了一下，又试探道："侬要么送过来？"

我心里不爽，黑咕隆咚的，我提着箱子跌跌爬爬地一家家去找你吗？便建议道："还是各拿手机打开电筒，都往外走。我们的住处靠近出口，往里走，你们往外走，中间碰头吧？"

他答应了，又问："那怎么接头呢？"我想，同款的箱子对换一下，不可能再错了，难道还要对一下接头暗语？我吼一句，天王盖地虎，你喊一声，宝塔镇河妖！

老先生见我不吱声，大概也觉得多虑了，马上说："大家出来，打开手电筒找吧。我太太拿箱子出来，我和你手机都别挂，保持联系。”

我妻子眼力好，坚持要去。这样倒也旗鼓相当，两个男人遥控指挥，一对女士摸黑出征。

我拿着手机站在门外，看着妻子拎着箱子深一脚浅一脚地慢慢朝前挪，远处一束手电光也左一晃右一摇，渐渐往这边凑。老先生又喊：“侬手电筒也晃一晃！……好，再晃一晃！”

于是，晃了几轮后，两束灯光终于在荒野地里相会，箱子也各归原主。没费任何口舌，还算顺利。

第二天一早醒来，内外走走看看，感觉和昨夜大不一样。蒙古包也就外形近似，内部设施和现代酒店一样，席梦思，白床单，木质地板，卫浴齐全。整个区域高度仿真荒野草原，崎岖不平，野草斑斑。若是白天抵达入住，大家的感受也会新奇舒畅。

早餐后行李又齐聚车旁，看到老先生的银灰行李箱上箍着一横一竖两道红色打包带，便上前戏言：“这么五花大绑，又是抢眼的红色，再要拿错，我应该赔你精神损失费了。”

老先生笑道：“勿能怪侬格，也可能是阿拉先拿错了。幸亏侬反应敏捷，马上找到了行李牌上的手机号码。否则事体大了，有可能要折腾到天亮。谢谢！谢谢！”

听了这番话我心情大悦，印象中冷傲的牢骚公看来是根直肚肠，不满就喷几句，开心便赞一通。快人快语，不藏不掖，倒也是一条汉子。

2021年6月

# 古玩行业的大佬

我和伟鹏初次相遇，还是在 20 世纪 90 年代初，其实并非偶遇，而是被伟鹏一眼相中。

在伦敦总部开完会匆匆往回赶，希思罗机场办理登机柜台前，乘客排着长长的队，推着堆得高高的行李车。我夹在辎重队列中，两手空空如也，不时把脚边的手提箱往前踹一尺，如鸡立鹤群，颇为突兀。

听到一声“您好”，我侧脸一看，一位身材高大的男子站在一旁，三十多岁，面相憨厚，神色沉稳。他陪着笑脸说：我叫钱伟鹏，行李超重了，看你没有托运行李，过来问一下能否帮忙托运一个箱子。

他身后还站着一对慈眉善目的老人。我有点奇怪：“你们有三个人，可以托运很多行李啊？”他说：“就我一个人回国，他们都是来送行的。”

他指着不远处的一只包得严严实实的纸板箱，又说：“看上去很大，其实只有十公斤，装的是一件古董瓷器，塞了很多避震防碎的填充物。”

若是在今天，我断然不敢答应。骗子的演技已炉火纯青，贼眉鼠眼者，脑袋一晃，瞬间便是慈眉善目。万一箱子里装的是违禁品，那我可就是自投班房了。但那时是三十年前，骗子仅是散兵游勇，远不像今天这样蝗虫般铺天盖地。我又偏偏信心满满，自诩看人从不走眼，于是爽快地答应了：“好，小事一桩。我是来开会的，一身轻装，没有托运行李。”

当年欧洲机场已制定了行李托运的质询程序，英国人一边查看护照机票，一边背书似的连连发问：这确定这是你自己的行李？也是你本人亲自打包且无人帮忙？此后也没有任何人打开过或翻动过？我一概：Yes，Yes，Yes！以谎言应对，且面不改色。

哪能说实话？只需一个No，事情就黄了，很可能还惹来一连串麻烦。一边谎骗过关，一边暗中自慰，不得不承认，多数情况下说谎并无恶意，只是迫于情势。

上了飞机，我们坐在一起。聊了片刻，伟鹏从背包里掏出一只圆形铜器，我接过细看，金泽幽幽的包浆，出乎意料地沉重，底部镌有“大明宣德年制”。伟鹏指着“德”字说：“这是行家痴迷的宣德炉，你看，这个‘德’字，‘心’的上面少了一横，典型的明代特征。当然，清朝和民国时期也出了很多仿制品。这件东西里面含有黄金，所以才会这么沉甸甸的。至少是清朝年间的高端仿品，和明代

的几乎没有差异。”

我对古董一窍不通，也从无兴趣，第一次手捧一件金闪闪沉甸甸的珍品，却不由怦然心动。伟鹏像是有了感应，提了个很低的价格，语气恳切地说：“喜欢就留着吧，我到手就是这个价，不赚一分一毫，只是想表达一下谢意。”

听他说起自己的经历，我才得知，伟鹏虽然年轻，已是个老道的顶尖专家，古董行业的大佬。他最初在扬州文物商店工作，幸获一位老法师青睐，提拔到南京博物院待了几年。过手的明清珍宝逾千，机遇和锤炼，加上悟性和勤奋，很快让他跻身一流专家行列。20 世纪 80 年代，国家财力渐盛，国家文物局在全国海选文物专家，派驻海外，搜寻国宝级的古董文物，并不惜代价购回国内。伟鹏过五关斩六将，肩负使命，出征英伦。

他驾车穿梭于英国的乡村城镇，频频出入大小古董集市。没几年便在欧洲古董行业建立了广泛的人脉，成了业内著名的中国古董专家，曾被数家英国相关部门聘为中国文物顾问。经伟鹏之手购回的国宝不计其数，包括现存上海博物馆的春秋早期的青铜瑰宝“子仲姜盘”。

在体制内奔忙多年之后，随着形势变化，政策也在不断调整。伟鹏最终辞去公职，在英国定居，独立经营古董生意。

我几个月后再去伦敦出差，便特意多待了两天。恰逢周六，伟鹏陪我去逛 Portobello 街上的古董市场。沿街店铺摊位的业主，无论华人还是洋人，见了伟鹏都起身招呼或招手致意：你好，钱先生；过来坐坐，钱先生；此起彼伏。我跟着伟鹏来回走了一趟，狐观虎威，敬畏陡增。不仅跟着蹭了一点儿光，还捡了个便宜。

在一个英国人的摊位上，伟鹏指着一对男女人物牙雕，低声说：“喜欢的话可以拿，明代的，可惜缺了一只胳膊，但可以杀价。”英国人开价 600 英镑，伟鹏还价 350。英国人犹豫了片刻，说：Deal！And it shows a profit（成交！多少有点赚头）。

逛了一圈，看了几件展品。伟鹏的天资和悟性远非常人所及，且眼光敏锐，记忆力超强。随手拿起一个物件，手里掂一掂，摸两下，看几眼，便能说出年代，断定品质，估出市值，有时还带出一段掌故。

逛完古董街，伟鹏邀我去家中喝茶小坐。屋内上上下下里里外外塞满了各类古董，瓷器为主。我看了一圈，回身坐下，笑道：“到你府上真是如履薄冰，一不留神碰倒一件，就破了一大笔财啊。”

伟鹏说，有一次请中国驻英国的文化参赞来家里吃饭，特意拿出一只刚收购的明代瓷瓶。参赞大人没接稳，咣当一声，瓶口碎成几片，那只瓷瓶是官窑，当年就值 60 万人民币。我问：“不能请高手修补一下吗？”伟鹏摇摇头叹道：“修补过的残品，就卖不出价了。”

他接着又聊起收藏古董瓷器的好处，说：“永远有人买，好的东西价格只会往上走。”伟鹏有个规矩，凡是他卖出的物件，任何时候都可以原价回购，买主绝不会亏钱。

我说：“既然价格永远往上涨，绝对不会跌，那你何必卖出去，留在手上等涨价呀。”

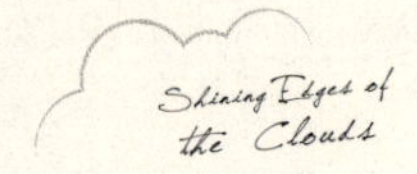

伟鹏说："好东西实在太多了。只进不出，那就成了藏家了，不是做买卖了。不断地买进卖出，资金不断流动，也不断增值，流动率越高，效益也越高。顿了一下，又说：当年来英国就是为了把流失海外的珍贵文物弄回去，既然做了这一行，当然希望经手的好西能源源不断地回归中国。"

在一场拍卖会的预展上，一位行业专家告诉我，钱先生是业内公认的瓷器权威，真或假，好与坏，他一锤定音，无人异议。

某个大玩家弄了一批高仿明清瓷器，让文物出版社印制"明清珍品图集"，以谋高价，出手骗取钱财。还递交了一叠"权威名家"签字的鉴定确认书。出版社的老法师一概不认，坚持说，拿钱伟鹏的签字来才行。大玩家找到伟鹏：签个字，给你 100 万。伟鹏看了瓷器，心平气和地笑道：你给 1000 万，我也不能签这个字。

三百六十行，行行出大佬。大佬们何以傲立江湖？试问仰慕人，皆道钟灵毓秀。知否知否？应是清风盈袖。

2021 年 7 月

**图书在版编目(CIP)数据**

乌云的银边/柏代华著.—上海：复旦大学出版社，2022.3(2022.8 重印)
ISBN 978-7-309-15960-8

Ⅰ.①乌… Ⅱ.①柏… Ⅲ.①游记-作品集-中国-当代 Ⅳ.①I267.1

中国版本图书馆 CIP 数据核字(2021)第 194384 号

**乌云的银边**
柏代华 著
责任编辑/谷 雨

复旦大学出版社有限公司出版发行
上海市国权路 579 号 邮编：200433
网址：fupnet@fudanpress.com http://www.fudanpress.com
门市零售：86-21-65102580 团体订购：86-21-65104505
出版部电话：86-21-65642845
上海雅昌艺术印刷有限公司

开本 890×1240 1/32 印张 11.625 字数 232 千
2022 年 3 月第 1 版
2022 年 8 月第 1 版第 2 次印刷
印数 6 001—8 020

ISBN 978-7-309-15960-8/I·1299
定价：68.00 元